丝绸之路名家精选文库

文库主编：李 舫

丝绸之路名家精选文库

默默且当歌

陈建功

中国出版集团公司
华文出版社

图书在版编目（CIP）数据

默默且当歌 / 陈建功著. —— 北京：华文出版社
2017.4
（丝绸之路名家精选文库 / 李舫主编）
ISBN 978-7-5075-4662-0

Ⅰ.①默… Ⅱ.①陈… Ⅲ.①散文集-中国-当代
Ⅳ.①I267

中国版本图书馆CIP数据核字(2017)第070634号

默默且当歌

作　　者	陈建功
主　　编	李　舫
策划编辑	柯　湘
责任编辑	柯　湘　杨　宁
装帧设计	宁成春　胡长跃
经　　销	新华书店
印　　刷	三河市宏盛印务有限公司
开　　本	787mm×1092mm　1/32
印　　张	13
字　　数	161千字
版　　次	2017年5月第1版
印　　次	2017年5月第1次印刷
书　　号	ISBN 978-7-5075-4662-0
定　　价	39.00元

出版发行：中国出版集团公司
　　　　　华文出版社
地　　址：北京市西城区广外大街
　　　　　305号8区2号楼
邮政编码：100055
发 行 部：010-58336266
编 辑 部：010-58336258
总 编 室：010-58336239
网　　址：http://www.hwcbs.com.cn

陈建功

广西北海人,毕业于北京大学中文系。

曾任作家出版社社长、中国作协党组成员、书记处书记,中国现代文学馆馆长、中国作家协会副主席。第十届、十一届全国政协委员,第十二届全国政协常委。

代表作:

短篇小说集《迷乱的星空》、中短篇小说集《陈建功小说选》《丹凤眼》、中篇小说《鬈毛》、中篇小说集《前科》、散文随笔集《从实招来》《北京滋味》、长篇小说《皇城根》(合作)等。

作品曾获全国优秀小说奖以及其他重要奖项,并被译成英、法、日等文字在海外出版。作品《找乐》《丹凤眼》《飘逝的花头巾》等被改编为电影和电视剧拍摄上映。

作家印象

耳顺之年重返故地,陈建功日常生活的双城记里,有着比他自己的想象多得多的悲欣交集。在"寻根文学"风生水起的时候,他找到了"京味儿"的魅力。他的散文,沉着中有昂扬,追索中有挣扎,平静中有波澜,温醇和煦,却如寒风一般劈开一城的雾霾,清冷凛冽。陈建功同他的文学一道,置身历史进程的迷狂,搏击历史洪流的漩涡,却大开大阖,收放自如,他的文学就是他的人生。他深深地懂得,伟大的时代不仅需要讴歌者,更需要叹惋者与沉思者。答中有问,问中有答,方能无所不能,无远弗届。

——李 舫

目录

世界是平的,世界是通的

《丝绸之路名家精选文库》总序 / 李舫 1

第 1 辑

我和父亲之间 18

妈妈在山岗上 28

妈妈逼我考大学 37

笑笑和我 42

致吾女 47

不敢敲门 51

默默且当歌 60

代言扬子鳄 72

第2辑

双城飞去来 78

涮庐闲话 87

北京滋味

　　——涮庐主人闲话 94

平民北京探访录 133

消费六记 173

消费再记 196

第3辑

我作哀章泪凄怆 222

艾芜

　　——文学生命力的启示 230

怀念文井 238

送别冯牧 ………………………………… 246

沈从文先生的一把椅子 …………………… 252

祖光学"艺" ………………………………… 257

吾师浩然 …………………………………… 262

刘厚明
  ——一种活法儿 …………………… 273

和于是之们啜酒的日子 …………………… 282

在汪曾祺家抢画 …………………………… 291

忆清泉 ……………………………………… 296

清泪 ………………………………………… 302

此别无声亦有声 …………………………… 308

铁生轶事 …………………………………… 314

阖眼逢君惜交臂 …………………………… 329

忆仲锷 ……………………………………… 336

我的学生柳文扬 …………………………… 341

第 4 辑

须臾拜倒锦官城 ⋯⋯⋯⋯⋯⋯⋯⋯⋯⋯⋯⋯⋯⋯⋯⋯⋯⋯⋯⋯⋯⋯⋯⋯ 348

触摸二郎山 ⋯⋯⋯⋯⋯⋯⋯⋯⋯⋯⋯⋯⋯⋯⋯⋯⋯⋯⋯⋯⋯⋯⋯⋯⋯⋯ 354

富厚娄底 ⋯⋯⋯⋯⋯⋯⋯⋯⋯⋯⋯⋯⋯⋯⋯⋯⋯⋯⋯⋯⋯⋯⋯⋯⋯⋯⋯ 359

天地一瓢 ⋯⋯⋯⋯⋯⋯⋯⋯⋯⋯⋯⋯⋯⋯⋯⋯⋯⋯⋯⋯⋯⋯⋯⋯⋯⋯⋯ 363

两访抚仙湖 ⋯⋯⋯⋯⋯⋯⋯⋯⋯⋯⋯⋯⋯⋯⋯⋯⋯⋯⋯⋯⋯⋯⋯⋯⋯⋯ 372

咸宁桂影 ⋯⋯⋯⋯⋯⋯⋯⋯⋯⋯⋯⋯⋯⋯⋯⋯⋯⋯⋯⋯⋯⋯⋯⋯⋯⋯⋯ 382

好山好水好安家 ⋯⋯⋯⋯⋯⋯⋯⋯⋯⋯⋯⋯⋯⋯⋯⋯⋯⋯⋯⋯⋯⋯⋯⋯ 389

珍珠粉 ⋯⋯⋯⋯⋯⋯⋯⋯⋯⋯⋯⋯⋯⋯⋯⋯⋯⋯⋯⋯⋯⋯⋯⋯⋯⋯⋯⋯ 393

泛槎泸溪河 ⋯⋯⋯⋯⋯⋯⋯⋯⋯⋯⋯⋯⋯⋯⋯⋯⋯⋯⋯⋯⋯⋯⋯⋯⋯⋯ 397

世界是平的,世界是通的

《丝绸之路名家精选文库》总序

一

山积而高,泽积而长。

在苍莽辽阔的欧亚非大陆,有这样两"条"史诗般的商路:一条在陆路,商队翻过崇山峻岭,穿越于戈壁沙漠,声声驼铃回荡遥无涯际的漫长旅程;一条在海洋,商船出征碧海蓝天,颠簸于惊涛骇浪,点点白帆点缀波涛汹涌的无垠海面。

这两"条"商路,一端连接着欧亚大陆东端的古中国,一端连接着欧亚大陆西端的古罗马——两个强大的帝国,串起了整个世界。踏着这千年商路,不同种族、不同肤色、不同语言、不同信仰、不同文化、不同理念的人们往来穿梭,把盏言欢。

正是通过这条史诗般的商路,一个又一个宗教诞生了,一种又一种语言得以升华,一个又一个雄伟的国家兴衰荣败,一种又一种文化样式不断丰富;正是通过这条史诗般的商路,中亚大草原发生的事件的余震可以辐射到北非,东方的丝绸产量无形中影响了西欧的社会阶层和文化思潮——这个世界变成了一个深刻、自由、畅通,相互连接又相互影响的世界。19世纪末,德国地质学家费迪南·冯·李希霍芬将这个蛛网一般密布的道路命名为"丝绸之路"。

几千年来,恰恰是东方和西方之间的这个地区,把欧洲和太平洋联系在一起的地区,构成地球运转的轴心。丝绸之路打破了族与族、国与国的界限,将人类四大文明——埃及文明、巴比伦文明、印度文明、中华文明串连在一起,商路连接了市场,连起了心灵,联结了文明。

正是在丝绸之路上,东西方文明显示出探知未知文明样式的兴奋,西方历史学家尤其如此。古老神秘的东方文明到底孕育着人类的哪些生机?又将对西方文明产生怎样的动力?英国学者约翰·霍布森在《西方文明的东方起源》一书中，回答了这些疑问："东方化的西方"即"落后的西方"如何通过"先发地区"的东方，捕捉人类文明的萤火，一步步塑造领导世界的能力。

正是在丝绸之路上，西汉张骞两次从陆路出使西域，中国船队在海上远达印度和斯里兰卡；唐代对外通使交好的国家达70多个，来自各国的使臣、商人、留学生云集长安；15世纪初，航海家郑和七下西洋，到达东南亚诸多国家，远抵非洲东海岸肯尼亚，留下了中国同沿途各国人民友好交往的佳话；明末清初，中国人积极学习近代科技知识，欧洲天文学、医学、数学、几何学、地理学纷纷传入中国，开阔了中国人的视野。之后，中外文明交流互鉴更是频繁展开。

正是在丝绸之路上，世界其他文明也在吸取中华文明的营养之后变得更加丰富、发达。源自中国本土的儒学，早已走向世界，成为人类文明的一部分。佛教传入中国后，同儒家文化和道家文化融合发展，形成了具有中国特色的佛教文化和理论，并传播到日本、韩国及东南亚，对这些国家的哲学、艺术、礼仪等产生了深刻影响。中国的造纸术、火药、印刷术、指南针四大发明带动了整个世界的革故鼎新，直接推动了欧洲的文艺复兴。中国哲学、文学、医药、丝绸、瓷器、茶叶等传入西方，渗入西方民众日常生活之中。

　　法国总统戴高乐评价道,中国不仅仅只是一个国家或是民族国家,她更是一种文明,一种独特而深邃的文明。中华文明曾长期处于世界领先地位,是世界主流文化之一,对包括西方文化在内的其他地区文化曾产生过重要影响,排他性最小,包容性又最强。我们奢侈地"日用而不觉"的,就是这样一种文化。它已与我们经济生活、社会生活和日常生活中的根本的价值取向相结合,不断地延展和衍生自己,成为最基础也最扎实的一层底色。西方学者曾经评价空前鼎盛、空前繁荣的隋唐时代,在唐初诸帝时代,中国的温文有礼、文化腾达和威力远被,同西方世界的腐败、混乱和分裂对照得那样的鲜明,以致在文明史上立刻引起一些最有意义的问题。中国由于迅速恢复了统一和秩序而赢得了这个伟大的领先。美国史学家爱德华·麦克诺尔·伯恩斯、菲利普·李·拉尔夫在《世界文明史》中写道：中国文明之所以能长期存在,有地理原因,也有历史原因。中国在它的大部分历史时期,没有建立过侵略性的政权。也许更重要的是,中国伟大的哲学家和伦理学家的和平主义精神约束了它的向外扩张。

　　由是,经济得以繁荣,文化得以传播,文明得以融合。

二

然而,令人痛惜的是,16、17世纪以降,丝绸之路渐次荒凉。中国退回到封闭的陆路,丝绸之路的荒凉逼迫西方文明走向海洋,从而成就了欧洲的大航海时代,推动了欧洲现代文明的发展和繁荣。

欧洲中心世界与世界崛起为全球化的主要载体密不可分。据不完全统计,地球71%的面积被海洋覆盖,90%的贸易通过海洋进行。世界银行的一份资料证明,全球产出的八成来自沿海100公里地带。这个事实构筑了近代世界的真实景象:边缘型国家的崛起与文明中心地带的塌陷,从葡萄牙、西班牙、荷兰、英国到美国,大国因海洋而崛起,文明因大陆而衰落。

今天,作为负责任的东方大国,中国在思考,如何用文明观引导世界布局、世纪格局,这是中国应该担负的使命。

《易经》有云:"往来不穷谓之通……推而行之谓之通。"雅各布·布克哈特在《意大利文艺复兴时期的文化》中说:"任何一个文化的轮廓,在不同人的眼里看来都可能是一幅不同的图景。"文明的断裂带,常常是文明的融合带。在21世纪的第二个十年,中国再次将全球的目光吸引到这条具有非凡历史意义的道路上。如果将丝绸之路比喻为中国腾飞的两只翅膀,那么互联、互通就是两只翅膀的血脉经络。随着丝绸之路的复兴,不仅是对中华优秀传统文化的重新梳理,创造性转化、创新性发展,更是东西方文明又一次大规模的交流、交融、交锋。对于骄傲的西方,神秘东方的价值恰在于此。正是在与世界其他文明持续的交流互鉴中,中华文明不断发展壮大;也正是在中华文明不断走出去的过程中,世界文明得以丰富和繁荣。

美国学者弗里德曼说,世界是平的。其实,在今天的现代化、全球化背景下,世界不仅是平的,而且是通的。毋庸讳言,我们的全球化,还仅仅是部分国家、地区的全球化,而对于大部分国家而言,全球化还只是一个遥远的梦想。中国提出的"一带一路"的伟大战略构想,不仅意味着复兴古代丝绸之路的辉煌,更体现了崛起的中国以天下为己任的胸怀与担当。在这种意义上,"一带一路"的伟大战略构想不啻于第二次地理大发现。

万物并育而不相害,大道并行而不相悖。历史是一面镜子,从历史中,我们能够更好地看清世界、参透生活、认识自己;历史也是一位智者,同历史对话,我们能够更好地认识过去、把握当下、面向未来。观古今于须臾，抚四海于一瞬。

作家莫言说过一句饶有趣味的话："世间的书大多是写在纸上的，也有刻在竹简上的，但有一部关于高密东北乡的书是渗透在石头里的，是写在桥上的。"中国传统文化就如同那些镌刻在石头上的高密史诗，如同宏博阔大的钟鼎彝器，事无巨细地将一切"纳为己有"，沉积在内心，旁通而无滞，日用而不匮。

落其实者思其树，饮其流者怀其源。中华民族生生不息绵延发展、饱受挫折又不断浴火重生，都离不开中华文化的有力支撑。中华文化不仅是个人的智慧和记忆，而且是整个中华民族的集体智慧和集体记忆，是我们在未来道路上寻找家园的识路地图。中华民族的子子孙孙像种子一样飘向世界各地，但是不论在哪里，不论是何时，只要我们的文化传统血脉不断，薪火相传，我们就能找到我们的同心人——那些似曾相识的面容，那些久远熟悉的语言，那些频率相近的心跳，那些浸润至今的仪俗，那些茂密茁壮的传奇，那些心心相印的瞩望，这是我们中华民族识路地图上的印记和徽号。今天，我们有责任保存好这张识路地图，并将它交给我们的后代，交给我们的未来，交给与我们共荣共生的世界。

三

中国是文章大国，有文字记载并从完整作品开始计算的文学史，已达3000年之久。作为与诗词并列为文学正宗的重要文体，中国散文更是源远流长，浩浩汤汤，在殷商时代已初具特质。这是从正值盛年的土壤里生长出来的文化情怀和文化自信，元气蓬勃，淋漓酣畅。

《丝绸之路名家精选文库》承续着这股源源不竭的潮流。第一辑包括14位名家的散文佳作：王巨才的《垅上歌行》、丹增的《海上丝路与郑和》、陈世旭的《海的寻觅》、陈建功的《默默且当歌》、张抗抗的《诗性江南》、梁平的《子在川上曰》、阿来的《从拉萨开始》、吉狄马加的《与白云最近的地方》、林那北的《蒲氏的背影》、韩子勇的《在新疆》、刘汉俊的《南海九章》、叶舟的《西北纪》、郭文斌的《写意宁夏》、贾梦玮的《南都》。

这些作家，有耄耋长者，有青年才俊，他们风格迥异，各有妙趣，14部书稿，清典可味，雅有新声，纵横浩荡地连接起丝绸之路的文明长廊。

凡益之道，与时偕行。王巨才是一位深情的诚实的大地歌者，他的《垅上歌行》如同生养他的黄土高原一样,即便沟壑纵横,纵使黄沙扑面,仍令人感受到难以忘怀的苍茫和浑厚。他执笔半个世纪,所思所想所劳所愿,皆是时代命题、人民篇章。"文章合为时而著,歌诗合为事而作",白居易的这句话是王巨才散文的最好写照。立采诗之官,开讽刺之道,察其得失之政,通其上下之情,此四者,也恰是王巨才的文章道法。王巨才的笔触,致力承继白居易、元稹、刘禹锡以来浩浩汤汤的汉唐文风,字里行间迎面扑来的是浓郁的时代氛围和强烈的生活气息,是契合着历史大势和社会走向的艺术图景与审美风度。

丹增的文字具有自然般的神力,复苏了一个古老大陆的命运和梦想。丹增,翻译成汉语,就是继承、弘扬和扶持佛法。从青藏高原到彩云之南,丹增不断地以明察而热切的力量,加持自我,照亮周遭,为日渐消弭的世界筑起了一道永恒的记忆堤坝。不论是藏文还是汉语,黑黢黢、密麻麻的文字背后,我们仿佛看到那些不甘心的光芒挤压出来,它们飘浮着,陌生,别致,灵动,晦涩难懂,曲折复杂,像雾像雨又像不羁的风,像预言像隐喻又像莫名的谶语。他笔端的生死,不是两极,而是一体;他胸中的万物,各有其灵,尽善尽美。生死万物都平等地沐浴阳光,开枝散叶,春种秋藏,它们是神祇的宣示、真理的昭告，大音希声，却震慑寰宇。

陈世旭将书斋由相对安静的老区迁至繁华喧嚣的大都市，他的写作却愈发有一种大隐隐于市的淡泊和从容。陈世旭勤于读书，长于思辨，学养厚实。他的文字简洁洗练，刚健沉雄，大气磅礴，既浸淫着寥廓的古意，又充满了蓬勃的现代感。他热爱自然，寄情山水，登山则情满于山，观海则意溢于海，从美学和世界观的高度阅读大地文章，延续了中国文字自古以来洋溢着的无限张力和灿烂传统。

耳顺之年重返故地，陈建功日常生活的双城记里，有着比他自己的想象多得多的悲欣交集。在"寻根文学"风生水起的时候，他找到了"京味儿"的魅力。他的散文，沉着中有昂扬，追索中有挣扎，平静中有波澜，温醇和煦，却如寒风一般劈开一城的雾霾，清冷凛冽。陈建功同他的文学一道，置身历史进程的迷狂，搏击历史洪流的漩涡，却大开大阖，收放自如，他的文学就是他的人生。他深深地懂得，伟大的时代不仅需要讴歌者，更需要叹惋者与沉思者。答中有问，问中有答，方能无所不能，无远弗届。

张抗抗出生于江南杭州，这座盛产丝绸的城市两千年来吸引着东西方无数朝圣的使臣。她的笔墨，也有着人间天堂的钟灵毓秀：一叶扁舟泛海涯，三年水路到中华；心如秋水常涵月，身若菩提那有花。她的文章取材深广，目之所及，似乎无所不包，琴棋书画、茶米油盐、高山流水、鼓瑟吹笙，尽入笔端，充满着诗意的想象，包容着深邃的哲理。无论是阳春白雪，还是寻常人家，无论是自然之美，还是心灵感悟，一旦进入她的视域，总会散发出无穷的韵味——一粒沙里，洞见世界，半瓣花中，说道人情。

《子在川上曰》，这是一位诗人送给他生于斯长于斯的大地的颂歌，也是一位作家送给家乡的生命礼赞。梁平的文字，饱满丰盈，细腻真挚，如子规啼血，似东风长歌，幽微中蠡窥宏阔，黯淡里喜见光明。跟随梁平的笔端，我们沿长江、嘉陵江溯流而上，一路奔跑、沉潜、翱翔，同他的爱与恨、愤怒与期冀、疼痛与愉悦同频共振。在他轻灵如诗的文字中，我们仿佛得见他椎心泣血的笔墨、响遏行云的呼号、掷地有声的追问——子在川上曰，逝者如斯夫！这是他关乎大悲喜和大彻悟的哲学问道，是他寻求死之尊严与生之庄重的心灵追索，答案不言自明。

从《尘埃落定》开始，"阿来"这两个字便注定有了特殊的含义。带着敦厚的憨笑，拖着沉重的脚步，阿来从他身后敦厚沉重的高原走来，如同晨曦浮动在大地之上。阿来出生于大渡河上游马尔康的嘉绒藏族，而他生命的道道履痕都始终围绕嘉绒。在这里，他见证了世世代代半牧半农耕的藏民族的寥廓幽静，见证了具有魔幻色彩的高原缓缓降临的浩大宿命，见证了那些暗香浮动、自然流淌的生机勃勃，见证了随着寒风而枯萎的花朵、随着年轮而老去的巨柏、随着时间而荒凉的古老文明。阿来的目光，掠过高原，掠过天空，掠过河流，掠过冰封的大地，掠过凋谢的荣耀，然后——抵达不朽。这就是阿来，他用温暖包裹起彻骨的寒凉，用锋芒挑落被华丽尘封的沧桑，他是这个时代寂寞而执着的"书记官"。

从苍茫寂寥的大凉山走到历史纵横的古都北京，再走到灵魂直接天际的青藏高原，吉狄马加始终坚持自己是一个彝族文化的守望者。他的眼睛里盈溢着圣洁的太阳，他的血管里回荡着马蹄的声音，他的灵魂在字词诗行间舞蹈，他的心在高山和原野间歌唱。数十年来，吉狄马加痴痴地用他的寂寞的吟唱、他的豪放而富有灵性的文字，编织着一个属于自己，更属于同样痛苦、倔强、高贵的伟大民族的颂歌与梦想。他的散文与他的诗歌一样，视域宏阔，洞察敏锐，警譬精妙，蕴含着超凡脱俗的慈爱与悲悯，从而具有了超越种族局限的人类情感，具有了穿越时空暌隔的深邃伦理,具有了史诗的气质和力量。

林那北的散文每每让人有惊奇之感:中国的方块字竟然还可以这样挥洒,甚至是——还可以这样挥霍?阅读她的文字,如同在亚马逊森林中的冒险,你不知道前方出现的会是鹦鹉还是猕猴,鳄鱼还是猛虎,但是你一定知道,你将会遭遇离奇,遭遇惊诧,遭遇错愕,它们是生活的热辣辣的底料,活泼泼的味道。然而,林那北散文的魅力恰在于此,正是文字的疏离嫁接了认知的陌生,认知的陌生带来了阅读的艰涩,阅读的艰涩又制造了思想的愉悦,她的书写具有了非常有趣的气质:以矛盾结构矛盾,以悖论解构悖论,以想象冲击想象,精密,精细,精深,精致,重要的是——好看。

你在什么地方、什么时间——你就是什么。在社会的榛莽漂泊、在未知的命运流浪,心如猛虎、魂无定所。生命的焦虑由此而来。韩子勇的《在新疆》,告诉你的,就是这样一份关于漂泊、寻找和指认的隐秘笔录。

出生于湖北赤壁的刘汉俊,却以海南主题文章闻名。如果说,一人与一地,出生是一种因果,那么相遇、相知便是一种缘分。刘汉俊与海南的缘分,是刘汉俊之幸,更是海南之福。李白曾云,大块假我以文章。刘汉俊为文之道，是"大块"之道，他优游岁月，披览史料，为人、为物、为事，却不仅仅为文而作。刘汉俊的文章，察时观世，说古道今，它们站在未来，提前为被审判的时间作出判决。他让我们懂得，好的散文，是一切文体之上的文体，它们以最匍匐的姿态，阐释最昂扬的力量，终将浮出历史的地表，超越时代的局限，它们在一切写作之上，在万事万物之上。

叶舟由诗而入散文，他的散文仍难得地葆有高蹈轻扬的诗性和从容不迫的诗心。古老的甘肃，堆积着西北中国的民间故事和壮阔历史，叶舟以诗人般敏锐的观察、鲜活的灵感、独特的想象和拳拳的赤子之心，将这些故事和历史收纳进他的如椽巨笔之下。叶舟擅长叙事，他的散文如诗行般跳跃，却雍容华贵、气韵悠长。他对于丝绸之路历史的描述有着独特的理解和体认，他生动地向我们展示了一个被人遗忘的文明世界，每一段岁月的纹路，每一次幽远的回溯，都无比精彩，深邃高远，令人难忘。

从年节民俗、乡土伦理中走出来的郭文斌，宽柔，慈敏，面上灭除忧喜色，胸中消尽是非心。他的为文，就像他的为人一样，谦卑中有傲岸，安详中有叱咤风云。他用悲悯的目光打量着世界，世界也以慈悲的胸怀拥抱着他。郭文斌那至为敏锐、清新与优美的语言，以及驾驭这些语言的高超的技巧，使得他拥有众多的拥趸。他们在他的文章里找到了内心的吉祥如意，找到了远离喧嚣纷扰的精神上的世外桃源，这也使得他的文字和他的思想都成为中华民族传统的一部分，这是中华民族的浪漫和诗意，如大地一样广袤敦厚，雍容包藏。

望之若新，忽焉若旧；望之若刚，忽焉若柔；望之若春，忽焉若秋；望之若华丽，忽焉若朴素。这是贾梦玮对文学的期待，又何尝不是他对自己的期待？秦淮河水仍静静地流淌着。贾梦玮伫立河畔，许多许多个世纪之前的故事就这样缓缓流淌在他的笔端，如同身边荡漾的水波。蹉跎暮容色，煊赫旧家声，六朝古都南京的历史况味如此富饶、丰盈，那些温馨和美好、张扬和放肆、落寞和枯索、无奈和参悟，此时此刻，都与河水一道，潺潺而来，怨而不怒，哀而不伤。在旧日旧事中捡拾淘洗的历史，不仅有着沧桑的面容，更有着清晰的年轮、流淌的血脉。

人事必将有天事相参，然后乃可以成功。1500年前，刘勰针对当时泛滥一时的讹滥浮靡文风，提出文章之用在于"五礼资之以成，六典因之致用。君臣所以炳焕，军国所以昭明。"而今，刘勰的感慨更值得我们深思。《丝绸之路名家精选文库》的宗旨也恰在于此——以文载道，以文言道，以文释道，以文明道。

一个时代有一个时代的气象，一个时代有一个时代的文化。正是文化血脉的蓬勃，完成了时代精神的延续。中国散文近年来以汪洋肆意的姿态在生长，可谓千姿百态、异彩纷呈，而且作为一个文学门类，它在虚构与非虚构两端都各趋成熟。在我们的散文写作中，越来越多年轻的、德才兼备的散文作家丰富着我们的园地，他们职好不同，风格迥异，文字或剑拔弩张、锋芒逼人，或野趣盎然、生机勃勃，或和煦如春、温润如玉。这些散文家的写作，构成了中国当下散文创作一个不可忽视的事实：家国情绪，时代华章。

这套文库总计150余万字。翻阅完这部作品，不禁想起莎士比亚那句意味深长的话：

"凡是过去，皆为序章。"

李 舫
2017年4月

第 1 辑

我和父亲之间

20多年前,1994年9月5日凌晨,先父因脑溢血突发病逝于张家界的一家宾馆。父亲那时已从北京调到广州工作,是为出席湖南籍已故经济学家卓炯的学术研讨会而去那里的。上午,接到噩耗,我先是飞往广州,又和父亲单位的领导以及几位亲属一起飞往长沙。多亏湖南省有关方面鼎力相助,派车送我们赶赴湘西,料理丧事。

"养在深闺人未识"的张家界,自从被吴冠中先生推崇,后又经摄影家陈复礼等人传扬,到了1990年代,已是名满天下了。我对她当然也心仪久矣。然而谁能想到，自己竟以这样一种方式到了那里。

自此很长一段时间，不愿提张家界，不愿提武陵源，不愿提索溪峪。

那是我的伤心哀痛之地。

再往前数10年，1984年，我失去了母亲。10年后我又失去了父亲。令人不胜唏嘘的是，父母的离去都如此突然，连抢救时的焦虑都不容儿女们承担。母亲离去时我在南京，那是到《钟山》杂志讨论《找乐》的定稿事宜。离京前一天我还回到家里去看她，没想到第二天飞机还没在南京落地，《钟山》便已得到我母亲因心脏病突发而逝的消息。而父亲，竟是在异乡终老。这种方式恰如父母的一贯作风，他们一生不愿给任何人添麻烦，包括自己的子女。

父母的一生并没有多少传奇性。父亲唯一令我吃惊的事迹，至今我还将信将疑：1949年，我妈怀上我不久，他就离开家乡北海，远赴广州求学。据说那一次远行很有些惊心动魄——几天以后他只剩一条短裤，狼狈不堪地回到家里。他说船至雷州半岛附近遇到了台风，船被打翻，他抓住一块船板，凭借过人的水性而逃生。"你知道台风来时那海浪有多高？足有四五层楼高呀！"这故事是他教我游泳时说的。我当时就质疑他讲这故事，只是为了给我励志。那时我还不到8岁，可见就已经不是"省油的灯"。当然，那一年，我爸最终还是从北海来到了广州。不久，广州就成为叶剑英治下"明朗的天"，他顺风顺水被吸纳进新中国培养人才的洪流，进入了南方大学。而后，他又被送到北京，在人民大学读研，最后留在那里任教。我爸离开北海不久，北海也解放了。我妈也和全中国的热血青年一样，被时代潮流裹挟进来，先是在北海三小做副教导主任，随后也获得到桂林读书的机会。她毕业于广西师范学院中文系，毕业后被分配到北京工作。

1957年，父母应该是在北京团圆了。夏天，父亲回家乡接祖母和儿女上北京，我才第一次见到父亲，那时我已经跟着祖母长到8岁。"留守儿童"忽然发现，时时被祖母挂在嘴边的"爸爸"回来了！其实此前我已无数次看过父亲的照片，并向同龄人炫耀。在那照片里，爸爸穿着黑呢子大衣，头戴皮帽，站在雪地上，一副英气逼人的模样。就是为了找这个人，我曾经求赶牛车的搭我，沿着泥泞的小路，吱扭吱扭地走了一下午。天傍晚时，扛不住好奇的赶车佬问我：细崽，你坐到哪里才下？我说，离北京还有多远？我到北京找我爸呀……那赶车佬吓了一跳。他说他也不知道北京有多远,但坐这样的牛车肯定是到不了啦,"细崽,天黑啦,野鬼要出来捉人啦,赶快回家啦!"……那时我才明白,坐牛车是找不到爸爸的。

而忽然有那么一天,一个人,一手拿着一只装满了花花绿绿糖球的玻璃小汽车,张开胳膊把姐姐和我搂到了怀里。这就是爸爸呀!络绎不绝的亲友提着活鸡活鸭和海味,来看望"从北京回来的阿宝";过去曾牵着父母的手耀武扬威的玩伴儿们,趴在院子的栅栏墙外观看……从此我寸步不离地尾随在我爸的身后,直到一顿痛打把我扔到了可怜巴巴的地方。

离开少年北海半个世纪之后,当我以花甲之身回到故乡的时候,在我的姨表弟阿鸣家,看到了当年我爸爸用他带回的相机为他们拍摄的"全家福"——四姨和四姨父站在中间,左右站着他们家的五个孩子。四姨和四姨夫已然过世,表姐妹和表弟同我一样,当年不过垂髫总角,今亦老矣。谈笑间大家说这是我和他们仅存的童年照——因为就在作为背景的公园凉亭里,我不知什么时候溜进了画面,远远地骑在栏杆上,肢体语言里散发着不平。这就是当年我时时刻刻要独霸父亲的"眼球",不准任何人染指的铁证。然而也正是这独霸的心思,招来了平生挨的第一顿，也是唯一的一顿痛揍。

回想那次，我实在没有理由为自己开脱——起因是我爸那天中午和我的四姨父一起到我家附近的酒楼吃饭。这是何其简单而自然的事情！可一直"监视"着爸爸去向的我，为我爸不带我去而气恼。我居然跟踪他们到酒楼门口，"坐实"了父亲的"罪证"，随即回家向祖母告状，要祖母"御驾亲征"。祖母固然不会糊涂至此，却也顺着孙儿指天咒地，甚至言之凿凿地许诺，待这儿子回来定痛打无疑……谁知这都无法平息我的骄蛮。父亲和四姨父吃完了饭，回到家，看到了正在院子里撒泼打滚的我。

估计自从回到故乡，我爸已经忍了我几天了，一直想找个机会践行"棍棒"与"孝子"的古训。他先让四姨父离开，又把蹲在身边哄我劝我的祖母拽回屋里，反锁了屋门。听到祖母在屋里又哭又喊，我还不知道大祸临头。直到我爸提着一根竹棍冲到跟前，我才恍然大悟。我被按在当院，当着篱笆墙外围观的街坊邻居的面，连哭带号，饱饱地挨了一顿。

到今天还在思忖，是不是自此我就变成了一个敏感、内向的人？

此后我爸再也没打过我，甚至连粗声的训斥都没有。

我相信父亲也一直在为那次暴打而后悔着，虽然其错在我。我感到他的一生都在弥补。比如他每一次到外地讲课回来，都会给我买一件玩具。那些玩具中有训练动手能力的拼装模型，有带有小小马达的电器组合。如今想起来，相比我并不富裕的家境，那些玩具的价格，都令我大感吃惊。后来，父亲又给我买了《少年电工》《少年无线电》，而由此衍生的各种电工器械、无线电元件的开销，更是巨大。我还清楚地记得父亲带我到地处新街口的半导体元件店，为我买下的那个半导体高频管的型号是3AG14，其价为6元1角6分，而那时父亲的月薪，仅仅是89元。我至今还记得，那店员用电表帮我们测试三极管的时候四周的电子迷们那艳羡的目光。而我，从挨打以后，似乎已经"洗心革面"，成为了一个"乖乖崽"，甚至可以说有一点唯命是从。我虽不再骄纵，却也从此和父亲生分。只要面对他，我永远会感到游弋于我们之间的一种隐隐的痛。至今想起自己在少年时代那永远不卑不亢的沉默，让我为自己羞愧，更为父亲心痛。难道我是个记仇的孩子吗？我为什么再也没有在他面前展露过作为儿子的天真与无忌——哪怕是得到一件玩具后的欣喜，跑过一趟腿儿回来复命的得意？

不过后来我又怀疑，也许，我们之间隔膜的起因，并不像这样富于戏剧性。作为一个父亲,待孩子长到8岁时才出现,无论你再想怎么亲,大都无济于事了吧。

直到他去世,我也没有找到机会,把我们之间的隔膜做个了断。

当然我是爱他的。我又何尝不知道他也爱我们?

回想起来,其实从我很小的时候,父亲就开始为我谋划为生之路了。我甚至看出来了,是学"理"还是学"文",父母有着不同的梦想。我妈之所以要我做文学,用今天的话来说,因为她当年就是个文学的"脑残粉"。我少年时代偷看过她的日记,走异路寻他乡的理想,破牢笼换新天的激情,洋溢其间,后来便明白其源盖出于鲁迅和巴金。父亲并不和母亲争辩,但他不愿我"子承父业",从事文科类的工作,是显而易见的。比如他对自己的"工业经济"专业,甚至不比做木工电工水暖工兴致更高。他对我妈隔三岔五就"点赞"我的作文也从来不予置评,只是每当他修理电闸、安装灯泡的时候,都把我叫过去扶凳子,递改锥。他还教我拆过家里的一个闹钟,又教我把它复原。我的未来,似乎做个修表工更令他欣喜。

年齿日增我才渐渐地理解了,父亲似乎对过往"意识形态领域"不断的"运动"更为敏感。而最终使我恍然大悟的，是他原来和我一样，很久以来就隐隐地感到，头顶上一直笼罩着一团人生的阴影。

"阴影"应该是在我全家移居北京两年以后砸下来的。那时候知识界有一场"向党交心"的运动，父亲真正由衷地向党交了心：解放前夕他大学毕业时，为了不致失业，曾经求助过一个同窗，据说那同窗的父亲是一个有来头的人物，亦即今人所言之"官二代"吧。随后我父亲发现，那"官"是一个国民党的"中统"。为此他狼狈逃窜，再也没有登门求助。

父亲这种完全彻底的"交心"之举，来自于那个时代青年的赤诚，也薪传于"忠厚传家"的"祖训"，就像高血压脑溢血，属于我们家人祖传的病患一样。而父亲终生的遗憾，就是这"忠厚"竟使他成为一个"特嫌"。那时候他还不到30岁，全然没料到这样的后果。直到"文革"中两派组织打仗，争相比赛揪"叛徒"、抓"特务"，他被"揪"了出来，这才恍然大悟，原来早已入了"另册"！他这才明白，为什么争取了几十年，入党的梦想永难实现？为什么兢兢业业、勤勉有加，也永远不能得到重用？而我，当然也如梦方醒，明白了自己何以不能入团，不能参军，不能成为"红卫兵"而被称之为"狗崽子"……被高音喇叭宣布"揪出来"的那天凌晨，父亲把我和姐姐、妹妹叫了起来，坦诚地把向"组织"交过的心又给儿女们"交"了一遍。他请我们相信他，他不是特务，绝不是！

我记得听他讲完了，姐姐和妹妹都在看我。

我当然相信他，但我只是点点头，"唔"了一声。我早已不会在他面前表达感情。

又10年，他终于得到了"解除特务嫌疑"的结论。

那时候我还在煤矿当工人，已经快干满10年了。我妈来信催我温书考大学，还告诉我，父亲被"解脱了"。我记得母亲的笔调仍然激情洋溢，她赞颂了高考的恢复、政策的落实，还赞颂了南下北上、调查取证的"组织"。

然而由矿区回到家里，听母亲说父亲还是决计南调广州。

我理解。

其实，在人民大学，比他冤的人就有的是。比起那些蒙冤者，这点委屈又算得了啥？但对于他，这就是一生。他若继续留在"人大"，那个笼罩了他近30年的心理阴影或将挥之难去。

父亲平反南调后，据说终于入了党，先是参与了中山大学管理系的筹建，最后做到广东管理干部学院的副院长。在别人看来，他晚景辉煌。我却觉得，"辉煌"之谓，言之过矣，但他在广东，疗治了中年时代留下的心灵创伤。作为儿子，聊可慰藉吧。

我们之间的隔膜，却只能是永远的遗憾了。

我所能做的，就是小心翼翼地待我的孩子。

当然，更期待，这世界，小心翼翼地待每一个人。

2015 年 6 月

妈妈在山岗上

4年前,妈妈过世3周年那天,我到八宝山骨灰堂取回了妈妈的骨灰——按照当时的规定,3年期满,骨灰堂不再负保管的责任。

远在广州的父亲来信说,还是入土为安吧!

可是,哪里去买这一方土?

4年前那时候还不像现在,现在倒新辟了好几处安葬骨灰的墓地。那时,只有一个别无选择的,形同乱葬岗子的普通百姓的墓地。我去那里看过,普通百姓身后的居处和他们生前的住处一样拥挤。我辈本是蓬蒿人，把妈妈安葬在这里，并不委屈。然而，想到性喜清静的妈妈将挤在这喧嚣的、横七竖八的坟场上，又于心何忍？

对官居"司局级"方可升堂入室的"革命公墓"，我是不敢奢望的。假若妈妈是个处长，说不定我也会像无数处长的儿子一样，要求追封个"局级"，以便死者荣登龙门，荫及子孙。而我的妈妈不过是一个普通的中学教员。非分之想或许有过——为妈妈买骨灰盒的时候，不知深浅的我，要买一个最好的。我当即被告知：那必须出示"高干证明"。从那以后，我不敢再僭越。现在，妈妈躺在80元一个的骨灰盒里。躺在80元一个的骨灰盒里的妈妈，得找一个合乎名分的墓地。

最后，我把妈妈的骨灰，埋在我挖过煤的那座大山的山岗上。

那几天，我转悠遍了大半个北京城，终于买到了一个刚好容下骨灰盒的长方形玻璃缸。我又找到一家玻璃店，为这自制的"水晶棺"配上了一个盖。一位朋友开来了一辆"拉达"，把我送到距北京一百多里以外的那座山脚下。

那些曾经一块儿挖过煤的朋友，现在有的已经是矿长了，有的还是工人。不管是当了官的，还是没当官的，谁也没有忘记我的热情好客的妈妈对他们的情分。我们一起动手，把骨灰盒埋下，堆起了一座坟头，又一人搭了一膀子，把那巨大的汉白玉石碑由山脚下一步一步抬上山来。

石碑俯瞰着那条由北京蜿蜒西来的铁路。

我18岁那年，列车就是顺着这条铁路，把我送到这里当了一名采掘工人的。当年的我，身单力薄，体重不及百斤。我扛着一个裹在蓝塑料布里的巨大的行李卷儿，沿着高达360级的台阶，一步一步爬上山来。此后的10年间，我在这里抡锤打眼，开山凿洞，和窑哥们儿相濡以沫，相嘘以暖，也尝到了政治迫害的风霜。10年以后，28岁，当春风重新吹拂中国大地的时候，我揣着北京大学的录取通知书，又是顺着这条铁路，迤逦东去，寻回我少年时代便萦绕于心的文学之梦。

我没想到，妈妈的坟居然就正对着这条令人百感交集的铁路线。尽管是巧合，却不能不使人怦然心动。如果说，这是因为我想到了人生际遇的沉浮兴衰，想到了妈妈可以在这山岗上为她的儿子感到自豪和欣慰，那么，我也未免过于肤浅了。妈妈毕竟是妈妈，她当然自豪过，得意过，为儿子发表的第一篇小说，为儿子出版的第一本书，为儿子获得的第一篇评论……然而，妈妈绝不是千千万万望子成龙的妈妈中的一个。我接触过不少望子成龙的妈妈们,她们所能给予自己子女的,只是一种出人头地的焦虑。除了这焦虑,子女们一无所得。我的妈妈绝不想让儿女们为自己挣回点什么,哪怕是一个面子。她从来也没跟我念叨过"争光""争气"之类的话。她甚至告诉过我她并不望子成龙,她只希望自己的子女自立自强,自爱自重,度过充实的一生。我当工人的时候,妈妈对我说:"你是不是还应该坚持每周一书?同是工人,我相信,有人活得很贫乏,有人活得很充实。别怨天,别怨地,也别怨生活对你是不是公正。你只能自问是不是虚掷了青春?"我当作家以后,妈妈对我说:"得意的时候,你别太拿这得意当回事,省得你倒霉的时候想不开。其实,只要自己心里有主意,倒霉了,也可以活得很好,知道吗?"……坦率地说,和许许多多儿子们一样,妈妈的话并不句句中听,自然也就不能声声入耳,特别是当儿子有点"出息"了以后。可是,当你在人生旅途上又走了一段以后,你忽然发现,妈妈这平实的劝诫中蕴藏的是一种宠辱不惊的人生信念、自我完善的人格追求,焉知这不正是妈妈为儿子留下的最宝贵的遗产?

我当然不会忘记妈妈是怎样领我去叩文学之门的。

我10岁的时候,她开始督促我写日记。我12岁的时候,她让我读《西游记》。同样是12岁那年,她教我"反叛"老师:"老师让你怎么写,你就怎么写吗?为什么不能写得和老师不一样?"我至今清楚地记得自己的第一次"反叛":用一首诗去完成了一篇作文。结果我得了2分。"如果我是你们老师,我就表扬你。你不是偷懒。按老师的思路一点儿不差地写,那才是偷懒呢!"——其实妈妈也是个老师。多少年后我才明白,敢让学生"反叛"老师的老师,才是最好的老师。妈妈的苦心在我考高中时得到了回报,那试卷的作文题是《我为什么要考高中》。我开始耍小聪明,玩邪的。对于今天的中学生来说,大概也真的不过是小聪明而已。可对于当时循规蹈矩的初中生来讲,确乎有点胆大包天了。富于戏剧性的是,妈妈恰恰是那次中考的阅卷老师之一。阅卷归来,她眉飞色舞地夸奖有那么一位考生如何聪明,用书信体写成了这篇作文,成为了全考区公认的一份富于独创性的试卷,为此被加了分。讲完了"别人",开始数落自己的儿子如何如何不开窍。我等她唠叨够了,才不无得意地告诉妈妈:那位因封卷遮盖而使她不知姓名的答卷者,便是我。

为这个得意的杨朔散文式的结尾,我的下巴颏足足扬了一个夏天。

不过，对于我来说，最为铭心刻骨的，还是文学以外的事情。

我的学生时代，家境并不宽裕。父亲虽然在大学教书，却也不过是个讲师。父母除了抚养姐姐、妹妹和我以外，还要赡养祖母、外祖母。我记得小时候，父亲给年龄尚小的妹妹买来苹果增加营养，我和姐姐只能等在一旁，吃削下来的苹果皮。我的裤子穿短了，总是由妈妈给接上一节。当接上两三节的时候，妈妈就笑着对我说："看，你这模样简直像个少数民族了！"比起那些地处边远，温饱难继的人们，这当然也算不得什么，可是我读书的学校，是一个高干子女集中的地方。那些政治地位优越、衣食无愁的同学们，每逢假日，坐着"华沙""胜利"翩然来去。新学年返校，这个谈北戴河度假，那个谈中南海作客，我辈寒士子嗣，自尊心岂有不被伤害之理？我永远忘不了班上一个高傲的女同学，穿着一件蓝灯芯绒面的羔羊皮大衣，雍容华贵，使我不敢直视。每当看见那件皮大衣的时候，我就要想起自己的妈妈穿的那件旧皮袄。那是妈妈从南方调来北京和爸爸团圆时，为了抵御北方的寒风，在旧货店买的。那是一件由无数块一寸见方的碎皮子拼成的皮袄，每年冬天，我都看见妈妈小心翼翼地在那些碎皮子间穿针走线。我常常伤心地想，我妈妈穿的衣服，都不如这些女同学们啊！这感受，被写进了我的日记，它是不可能不被妈妈看见的，因为她每周都要对我的日记作一次评点。

"你怎么这么自卑？你想一想，自己什么都不如人家吗？"妈妈问。

我想了想，我说当然不是，我的书读得比他们多，作文也写得比他们好。

妈妈说，她也想过，除了让姐弟俩吃苹果皮，穿补丁衣服使她有点难过以外，她也不是一个事事都不如人的妈妈。比如，她可以告诉我们该读些什么书，怎样写好作文。

我哭了。妈妈也哭了。

我告诉妈妈，我错了，我不跟他们比这些。

"那你觉得怎么想才是对？"

"比读书，比学习。"我说。

妈妈笑了，说："这当然不坏。不过，慢慢你就明白了，读书、学习也不是怄气的事，干吗老想着'比'？你得学会把读书、学习、思考、创造，都变成生活的一部分。我这话你大概理解不了，以后再说吧！"

我当时的确是似懂非懂，只有当我18岁以后，一个人借着矿区宿舍一盏自制的床头灯,偷偷读《红楼梦》《战争与和平》,又偷偷开始写一点什么的时候,才渐渐领会了妈妈这段话的深意。那是"黄钟毁弃,瓦釜雷鸣"的时代,而我,不仅从事着最艰苦的职业,而且政治上也屡经坎坷。连我自己都颇觉奇妙,十年光阴何以如白驹过隙,忽然而已。尽管迷茫,却不空虚,尽管苦闷,却不消沉。我把一颗心完全沉浸在写作和读书里。书,大部分是妈妈利用分管图书馆之便,偷偷借给我的。坦率地说,也有一部分是我溜进矿上列为"四旧"的书库,偷出来的。"读书人的事,能叫偷吗?"孔乙己的这句话,常常被我引以自嘲。

当你找到了属于自己的生活方式,你会觉得活得那样忙碌而充实。你不再怨天尤人,也不再度日如年。你渐渐地理解了,你的妈妈不可能留给你万贯家财,她甚至也不大关心你是否能吃上文学这碗饭——我猜想其中不乏余悸和苦衷。你的妈妈最关心的,是她的儿女是否能选择到一种有意义的活法儿。这活法儿使他们即便身处卑微,也不会失去自立于同类的尊严感,不会失去享受充实的人生的自信。

妈妈病故的时候,年仅55岁。

我已经忘记是哪一位作者在哪一篇文章里讲过自己

过生日的惯例了：那一天他绝不张灯结彩，也绝不大快朵颐。他把生日那天作为"母难日"，他说因为自己的出生给母亲带来了太大的痛苦。

每一个人都可以选择最适宜的方式来表达这种孝心。不过，这"母难日"三个字，总使我难免动容。因为我不仅是在出生那天给母亲带来痛苦的儿子，而且是给母亲带来了终生灾难的儿子。因我的出生，使妈妈患了风湿性心脏病，而母亲如此过早地亡故，恰恰是由于心脏病的发作。

我没有更多的话好说。

好好活着。充实，自信，宠辱不惊。像妈妈期望的那样。

妈妈还在山岗上。山岗是普通的。妈妈也是普通的。

每年清明，我都去看望山岗上的妈妈。

妈妈去世后，我们三个子女各自拿了一件遗物作纪念，我拿的，是那件用无数块碎皮子拼成的皮袄。

1991 年

妈妈逼我考大学

我本不愿考大学的。之所以考了北大,是我妈给逼的。

妈妈不是一个望子成龙的人,她只希望她的儿子活得明白、自信、充实,而要如此,她认定了非得送我去读大学不可。"五世业儒书有种,一生任运仕无媒",我妈受陆放翁之毒颇深,她说我家是"书香门第",能不能当官,那是命,甚至于能不能找一份好工作,她都无所谓,可绝了"书种",她会愧对先人,死不瞑目。我妈还说,"四人帮"时代,她绝不逼我,谁让咱家不是"工农兵"呢,现在党又让咱考了,咱还不考?我妈啰唆得很,我怕她啰嗦,同意考北大。

那是1977年深秋时节,"文革"结束,恢复高考的第一年。

那年我28岁。

如果不是"文化大革命",我也应该和今天的高中生们一样,18岁就进考场了。18岁那年,我却卷起铺盖,到京西的木城涧煤矿当了一名岩石掘进工。那时候的我又瘦又小,体重不过百十斤,扛起和我一般沉的风锤,晃晃悠悠,龇牙咧嘴。我最拿手的活儿是跟车——叼着哨子,在飞驰的矿车间蹿上蹿下,摘钩、挂钩、甩车、追车……我时而指挥若定,时而又欢实得像一只出溜出溜四处乱钻的老鼠。

一干就是10年。

28岁了,居然又得进考场。

说实在的,那10年里,我做过大学之梦。1973年,我满以为自己会成为南京大学中文系的"工农兵学员"。因为班组里的师傅们都推荐了我,而我,又刚刚在《北京文艺》上发表了我的处女作——那是一首歌颂"工农兵上大学"这一"新生事物"的诗歌……我没有想到,无论是实实在在地干活儿,还是不实实在在地拍"文化革命"的马屁，都帮不了我——因为我有一个"臭老九"加"特嫌"的父亲，也因为我有所谓的"反动言论"，最终还是被拒之门外。

我坚决不再进考场，怄的就是这口气。我自负得很，自以为已经迈出了当作家的第一步。当作家一定要上大学吗？高尔基、杰克·伦敦、马克·吐温……我一边挖煤，一边读书，虽说是"文革"时期，除了《毛选》和马列，几乎无书可读，可我还是读了不少——其中的大多数，就是我妈利用她负责北大附中教师资料室之便，偷偷拿来给我读的。就这样，我读了10年，算起来上两个大学都毕业了！自以为已经读了不少书的我，认为自己的当务之急是写小说，当作家，让那些当年把我拒之门外的人目瞪口呆。

除了冠冕堂皇的理由，也有一点见不得人的胆怯：文史之类我倒不怵，数学几何我已经10年没摸了。翻开一本初中的数学书，何为"最大公约数"？何为"最小公倍数"？竟如坠五里雾中。就这样去考，数学岂不要吃零蛋！

怄气也好，肝儿颤也好，到底还是拗不过妈妈的啰唆。回北京探家后又回到了矿山，拿着妈妈给准备好的一套高中课本，昏天黑地地背将起来。和我同在一个宿舍的黄博文，也是和我一起到矿上挖煤的"老三届"，他考的是数学专业，现在大概已经是数学教授了。当时的我们岂不是最好的一对应考搭档！黄博文对我说，他最怵作文的开头，请问如何才能开好那个"头"？这问题实在有一点临急抱佛脚的味道。我说，我教你一招儿：你看看作文的题目能不能写成书信体，如果能写成书信体，你就照着一封信去写就成，又新鲜，又直截，那开头儿不就解决了？黄博文说妙哉，天天祈祷着能让他用上"书信体"。我背数学公式背到烦时，向黄博文抱怨说："极大值公式"太复杂啦，我是无论如何也背不下来了。黄莞尔一笑，说，我也教你一招儿：你用"导数"来求，就简单得多！随后教了我一个"导数"的公式，告诉我只需把某数放这儿，某数放那儿，用公式一套，极大值自然出来，"你就听我的，没错儿，你也别问什么是导数，就照着这公式套吧！既省得背那么复杂的极大值公式了，还透着你有学问哪！"我也说妙哉，也天天祈祷着数学试卷里多几道"极大值"的题，好让我的"导数公式"一显身手。

  一个凄清而寒冷的早晨，我、黄博文，还有其他二十几条汉子们在微微的晨光中爬到了一辆卡车上。卡车在暴土扬烟的公路上疾驰，碎石渣噼噼啪啪乱响，山路弯来绕去，我们时而撞向左边，时而拥到右边……考场在十几公里以外的色树坟中学，那是一所简陋的山区学校，我们就在那里续上了10年前的大学之梦。

考完了语文，第一个冲出来拥抱我的，是黄博文。哈，作文的题目居然是"我在这战斗的一年里"，我教他的"书信体"，可不派上了用场！考完了数学，拥抱他的，就是我了——最难的，居然就是两道求极大值极小值的题，我得意扬扬，有多大学问似的，先写了"导数公式"："$Y' = \cdots\cdots$"——尽管我到底也没明白，这公式是啥意思！

考场是因为妈妈的啰唆才进去的，考好了，却也是挺开心的一件事，是吗？

几个月以后，我怀揣录取通知书走进了北大的校园。面对那些学风严谨、学识过人的教授们，面对一个浩若烟海的学问的世界，我才意识到，当初的自负是多么的可笑。

妈妈的啰唆，真是伟大的啰唆。

2002年

笑笑和我

笑笑是女儿。刚过完3000天大寿。

这丫头越来越爱跟我穷开心。当然，责任在我。

她5岁的时候曾经问我："爸爸，大家都说我是属鸡的，这是什么意思？"

"鸡犬不宁。"我说。

"那您呢，您属什么的？"

"属牛。"

"属牛是什么意思？"

"牛马不如。"

她嘻嘻地笑了，眼睛里闪出光来，"那妈妈呢，妈妈属什么的？"

"属老鼠。"

"属老鼠是什么意思?"

"老鼠过街,人人喊打。"

"好啊,打你!打你!"她挥舞着嫩拳冲将过来,反倒向我喊起"打"来。

"祸根"大概就是这样种下的。没过多久,我开始自食其果。

那天清晨,我到首都机场,乘机飞美国访问。她妈妈领着她去送我。过了海关,我从矮矮的栅栏里探过头来,对她说:"女儿,再亲爸爸一个。"她跑上前,踮起脚跟儿,"吧"地亲了我一口,然后,她说:"爸爸,这可是最后一次亲你了。你回来,我可不敢亲了。""为什么?""我怕你带回来艾滋病!……"

天哪,你知道什么叫"艾滋病"!

岳母是一位老北京,对从小看着长大的外孙女自然是极疼爱的,当然,也没忘了言传身教一点老北京的家规。比如每每看见笑笑跟我这儿"幽一默"的时候,便会教导她说:"笑笑,可不能跟爸爸这么说话。"

笑笑便委委屈屈地看我。

我朝她挤挤眼,说:"We are good friends."

她学过方碧辉那三册《幼儿英语》。我的这一句,也是从她那儿听来的。她自然神秘地冲我眨眨眼,会意地笑。

仿佛一下子就有了默契。在老太太面前,我们是正儿八经的好爸爸和规规矩矩的乖女儿,而回到了自己的家里,又"We are good friends."起来。

两个"好朋友"最开心的事莫过于一起改歌了。

笑笑上的小学有一首庄严的校歌:

我们是小鹰,我们是春芽,
可爱的一师附小,把我们培养大……
我们是鲜花,我们是朝霞,
学校生活美如画……

有一次,送笑笑上学的路上,我们把它改得好开心:

我们是老鸹,我们是菜帮,
可恨的家庭作业,把我们压趴下……
我们是蔫花,我们是乌云,
学生生活累死啦……

其实,一师附小是一所非常好的学校,据我所知,比起其他学校来,作业不能算重,而且学校还组织了各种"快乐小组",用以还给孩子们天真活泼的童年。因此,这首被篡改的校歌绝对没有针砭学校的意思。主要是一次送女儿上学的路上,我们见到一位妈妈牵着儿子往学校走,一边走,一边唠叨什么"专心听讲"啦,"课间老实点"啦,"听老师话"啦,那孩子被训得好可怜。灵机一动,我得为女儿找一件开心的事儿来做。

这丫头居然因此上了瘾,自此我们改歌不已。

比如那首"太阳出来了,鸟儿喳喳叫",被我们唱成:"太阳落山了,鸟儿回窝了。鸟儿说,太晚了,你为什么背上小书包?……逃学一天了,冰棍吃足了。我想说,还算早,我本准备半夜再来了……"

比如那首"正义的来福灵",被我们反其道而行之:"我们是害虫,我们是害虫,正义的害虫,把来福灵吃掉!吃掉!"

妻子对此大概是既开心又担心的:"瞧你,也快把女儿培养成一个骚达子了!"

"骚达子"是我早年写的一篇小说里的人物,装傻充愣、开心解闷者之谓也。或许,把一个女孩儿拐带成如此模样,确乎有点糟糕?于是,有几分疑心自己在培养接班人问题上已经犯下了严重的错误。不过,转念一想，人生一世，辛苦遭逢，庶几难免，让我这位活得过于认真的女儿学点这个，焉知是祸是福？

妻子可以庆幸的是，女儿也并没有只学她爹的这一手，也还学了点别的呢。今天，她就拿来了一篇她写的"小说"的开头部分，兹录于后，聊博一笑：

12月16日那天晚上，天上忽然出现一个绿色的发着光的圆形轮廓。那个不明飞行物离地球越来越近，还不断发出激光束。地球上的人东奔西逃。可是也无法躲避这个意外的攻击。这个飞行物终于降落了，人们才看清这是个飞碟。飞碟的舱门慢慢打开，从里面走出一个类似人类的外星人。它的头很大，身子却很短小……

她只写到这儿。她说她明天打算写下去。我说好吧，且听下回分解吧。

1990年

致吾女

女儿：

几天前我和你妈妈一起翻找东西，意外地发现了你来到人世间时穿的第一件宝宝装。我看着那长不盈尺的衣裤实在有些意外，以至一时转不过弯儿来，以为面对的是一件"芭比娃娃"的衣服。我相信你妈妈也和我一样感到意外，因为随后我们都忍不住异口同声地感慨起来："啊，好像我们的女儿昨天还不过是这么一点点，怎么今天忽然就成了一个大姑娘！"真是巧得很，今天贵校来了一纸信函，说是小姐您18大寿将至，为父母者须出席您的"成人典礼"且给您一番成年的训示。

真后悔平常净和你嘻嘻哈哈地穷开心了，现在可好，哪儿还端得出丝毫为父的威严。呜呼，年过半百才忽然发现，我居然一次也没有享受过一个中国老爷子发号施令的权力。

岂止是我，令堂大人也是如此啊！还记得你小时候吃药的细节吗？我们一而再、再而三地给你讲道理，最终让你满噙着泪水，自己张嘴把药吃下去。我们甚至未曾捏着你的鼻子灌过一次。我们更是一次也没有打过你，没有训斥过你。你当然做过错事，可我们除了认认真真地和你讨论是非曲直，从来也没有强加给你任何你尚未理解的东西。

这个世界上不给人以平等、不给人以尊重的事情太多太多，你的父母一生所见所闻，亲身遭遇的屈辱和不平也太多太多。我们相信，你既然来到人世，所遭屈辱所遇不平庶几难免，可是如果在我们自己的家里，我们自己的女儿都得不到平等和尊重，这样的人生还有什么幸福可言？

我和你妈妈都在庆幸，庆幸我们一直坚持着既定的原则，否则，我们还能培养出你这么一块料吗？

女儿，说老实的，你老爸老妈为你感到骄傲。骄傲的绝不是世俗的所谓成绩与名次，而是你的尊严感并没有被摧毁，你不会蝇营狗苟察言观色活得委琐而可怜；你的个性没有泯灭，你不会随波逐流人云亦云活得圆滑而压抑。你维护着自己的尊严和个性，又懂得尊重别人的尊严和个性。这是一种健康、健全的人格。能以这样的人格追求去做学问，将会坚守自己的发现和创造，也尊重别人的发现与创造。这就是我一直和你说的"北大精神"。我为自己的女儿在18岁前能奠定健康的人格基础而欣慰。

人生得吾女足矣。

我知道，你妈妈知足，你可千万别知足。你得想想，18岁以后你应该怎么做？

我们对你有如下建议：

第一，18岁你得抱定主意去"行万里路"了。我知道你得笑我假模假式地说套话。可是你爸18岁那年去挖煤了，你妈18岁那年去种地了，而你，或许能够自省到自己的视野尚嫌狭窄、性格尚嫌脆弱吧？除了抱定领略大千世界拓展人生视野的渴望，去经风雨、见世面，又有什么办法？18年来，我们对你的一切培养其实都是为了你能够离开我们，自己去面对世界。

第二，又是一句套话，18岁你得开始"破万卷书"了。我早就说过，读书的妙处，就在于它能使有限的人生得到无限的拓展。我是从15岁开始手不释卷的，如今仍觉"书到用时方恨少"。"日月忽其不淹兮，春与秋其代序"，"年一过往，何可攀援？"。逝者如斯夫，望吾女莫做老父蹉跎之叹。

第三，18岁，你得准备迎接困厄磨难。"西伯拘而演《周易》，仲尼厄而著《春秋》"，须牢记，一切磨难都是对有声有色的人生新的赐予，因此，从事人文科学的知识分子的最高境界，是对降临人生的磨难永远作艺术化或哲学化的观照，将其变为丰富自己、激励自己的机会。太史公曰："自古富贵而名磨灭者，不可胜记，惟倜傥非常之人称焉。"愚以为，富贵无须羡，名利亦不足道，做一个倜傥非常之人，无论面对什么挫折，永不委顿，永远生活得超迈而乐观。是为至要。

好啦，吾家有女初长成，老夫不能不唠叨。杂谈如上，不知能复命否？陈朗小姐，前进前进前进进！

你爸（执笔）

你妈（圈阅）

1999年6月

不敢敲门

我这个人在感情上是很粗糙的。更何况活得匆忙,也没工夫细腻缠绵。不过,生活中也会有这样的偶然:某一天因为有一点什么事情触动了心弦,思绪也会如同潮水一样涌动起来。这突如其来的涌动,固然不像涓涓细流那般千回百转,可厚重的蕴积一旦被唤醒,那奔突冲撞的震撼,或许又是涓涓细流所无法比拟的吧。

面对眼前这片栉比鳞次的房屋,思绪就是这样涌动起来了。

此刻,我不知道该不该去叩那扇门。

10年了。倘若我要探访的人和我年龄相仿,那倒没什么。然而,十几年前,他已经是花甲老人,10年后才来敲门的你,怎能不心怀惴惴?

这时候你突然体会到了,淡忘是不可饶恕的。

20前我是一个还算利索的窑工。我在京西木城涧煤矿的岩石掘进队跟车。回想起来,那活茬儿很有几分"浪漫":追着奔驰的矿车蹿上跳下。站在矿车的尾部,头顶上那盏矿灯,像流星一般从漆黑的井巷掠过。最刺激的,当然是挂钩了——侧蹲着身子,一手托着铁钩,一手提着铁销,屏住呼吸,盯着那列轰隆隆奔腾而来的牵引车。"咣"的一声,两车相撞,销落身闪,大功告成,随即又飞身抓上毫不减速冲向前方的矿车,和这黑色长龙一道呼啸而去……对于我来说,这场面的最终结局却一点儿也不浪漫:我差点儿为此送了命。这事回想起来至今仍使我后怕:那一次我登上的那辆矿车意外地出了轨,霎时间我变成了一个西班牙的驯牛士。出轨的空矿车被飞速行进的车头牵动,在枕木上狂奔乱跳,尥蹶子,扭屁股,最后把我重重地摔到另一条轨道中央。没等我反应过来,一辆滑行的装满矸石的矿车已经冲了过来,把我卷到了矿车碰头底下。我醒来时发现自己躺在一位师傅的怀里,眼前无数黄灿灿的矿灯在闪。他们喊我的名字，问我伤在何处。那位搂着我的师傅吆喝着人们去找木板。木板找来了，顺在了我的身旁。我听见他们喊"一、二、三！"就什么也不知道了。

醒来时我发现自己到了矿医院。我知道我被抬上了急救车。我听见了引擎的声响，又昏迷过去。再次醒来时，我已经到了矿务局医院。

我伤得不轻：两节脊椎骨严重压缩骨折；棘突粉碎；肋骨也折了两根。脊柱的神经受损，左腿暂时失去了知觉。伤筋动骨一百天。我必须在局医院绝对卧床三个月。老张师傅就是那三个月里朝夕服侍我的人。

我在矿上没见过这位瘦小枯干的老人。他早已退休在家了。这次之所以来照料我，是"立新科"请他"立新功"来了。因为他的家不远，就在局医院对面的黑山居民区。

他穿着一身薄薄的黑色中式棉衣裤，脸色焦黄，似乎永远在谦和地微笑。

"你别动。建功你别动。不能动。"我忘不了他那浓重的河北口音。他习惯于絮絮叨叨地重复。一边絮叨着，一边抢着接过我手里的便壶，或是递来我伸手要去够的东西，"这没啥，没啥，你别在意。要说呢，我这岁数是比你高，可你不是受着伤呢么？走窑的人，谁敢保不伤筋动骨？保不齐！你别不落忍。该开口就开口，听我的，听我的……"

他每隔一小时帮我翻一次身。用酒精擦我的后背，怕我生褥疮。每天晚上，他都去打来热水，一把一把拧干毛巾，一点一点替我擦身子。我的一切日常生活：吃饭、服药、大便、小便，全都得躺着进行。而他，总是含着慈祥的笑，帮我做了一切。看着那微微驼背的身影总在床边闪来闪去，心里真不是滋味儿。端饭倒水尚能忍受，而让一位年逾花甲的老人给你递便壶、倒便盆，怎么过意得去？他一定是看出了我的心思。大概是因为发现我常常把那些事交给来探视的年轻工友代劳。有一天他对我说："你得把我当自家人。咱爷俩儿赶上了，是缘。帮你一把，该着！赶明儿你好了，兴许我还躺下了呢，兴许得你去伺候我呢。都是走窑的出身，谁跟谁？"

这质朴诚挚的心所应该得到的回报，难道就是你一别10年，才来这么一次探望吗？

我可以找出无数理由为自己辩解。我的确忙得不可开交。来约稿的编辑们，来探讨的批评家们，来采访的记者们，来交流的读者们……应酬，会议；有用的，没用的；被请去的，被逼去的。我记得和张师傅分手之初我还架着拐，每次去局医院复查，我都忘不了去看他，留在他家里喝上两盅儿。后来，我上了北大，似乎只来过一两次了。再后来，我再也没来过。倘若这一次不是来门头沟的百花饭店开会，你是不是会永远将这位老人冷落？任何辩解都无法弥补我对这淡忘的歉疚。一个人的歉疚越是深重，似乎就越缺乏补偿的勇气。譬如现在，面对着咫尺之遥的一扇门，你忽然犹豫却步了——敲开了那扇门，假如你得到的，竟是一个不幸的事实，那又如何是好？

不敢敲门。

我提着点心、水果回到了百花饭店，给曾经在局医院为我诊治的医生拨了个电话。他告诉我说，老张头早已不再陪床了，除了去年秋天在街上见过他一面以外，已经很久没见到他了。

我又来到医院门口的小马路，打量那些摇着轮椅转悠的人们。我想，他们中间，大概会有当年住院时结识的病友。他们几乎天天都在街上转。向他们打听一下，应该是不难的。

没有一张熟悉的面孔。

我只好去敲门了。

开门的，是张师傅的老伴儿。她一下子就认出我来了："是你呀！当家的前儿个还念叨你哪！"

长长地，舒出了一口气。

"张师傅挺好吧?"

"好,好,让您惦记着。他在外边呢。不远,不远。四儿!四儿!去把你爷爷叫回来!"

没多一会儿,张师傅回来了。

10年了,他并不见比从前老多少。据说人过60,外貌上的变化就很小了。见到我,并不大惊大喜,只是微微一笑,说:"建功来了。"

落座。沏茶。问我的父亲、母亲,问我的妻子、孩子。我也问他。他说他还在外面干点什么,值个班,守个夜之类。

"孙子还没娶媳妇呢。现在可好,娶个媳妇得好几千块。靠他们自己挣?挣不来,挣不来!"

"嗨,挣多少就花多少呗,何必还用您出去干!"

"我行。再说,在家,是待着。去守夜,也是待着。"

他问我大学毕业以后去了哪儿。

"留北京了。在文联工作。"我说。

"那好,离家近了,也好照顾着。可北京也有北京的难处哇。物价高,就你那百十块钱的工资,怎么过哇?"

"是,光靠那百十块钱,日子是没法儿过。我们单位那些年轻干部,挺苦。"

"建功啊,你有用得着的,说话。我这儿多了没有。

三头五百还拿得出来。"

"我用不着,用不着。"我犹豫了一下,不知该不该告诉他,我还有稿费收入,"我哪能花您的钱?再说,您放心,我也不缺钱。"

"你拿我当外人。你这样的人哪儿有来钱的路子?不开公司,也不当倒儿爷,就靠点儿紧巴巴的官饷。你听我的,别不好意思张口。"

"张师傅,我真的不缺钱。这样吧,真需要,一定不跟您客气,行了吧!"

"这就对啦,这就对啦。"他说。

中午,爷儿俩围着小炕桌,干了几盅"燕岭春"。师母炒的菜里,专有一盘"鸡蛋韭菜",一盘"辣白菜"。她一定还记得我爱吃。我住院的时候,张师傅经常给我带这两样菜。

告辞的时候,张师傅把我送出挤满了自盖房的居民区。上了马路,我劝他留步。来时我曾经逛了逛马路边上的书店,看中了一本书。我告诉老人家,我要去买本书,然后赶回饭店开会。"我没事,没事。"他偏偏还要坚持着跟我进书店。

我朝售货员要过那本《洪堡的礼物》,翻看它的序跋。张师傅似乎是到旁边的柜台转悠去了。我举手招呼售货员过来，打算付款。老人却不知什么时候回到我的身后了。我听见他悄悄地对我说："建功，走吧，钱，咱们交啦。"

"什么？您何必……"我真有点哭笑不得。怪不得他偏要跟我进书店。我知道这还是因为刚才那个话题。说不定老人家看我拿着书颠来倒去地看，越发认为我在为花不花这个钱嘬牙花子呢。我怎么办？拿着钱跟他在书店里推来搡去？

"这没啥，没啥。"他揪着我的衣袖往书店外面拉，"走吧，你不是要开会去？别误了正事。"

我没再说什么。

黑山居民区外面这条马路与10年前相比，似乎没有很大的改观。窄窄的，稍稍有点坡度的S形水泥路。路两旁的建筑比起门头沟繁华地段那突兀而起的如林楼宇，越发显得陈旧而寒酸。然而此刻，大概因为刚刚告别的那位老人的缘故，这一切都给你带来了某种亲切感。

我忽然想起，在这片土地上，或许你还有许多未能了却的情债？

"白老虎"在哪儿？宋文忠又在哪儿？我后来才听说，若不是"白老虎"拼死扛住那辆冲过来的矸石车，恐怕我已经是车下鬼了。而把受伤的我搂在怀里，招呼人们去找木板的，好像是宋文忠。若不是他的经验，我的下身截瘫无疑。还有王成洪，是他抱来了一床被子，给我盖在担架上。还有唐辰功，往我嘴里滴了一管清凉甘甜的葡萄糖水……护送我到局医院的，是当时我们工段的党支部书记郭会军，他给我剪开了满是粉尘泥浆的窑衣，替我擦净了身子，把我推进急救室。在张师傅之前护理我的，大概是刘云祥，那是一位周到的、却不断找话茬儿和你开心解闷的窑工。真抱歉，有的人甚至记不清了——哪一位帮我做了一个木板的书写架，使我躺在病床上还能写作；哪一位替我搜寻过当时很难找到的文学名著，使我得以充分利用那难得的空闲……

人们，你们都在哪儿？

可是，倘使你真的知道了那些窑哥们儿的踪迹，你也真的能一一找上门去，和他们畅叙别情吗？

我只能苦笑。我未必有那么多的时间。

不过，我想我总应该找一个机会，对所有关心过我，救助过我的人说，我想着你们！

1984 年

默默且当歌

我是在山脚下筛沙子的时候,听说自己被北大录取的。

那时我已经在京西矿区干了10年了。打了5年岩洞,第六年上被矿车撞断了腰。伤好以后,我就在那个山洞里,天天率领着四个老太太筛沙子。

更确切地说,那位工友兴冲冲地跑来报信的时候,我正仰面朝天,躺在沙子堆上晒太阳。我记得,听他说完了,当时似乎只是淡淡一笑。

我又翻了个身。我想晒晒后背。当后背也被晒得热烘烘之后,我爬起来,去领我的录取通知书。

你会骂我。

"玩儿深沉。"你说。

我不知道"深沉"有什么可"玩儿"的。那会儿既不知道高仓健,也不明白海明威。我只是想,晒完了后背,什么也耽误不了。

回想起来,有点儿后怕。

我的心,已经像岩石一样粗糙了。

那一年,我28岁。28岁,已不再是激情澎湃的年龄。

那么,38岁的今天,当你打算为那些日子写下一点什么的时候,你是否能"激情澎湃"一次?

这或许就是无法挽回的遗憾。啊北大,啊摇篮,啊粼粼的湖光,啊婆婆的树影。你忽然发现,你根本"啊"不出来。

你怅然若失,你不那么甘心。那粼粼的湖光、婆婆的树影,毕竟对你的一生都非同小可。

那也"啊"不出来。

可是,一定要"啊"出来吗?

我更喜欢默默地想。

写小说写出了毛病。

想的，常是那些别人以为不足挂齿的事。

比如，水房歌手。

他们每天晚上9点、10点时的歌唱。

如今，不知那带有几分戏谑的雅号是否能代代相传，可是我担保，那忘情的歌声不会消失。

当年的水房歌手们，他们知道自己至少拥有一个动了情的听众吗？

他们是不会知道的。他们从来不指望拥有什么听众。他们只管赤条条地在水房里蹿来跳去。举起一盆盆凉水，灌顶而下，在"哗哗"的水声里，发出酣畅淋漓的尖叫。要不，他们就站在水池旁，抓住盆里的衣物，搓呀搓，一寸一寸地搓，痴痴地盯着莹莹泛光的皂泡，好像那里不是有童年的梦幻，就是有恋人的倩影。

他们开始如醉如痴地歌唱。

冰雪覆盖着伏尔加河，

冰河上跑着三套车……

歌声在湿漉漉的水房里回响，居然显得格外圆润而悠扬。可以想象他们的得意。再往下，决心和刘秉义一比高低，唱得更加哆哆嗦嗦——

有人在唱着忧郁的歌,
唱歌的是那赶车的人……

一般说来,伏尔加河上的"三套车"是很难跑完全程的,因为很快就可能有"青松岭"的那挂车出来与之并驾齐驱了——

长鞭唉那个一甩哎,
叭叭地响哎,唉嘿咿呀,
赶起了那个大车,
出了庄唉嗨嗨哟……

另外还有一匹"马儿"则被恳求"慢些走喂慢些走",因为"我要把这壮丽的景色看个够"。而那匹叮叮当叮叮当铃儿响叮当"的"马儿"呢——

……那马儿瘦又老,
它命运不吉祥,
把雪橇拖到泥塘里,
害得我遭了殃……

那时，我住在32楼的332房间，和水房是对门。我的铺位是门后的上铺，敞开的通风窗像个咧开大嘴的喇叭，对着我的脑袋，天天晚上为我送来这永无休止的歌声。

我得承认，开始的时候，你真恨不得想骂娘——你们还有完没完呀！心里骂着，脑袋扎进了被窝里，可被窝外还是唱得顽强。"唰"，电闸不知被谁拉了，水房里漆黑一片，短暂的静寂之后，那里又亮起了电筒的光柱。那气氛更加热烈而神秘，俨然一道道追光在舞台上闪烁——

深夜花园里，四处静悄悄，只有风儿在轻轻唱。人家的闺女有花戴，你爹我钱少不能买，扯上二尺红头绳，给我闺女扎起来。河里青蛙从哪里来？是从那水田向河里游来。甜蜜爱情从哪里来？是从那眼睛里到心怀。哎哟妈妈。谢谢妈，临行喝妈一碗酒，浑身是胆雄赳赳。雄赳赳，气昂昂，跨过鸭绿江。鸠山设宴和我交朋友，干杯万盏会应酬。哎哟妈妈，你可不要对我生气，年轻人就是这样相爱。莫斯科郊外的晚上。第七不许调戏妇女们。向前进向前进，战士的责任重，妇女的冤仇深……

1978年就是这样一个年代。你的耳畔还萦绕着八个样板戏震耳欲聋的鼓点子,从海峡彼岸却传来了邓丽君半喘着气绵绵软软可又挺中听的流行曲。你刚刚听到了一条大河波浪宽十八岁的哥哥呀细听我小英莲,又不能不迷恋上了梨花开遍天涯晨雾袅袅如纱峻峭的河岸上站着的喀秋莎。

在这样的年代,在每一个人都可以无拘无束地歌唱都可以自命为歌星的地方,如果唱不出这颠三倒四的效果,说不定倒成了一件怪事。

恢复高考是新时期带给青年的第一个狂喜,而77级的大学生是最先享受了这狂喜的幸运儿。他们中间,又有谁能没有命运转机的喜悦和自得?

能不让他们唱?

看来,我唯一的办法只能是:躺在我的"包厢"里听。

听他们昏天黑地地唱。

生活中往往有这种事情发生,有一天你忽然发现,以往你以为最原始、最粗鄙、最不值一顾的事物里,却蓬勃着激动人心的生命的律动。这道理是很久以后我才懂得的。

值得庆幸的是,在我悟到这点之前,我每天都不能不无可奈何地接受着水房里的喧嚣。

慢慢地你能听出来,谁最爱唱《三套车》,没完没了地对人生喟然长叹。谁最爱唱《乡间的小路》,悠悠不尽思乡梦。谁能一句不落地唱下来舞剧《红色娘子军》的总谱,管乐弦乐锣鼓铙钹一人独揽。

"文武昆乱不挡"的,大概就是天津小伙儿苏牧了。不过他的特点倒不难把握:为了充分显示男子汉的自信,他永远要在嗓子眼里压扁每一个音符,"文武昆乱"不管。扮演插科打诨角色者,必是李彤。未来的《人民日报》编辑的拿手好戏有:样板戏唱段,毛主席语录歌,惟妙惟肖的"林副统帅"讲话。于是之扮演的几乎所有角色的复制。他常常"足不出户",只需在我们332室里恰逢其时地吆喝一嗓子,稍加"点染",就会使水房里爆发开怀的笑声……你终于感受到了这昏天黑地的喧腾的底蕴。这里是一个每个人都充分展示个性的舞台。你听到的,竟是这样有趣的歌唱。且不管它是庄严是调侃是忧郁是反讽,也无须管它是否还有一点自鸣得意。它们都是被禁锢的精灵冲出瓶口的呐喊,是白兰鸽们在欢腾的白云里,灿烂的蓝天间自由自在的歌唱。

也许,回味那个年代,更值得叙说的,是思想解放的大潮如何涌入沉寂多年的未名湖,引起隆隆的回响。

规模浩大的"五四"学术讨论会。日益开放、日益大胆的讲坛。活跃的学生社团。广泛的社会交流。熄灯后的宿舍,关于"凡是派""实践派"的喁喁低语。大礼堂里,倾听新学科讲座的一幕幕……相比之下,水房里的歌声也许是1978年的北大校园里最无关紧要的声响。然而,又何尝不可以说,这声响恰恰也是那奔突汹涌的潮水的回声呢?

是的,当年躺在那张吱吱作响的双层床上,听着水房里送过来的歌声,仿佛真的可以感受到那潮头的喧闹,那潮头的迷人了。这歌声是我的同代人以情感的方式对一个新的开放的时代伸出的臂膀。这时代不再容忍专制和封闭,不再容忍僵死和愚昧,不再容忍压抑个性,不再容忍蔑视知识和才华。这歌声又是我的同代人对一种新人格的呼唤。这人格不再苟苟且且,无须仰人鼻息,只管让想象自由地飞翔,坦坦荡荡地唱自己的歌。

我知道,这感受说不定只属于我一个人。这足够了。又何妨只属于我个人。

因为我曾经在这喧闹声中反省自己18岁到28岁的时光。你可曾有过一次这样酣畅淋漓的歌唱?当你被怀疑为"反革命集团成员"而接受"审查"的同时,你还接受了审查你的那位书记的吩咐,为他拟定了学习"九大"文件的辅导报告。当你被取消当"工农兵学员"资格的同时，你发表了你的"处女作"，那恰恰是一首讴歌"工农兵上大学"的诗篇。其实，严格地说，你的"处女作"早在这之前已经发表了，不过那署的是别人的名字。那位"劳动模范"器宇轩昂地在劳动人民文化宫朗读了"他的"诗作《煤矿工人这双手》，然后他到北京饭店吃他的庆功宴。第二天，"他的"诗作就登在了《北京日报》上。而你，老老实实地回到岩洞里开你的风钻……你可料到，会有这样一个时代终于到来？可曾知道，还有这样一种富于魅力的人生值得认同？

选择，就是在这喧嚣与骚动中重新开始的。

你今后还会唱你不想唱的歌吗？

我只唱自己想唱的歌。

当一个水房歌手是多么欢乐。

唯一遗憾的是，我一次也没有到水房里真正地唱过。即使在这以后。

我指的，是用我的笔。

默默地想。

耳边，盆碗响叮当。——又是那些别人不当回事儿的事。

毛巾布缝制的碗袋，拴在书包带上。沿着柏墙环绕的小马路，从32楼奔一教，从图书馆奔食堂。一路叮当。

岂止我一个。校园里，不时地四散着叮叮当当的大军。

至少在我离开北大的1982年，这响声没有消失。

现在也许消失了。食堂里大概安上了碗柜。

心里流过一丝留恋。

有什么意义？

没什么意义。只是觉得有点意思。如果硬要说出有什么意义的话，好像当年听见这声响曾经嘻嘻一笑。它似乎提醒你一点什么。

大概，时不时听一听这叮当声，能使你少点傻气，少说一点"堂堂北大，八千精英"之类的话。

默默地想。

朱光潜先生去世后，曾想写一篇文章。后来我没有写。因为我从来无缘向先生求教，甚至连一句话都没有说过。

只有两次，在燕南园的围墙边，呆呆地望着他。

他是在散步，还是在跑步？小臂弯曲，平端在身体的两侧，攥着双拳，努力把身板挺得平直，目光平视前方。他的两脚在草地上一蹭、一蹭，每一蹭挪动的距离，顶多一寸。

我在矿山的时候，曾经偷过一次书。那批书被当做"四旧"，准备送去造纸厂。我裹上一件棉大衣，装作和那位打捆装车的师傅闲聊，趁其不备，往腰里掖了几本。

其中就有一本1964年版的《西方美学史》。

上北大以后，我读了新版的《西方美学史》，朱先生那篇新版序言曾使我久久难眠。

这以后，就见到了燕南园里跑步的他。

望着他那瘦小的衰老的身影，我无法想象，正是这老人，写了那么一篇风骨劲健的文章。

他的心里，该是多么有力气。

我知道，仅仅凭这材料，何以能写出一篇纪念的文字。

可是，我还是想说，仅仅凭这一点印象，我总觉得自己的心里永远流着一条很宽很宽的河。

默默地。我甚至想到了发财。尽管这是梦想。

毕业的时候，班里给中文系的老师们写了一封辞行信，贴在五院的办公楼里。我记得是黄子平写的。后来我加上了几句话。

大致的意思是，老师们生活太清苦。我们一介书生，爱莫能助。寄希望于未来。但愿不久的将来，房子会有的。

工资会涨的。学生将为此感到欣慰。

那时心里就慨然一声,闪过一个发财的念想。

然而至今也没发财。

恐怕将来也难得这机会。

欣慰,还是时时感到了一些的。特别是最近,不时传来某位老师出谷迁乔,某位老师家里接通了电话之类的消息。

真希望这消息多一点。

1988 年 1 月 25 日

代言扬子鳄

野生动物保护协会想邀请几位作家做濒危野生动物的代言人，在其间穿针引线的，是一向热心于环保和野生动植物保护事业的高桦女士。那几天我被公务纠缠，忙得一塌糊涂。就在这忙乱中，作家方敏选定了为熊猫代言，赵大年则属意藏羚羊，而陈昌本，与金丝猴结了缘……几天后，高桦告诉我，因为四处寻我无着，只好把扬子鳄分配给了我。

闻知此事的几个朋友都忍不住笑，我知道他们笑什么。和金丝猴结缘和大熊猫攀亲，大概不乏美感，而为扬子鳄代言,大概有"为丑陋代言"的味道吧?我也是直到这时候才知道,原来扬子鳄也是需要人类关心关注、为之奔走呼号的濒危物种。

此前是见过鳄的,最早是在好莱坞的电影里,大多是某男某女掉进了泥塘,突然发现池塘中有鳄鱼游焉,接下来就是撕心裂腑的惨叫和泥一把水一把地逃生。真正和鳄有了接触,是在泰国。曼谷附近就有辟为游览观光地的鳄鱼公园。当时,我和游客们从竹木搭成的架空桥上走过去,脚下就是横七竖八昏昏入睡的巨鳄们。其首若龙,身躯庞大,遍布鳞甲,像一具具生铁铸就的怪物静卧在泥淖之中。其时巨鳄们一动不动,却有淑女游客惊叫起来,勾起我对好莱坞电影画面的回忆,森森然也有些脚板发麻。忽而又想起了韩愈的《祭鳄鱼文》。说实在的,《祭鳄鱼文》虽然被历朝历代评为千古名篇,曾文正公说它"文气似司马相如《谕巴蜀檄》","以矫健胜",我却觉得它有些作秀,还有点"官本位"的自负。有论者说韩愈"欺世盗名",未免过分,我亦不敢苟同也。但说《祭鳄鱼文》是千古名篇,我也读不懂。不过,由此知道在古代中国的南方,鳄鱼是为过大害的,由此对鳄鱼的印象,基本上早已是定型的了。

问题在于,人类是否应该根据自己的好恶,决定一个物种的存亡。

扬子鳄濒临绝境的情况是很复杂的。人类对它的恐惧和厌恶只是一个原因,人类的贪婪和欲望所导致的"食肉寝皮"之举,也不难遏制。但自然生态的恶化,应该是一个物种的灭顶之灾。当然,如果和它的"同代人"恐龙相比,扬子鳄已属幸运。把这水陆两栖的爬行动物叫"鳄鱼",实在是民间的误读。但是,也就是这"鱼"性,或许正使它在恐龙灭绝的时候,游刃有余,得以躲过一劫。就这样,它们成为了江河湖泊沼泽滩地的寄居者。然而,前一劫躲过,后一劫就难逃了。人类文明的进程疯狂地挤压着扬子鳄们的栖息地,江河湖泊在被污染被填埋,湿地沼泽在大面积缩小。2001年8月29日《中国青年报》载文说"扬子鳄在稻田和池塘间徘徊",该文引用了著名动物保护学家约翰·瑟布贾森纳充满感情的描述:"它们是因为耕地的扩张而成为流亡者的。""它们再也没有栖息地了。它们在一片又一片的耕地中徘徊,去寻找一块可以生活的地方,但它们自始至终都没找到过。它们很少能在野生环境下繁殖了。"据这篇文章说,扬子鳄的厄运开始于7000年前,人们将长江下游流域开发成世界上最早的几个粮食产区之一。其后,人口不断增长,扬子鳄赖以生存的湿地环境也随之变成了耕地和鱼塘。

啊，我们自豪的鱼米之乡，原来也是"罪行累累"。

当我们的家园被异族侵占时，我们热血偾张，誓与热土共存亡。

而我们人类，却是扬子鳄家园的侵占者。

它们只能迁徙流亡，最后归于绝灭。

我们在改天换地的豪迈中，是不是应该有一点负罪感？

就在读了《中国青年报》报道的那天晚上，我做了一个梦，梦见外星球来了一群新新居民，他们视人类如草芥，驱赶着我们落荒而逃。但是，唯有安徽是新新居民们不动的乐土。据说，因为这里的人们具有"生态道德"，可以免除惩罚。一觉惊醒，哑然失笑。破解此梦，竟是那么容易——原来就在睡觉前我看了另一篇报道，说安徽建立起了扬子鳄自然保护区，总面积达45000公顷，人们在努力从毁灭的边缘夺回这一宝贵的物种资源。

且不说这篇报道是否过于乐观，但人们终于产生了负罪感，终于要平等地关心一下我们的扬子鳄了。但愿人们都做一做我做过的梦，将心比心，留多一些湿地给扬子鳄，让它们过上安居乐业的日子。

2006年4月8日

第 2 辑

双城飞去来

这几年常往北海跑。北部湾畔的那座小城,是我的家乡。记得1957年初到北京的时候,人问"哪里人",一说"北海",人皆茫然,闻所未闻的样子。有些牛哄哄的同学还装傻充愣,说:"北海公园?"令我悲愤了很久。没想到,到了1993年,那里竟"火"了起来。好几位做房地产的朋友听说我是北海人,问"没回去拿块地么?",或问"能回去帮拿块地么?"……"拿地",我肯定是没招儿的。不过,遥远的家乡,让那么多双眼睛突然放出了光,倒也令人豪情万丈。

随父母移居北京那年,我还不满8岁。上北京,是我朝思暮想的。虽然我爸回北海之前,我都没见过他。见面没几天,因为我的骄蛮,还挨了他一顿揍。即便如此,为了"上北京",我甚至不惜做了我爸的"同谋":为动员心存疑虑的祖母一同北上,我爸到珠海路上去找了个卦摊儿,我看见他和算命的"盲佬"嘀嘀咕咕,还偷偷给他塞钱,后来就看见我爸把他带到祖母面前,说北京的风水怎么怎么好,富贵寿考长宜子孙……在成人眼里,孩子的智力永远是被低估的,先父在天之灵,恐怕万万也不会想到这个"诡计"早已被我识破。我的祖母当然也不知道里面的故事,但富贵寿考的梦想,最终也填不满思乡的寂寞。只一年,祖母就回北海去了,几年后终老故乡。屈指算来,那都是近一个甲子之前的事了。当年那个8岁娃娃,早已被北京"同化"。被"同化"的证明是,我成了所谓的"京味儿作家"。当然我知道深浅,对这"封号"老有点儿战战兢兢。唯一有信心的是,说"京片子"还是够格儿的。我的一位老乡到北京闯荡了好几年,至今那"儿"话韵,还拿捏不好。时不时就把"倍儿棒"那个"儿",说得"字正腔圆",要么,就把"特好"说成个"特儿好"。闹得我忍无可忍,说:

"您就别费那个劲儿啦,就算把'儿'闹明白了,您离'京味儿'也还远呢!"我说的是实话。弄明白京味儿,"儿"化韵也好,"双声叠韵"也好,还都是皮毛。要是会夸饰会自嘲呢,这才沾上点边儿。想起我的老师蓝荫海给我讲过的一个故事,说是老舍先生到北京人艺去谈剧本。先生在人艺导演和演员中的人望,当然是很高的。讨论先生的剧本,也自然多是赞扬之声。不过,也有一些赞扬或吹捧闹得先生反倒不好意思起来。时有某位朋友溢美过甚,大约是奉上了什么"里程碑""转折点"之类的桂冠,只见先生摇摇头,微笑着说:"您这是骂我呀!"因为在场的人都熟谙北京文化,便会心地大笑起来。偏偏有一位刚刚调入人艺的演员,一头雾水。散会后四处表示疑惑:"老舍先生说'那是骂我',什么意思?为什么是骂他呀,我听着没骂他呀……"有位老演员哈哈笑道,就冲这,您还得在人艺且'泡'呢!你听不出来?人家蒂根儿就是反话……

弄明白北京话哪些是正话反说,哪些又是反话正说,还不算明白了北京人的"精气神儿"。

北京人的"精气神儿",在他们的活法儿。

宠辱不惊的处世哲学,有脸儿有面儿的精神优势,有滋有味儿的生活情致,自信满满的神侃戏说……这活法儿从一个"制度笑柄"里孕育出来——"大清国"凋零落幕,"铁杆庄稼"自然就雨打风吹去,甭管您祖上是皇族贵胄还是八旗兵丁,当您把最后一只扳指抵给了赊账的绸布庄或酱菜园,您就得盘算着,全家的嚼谷该上哪儿淘换了。要么,您得悄没声儿溜到天桥儿去,找个茶馆唱唱子弟书、"什不闲";要么,您就赁辆洋车拉个晚儿?……皇城根儿"老辈儿"波峰浪谷的人生遭际,"挂不住"的脸面与贵族的"死扛",扔不下世代传承的子弟"玩意儿",却不能不做起士农工商,一边吹嘘着过往的繁华与体面,一面又与引车卖浆者流请安唱喏……渐渐的,它被敷演成一座城市的生活态度,一种有滋有味儿的活法儿。它造就了平民北京文化的魅力。

我是在"寻根文学"风生水起的时候,感受到其中魅力的。

我在人民大学的大院儿里长大,其实离老北京还隔得很远。18岁到28岁之间,到京西挖煤,算是混到了京郊的底层,但对北京的了解,也边缘得很。那时忽然读到一本张次溪先生著《人民首都的天桥》,感到发蒙启蔽的震撼。这本书是张次溪对旧京游艺场天桥的调查。它一一列数了近半个世纪的"天桥人物"——几代"天桥八大怪"和其他"撂地抠饼"的艺人们,它还记录下尽可能搜集到的相声段子和俚曲唱词，一首一首地读下来，你仿佛能看到那暴土扬烟人头攒动百艺杂陈嬉笑怒骂的现场……重要的是，这本书，引领我读到了"平民北京"的生活哲学。记得这书是李陀从北影图书室借出来的，文不对题的书名，倒让我看出作者欲借"正能量"的名义，保存旧京民俗的苦心。据说，这苦心，好像也没修得"正果"——李陀告诉我，此书只有50年代初"内部发行"的一版，数量极为有限。"内部发行"的理由是：这哪里是"人民首都的天桥"，分明是旧社会的天桥！……平心而论，这"判决"倒是准确的，尽管它遮蔽了一个学者沉潜于平民文化而焕发的心灵之光。

我却循着这光，找出属于我的激情来。

30年前，我沉浸于"京味儿"中探胜求宝的时候，做过一个演讲，题目是《四合院的悲戚与文学的可能》。我描述了"四合院"那牵儿携女的家庭序列的瓦解，叹息传统的情感方式和思考样式所面临的挑战，当然，最终那话题谈的是，文学在这进程中可能做些什么。

30年后，我发现当年采访过的人物已经先后离去，曾经名满天桥的艺人"大狗熊"孙宝才、由我介绍为金庸先生表演过"叫卖"的臧鸿、给我讲过家史的"爆肚冯"第三代传人冯广聚……和他们一起消失的，是我曾经非常熟悉的那些胡同和大杂院。用一个北京"老姑奶奶"的说法,现如今城圈儿里哪还有北京人哪?姑奶奶家由皇城根儿搬到了天坛根儿,现都搬到六环根儿上去啦……

那些有滋有味儿的地方和有滋有味儿的人,仿佛一夜间没了影儿。

就像那句老歌儿所叹,不是我不明白,是这世界变化快。

我问自己,是不是应该到"六环根儿"上的公寓楼里,找那些"皇城根"的老街坊们?我去过几次,发现真正的京味儿,还可以在楼上楼下邻里之间感受得到,但可以预见的是,它马上就消失在历史的天空。

我为自己的失落而胆怯,这是落伍于时代的信号。

最终我发现,只有回到北海,才能找到那种睽违已久的滋味。这是一种"落伍者"的欢喜?

其实北海并没有"落伍",它的变化也是吓人的。我不想沿用某些写新闻的朋友欢喜的句式——欢呼北海由一个名不见经传的"小渔村",发展成一个什么什么样的城市。"满满的正能量",固然令人振奋,但这"泡沫时期"的误读,已被国家确认的"历史文化名城"所正名。我欢喜的是,北海虽变,仍有许多足以唤醒内心波澜的东西留在那里。

"少小离家老大回"的我，已经不被人看做是北海人了。在公共场所，好几次都听见当地服务员之间用北海话来喊话："喂,给那桌的'捞佬儿'上壶茶！……",等等。"捞佬儿"是北海人对北方人的统称，据说解放之初来自北方的汉子们，逢人便称"老兄"，被北海人听成"捞汹"，便称他们作"捞汹佬儿"，久之，便以"捞佬儿"名之，其中并无不敬。每逢此时，我常常出其不意地用北海话问他们："有没有搞错？哪个是'捞佬儿'？"北海乡亲见俚语被我戳破，先大窘，后大笑，我几乎猜得出他们的心思，定是惊叹：这"老嘢"咁"肥"，惦解仲系北海人！（这老家伙这么胖，咋地还是个北海人？）……事后回味此事，笑自己：就为这"得瑟"，你才时不时往北海跑？

当然这不是主要原因。人在故乡所感受的那种更深层的得意，实在是很难一言以蔽之的。譬如那条老街，在我看来，真是一个百看不厌的所在。每次回去，我会到街口的一家咖啡馆喝杯咖啡，俨然要先品品"百年"的醇香。然后就站在当街，眺望那由近而远的、中西合璧的骑楼。曲曲折折的屋脊，在湛蓝的天空上勾勒出一对棱角起伏的线条，延伸向遥远的天际。除了大长假，一般的日子里，老街并不熙熙攘攘。三三两两的游客，在自拍或者被拍，有的则用塑料袋裹着刚出锅的虾饼，一边吃一边闲逛……而我,更愿意在夜半更深时走进这里,好像还能听见石板路上的木屐声和木栅的关门声。每走过一个路段,或想,这个骑楼底下,就是60年前那个"盲佬"的卦摊呀;或想,当年这栋楼里住着我的外公外婆,或许现在还供着他们的遗像呢……借郭德纲岳云鹏的口气:"我是有故事的人!"走这街上你不能不自恃优越,你自认为比所有"到此一游"的人都有滋有味儿。

但我知道,更吸引我的是,回到这里,有重新回到8岁的快乐。

顿悟是在刹那间产生的。

那天清晨,我骑着自行车,到不远的侨港海滩游泳。惯常的做法是,我在家里换上游泳裤,骑车到海滩。脱下套在外面的短裤和T恤,锁在车前的网筐里,再把单车锁在一个牢靠的地方,通常是海边的铁栅栏或电灯杆吧。我一般会在海里游1千米左右,耗时35分钟。这是我在游泳馆里测出的速度,因此我也会在35分钟后回到岸边,套上短裤T恤,骑上车回家。可是这天的"35分钟"过后真令我尴尬:游泳裤小兜儿里装的钥匙,竟少了一把——那个装衣服的网筐的钥匙,丢了。那挂锁虽小,弄开并不容易,也没工具,再说家里还有一把,我何苦在海边劳神。我毫不犹豫地选择——也只好选择——穿着游泳裤回家了。就这样,我光着膀子,面无愧色地穿过了侨港镇,又面无愧色地骑上了金海岸大道,最后面无愧色地骑入了我所住的小区。如果不是这"面无愧色"被人发现,我会永远面无愧色。有趣的是这一切被一个女大学生在她家的阳台上看见,此即冯艺张燕玲夫妇的女儿,也是陈思和教授的博士生相宜。冯艺夫妇在北海和我邻居,这次趁着暑假,携女儿前来小住。相宜见她熟悉的"陈叔叔"骑个单车,赤膊膊出现在小区的甬道上,花容变色,惊叫道:"爸妈快看陈叔叔呀!"……适逢当晚我们与北海的文友们小聚,大家在海边排档烹鱼灼虾把酒言欢,冯艺夫妇就把这当笑话说了出来。张燕玲说,哈,原想讹一笔,忙着去拿手机来拍照呢,结果你进了楼!相宜说,陈叔叔好爽,如入无人之境!……

听着故事我和大家一起笑,说:"到了北京,警察会以为'行为艺术'又出来了呢!"

这时该用方清平的口气收场了:"我当时以为自己还是8岁呢!"

(注:"盲佬"系旧时对失明男性不尊敬的叫法,今已不妥。——作者)

2016年3月

涮庐闲话

我喜欢"大碗筛酒,大块吃肉"的那句话。当然,如果把"大块"改成"大筷",则更适合于我,因为我喜欢"涮"。写小说的人和写诗的人大概确有别材别趣,对屈原老先生"朝饮木兰之坠露""夕餐秋菊之落英"的境界,一直不敢领教。即便东坡先生那句"宁可食无肉,不可居无竹"吧,似乎也不太喜欢,总觉着有点"宁长社会主义的草,不要资本主义的苗"的味道,尽管我对先生向来尊崇备至。我猜东坡先生其实也并不是真的这么绝对,而是"两个文明一起抓"的,所以才有"东坡肘子""东坡肉"与"大江东去"一道风流千古。跟先贤们较这个"真儿",实在是太重要了,不然吃起肉来,名不正、言不顺。而我,尤其是"不可一日无肉"的。妻子曾戏我:一日无肉问题多,两日无肉走下坡,三日无肉没法儿活。答曰:知我者妻也。为这"理解万岁"白头偕老,当坚如磐石。

爱吃肉,尤爱吃"涮羊肉"。有批评家何君早已撰文透露,经常光顾舍下的老涮客们称我处为"南来顺",当然是玩笑。京华首膳,"涮羊肉"最著名的馆子,当推"东来顺"。"东来顺"似乎由一丁姓回民创建于清末。百十年来以选料精、刀工细、作料全面蜚声中外。据说旧时东来顺只选口外羊进京,进京后还不立时宰杀,而是要入自家羊圈,饲以精料,使之膘足肉厚,才有资格为东来顺献身。上席之肉,还要筛选,唯大、小三叉、上脑、黄瓜条等部位而已。刀工之讲究就更不用说了。记得刘叶秋先生曾撰文回忆,三四十年代,常有一老师傅立之东来顺门外,操刀切肉。桃李无言,下自成蹊。过往人等看那被切得薄如纸片、鲜嫩无比的羊肉片,谁人不想一涮为快?如今的东来顺已经不复保留此种节目,不过老字号的威名、手艺仍然代代相传。我家住在城南,朋友往来,每以"涮"待之,因得"南来顺"谑称。手艺如何,再说,涮之不断,人人皆知,由此玩笑,可见一斑。

我之爱"涮",还有以下事实可为佐证。

第一,家中常备紫铜火锅者三。大者,八九宾客共涮;中者,和妻子、女儿三人涮;小者,一杯一箸独涮。既然有买三只火锅的实践,"火锅经"便略知一二。涮羊肉的火锅,务必保证炉膛大、炉箅宽,才能使沸水翻滚,这是人所共知的。但挑选者往往顾此失彼,注意了实用,忽略了审美。其实,好的火锅,还应注意造型的典雅:线条流畅而圆润,工艺精致而仪态古拙。当然,还不应忽视配上一个紫铜托盘,就像一件珍贵的古瓶,不可忽视紫檀木的瓶座一样。西人进食,讲究情致;烛光、音乐,直到盛鸡尾酒的每一只酒杯。中国人又何尝不如此?盨、簋以装饭,豆、籩以盛菜,造型何其精美。我想这一定是祖先们的饮食与祭礼不可分割,便又一次"两个文明一起抓"的结果。继承这一传统,我习惯于在点燃了火锅的底火之后,锅中水将开未沸之时,把火锅端上桌。欣赏它红光流溢,炭星飞迸,水雾升腾,亦为一景。我想,大概是这一套连说带练的"火锅经"唬住了朋友们,便招来不少神圣的使命:剧作家刘树纲家的火锅,即由我代买;批评家何志云、张兴劲去买火锅,曾找我咨询;美国的法学博士、《中国当代小说选》的译者戴静女士携回美国,引得老外们啧啧羡叹的那只火锅,也是由我代为精心选购的。我家距景泰蓝厂仅一箭之遥,该厂虽不是专产火锅的厂家,却因为有生产工艺品的造型眼光,又有生产铜胎的经验,在我看来,作为他们副产品的紫铜火锅,仍远超他家之上。散步时便踱入其门市部,去完成那神圣的使命。想到同嗜者日多,开心乐意。特别是那些操吴侬软语的江南朋友们,初到我家,谈"涮"色变,经我一通"大碗筛酒,大'筷'吃肉"的培训之后,纷纷携火锅和作料南下,不复"杨柳岸晓风残月",而是一番"大江东去"气概,真让人觉得痛快!

第二,我家中专置一刀,长近二尺,犀利无比,乃购自花市王麻子刀剪老铺,为切羊肉片而备也。当今北京,店铺街集,卖羊肉片者触目皆是,我独不用之。卫生上的考虑是个原因,更主要的原因是:嫌其肉质未必鲜嫩,筋头未必剔除,刀工更未必如我。我进城一般路过虹桥自由市场,每每携一二绵羊后腿归。休息时剔筋去膜,置之冰室待用。用时取出,钉于一专备案板上,操王麻子老刀,一试锋芒。一刻钟后,肉片如刨花卷曲于案上,持刀四顾,踌躇满志,不敢比之东来顺师傅,但至少不让街市小贩。曾笑与妻曰:待卖文不足以养家时,有此薄技,衣食不愁矣!有作家母国政前来做客,亦"涮"家也，因将老刀示之，国政笑问吾妻：我观此刀，森森然头皮发紧。你与此公朝夕相处，不知有感否？吾妻笑答曰：如履薄冰，战战兢兢。不知无可切时，是否会以我代之。

第三，我涮肉的作料，必自备之。如今市面上为方便消费者，常有成袋配好的作料出售。出于好奇，我曾一试，总觉水准差之太远。我想大概是成本上的考虑，韭菜花、酱豆腐者，多多益善，芝麻酱则惜之若金，此等作料，不过韭菜花水儿或酱豆腐汤儿而已，焉有可口之理？每念及此，常愤愤然，糟蹋了厂家声誉事小，糟蹋了"涮羊肉"事大。因此，我是绝不再问津的。我自己调作料，虽然也不外乎老一套：韭菜花、酱豆腐、芝麻酱、虾油、料酒、辣椒油、味精等等，然调配得当，全靠经验，自认为还算五味俱全，咸淡相宜，每次调制，皆以大盆为之，调好后盛入瓶中，置之冰箱内，用时不过举手之劳。

第四，北京人吃"涮羊肉"，"大约在冬季"。独我馋不择时。北京人在什么季节吃什么，甚至什么日子吃什么，过去是颇讲究的。涮羊肉至少是八月十五吃过螃蟹以后的事。要说高潮，得到冬至。冬至一到，否极泰来，旧京人家开始画消寒图：或勾81瓣的梅花枝，或描"亭前垂柳珍重待春风"，一日一笔，81笔描完，便是买水萝卜"咬青"，上"河边看杨柳"的日子了。与这雅趣相辉映的，便是"涮"。冬至中午吃馄饨，晚饭的节目，便是"涮羊肉"了，一九一涮，二九一涮，依次下来，九九第一天涮后，还要在九九末一天再涮一次，成了个名副其实的"十全大涮"。当然高贵人家的花样会更多些，譬如，金寄水先生回忆睿亲王府的"十全大涮"时，便举出有"山鸡锅""白肉锅""银鱼紫蟹蜊蝗火锅""麂、鹿、黄羊、野味锅"，等等。不过打头儿的还是"涮羊肉"。我观今日老北京人家，此风犹存。当然不至于如此排场。想排场，又到哪里去弄山鸡紫蟹、麂鹿黄羊？使"吃"成为一种仪式，是十分有趣的文化现象，除了读过张光直先生在《中国青铜时代》一书中的一篇文章以外，尚不知有谁作过研究，我相信这一定会引起文化人类学爱好者们的兴趣，自然我也是其中一个。不过，真的让我照此实践，待到冬至才开"涮"，又如何打熬得住？我是广西人，南蛮也，只知北京涮羊肉好吃，论习惯该何时开涮，是北京人的事，我辈大可自作主张。反正家中有火锅、大刀、作料、羊腿侍候，"管他春夏与秋冬"！前年有一南方籍友人赴美留学归来，上京时暂住我家。时值盛夏，赤日炎炎。问其想吃点什么，以使我尽地主之谊。答曰：在大洋彼岸朝思暮想者，北京"涮羊肉"也，惜不逢时。我笑道：你我二人，一人身后置一电扇，围炉而坐，涮它一场，岂不更妙？当其时也，当其时也。言罢便意气扬扬，切肉点火。

迷狂至此，不知京中有第二人否？

1993 年

北京滋味
——涮庐主人闲话

你拿着一张北京地图,你读懂北京了吗?

你走遍了北京的大街小巷,你品到北京滋味儿了吗?

你在北京生活了一段,你活出自己的滋味儿了吗?

我是到28岁时才开始"读"北京的,因为那一年我上了北大,听了第一次讲座,由侯仁之教授主讲。此前我已经在北京生活了21年,听了侯教授的,我才知道,前21年基本白活。因为北京太有意思,而我,却只是在北京"活着"

而已。讲座结束后的次日,我流连于北大勺园,想米万钟,又想到侯教授的老师洪煨莲。到了星期日,我跑到永定河畔,感受这几近枯竭的河水当年如何孕育出一个聚居点,成为了都市最原始的胚胎。我又跑到莲花池,因为记得侯教授说过,莲花池之水滋养了蓟城,由此而金中都兴,北京城即由此发展起来。坦率地说,只凭一次历史地理学讲座听来的知识,我哪里看得出什么名堂?北京,是要"读"的,可以用历史地理的眼光去读,还可以用民俗学、政治学、建筑学、方言学、艺术史、文学史……北京有着无穷无尽的滋味。

　　北京滋味在庙堂之高,也在胡同之深;在官宦之显,也在平民之乐;在历史的积淀,也在当下的开拓。缤纷斑斓,深邃无涯。因此,读北京,说读懂了,已不够谦虚,说读透了,那肯定是吹牛。寻访历史,你会发现这是一个不时发生惊心动魄的历史事件的地方——望着天安门巍峨的宫墙,我老是在想象当年那只颁诏的"金凤",如何从城堞上放下来,把宣统退位的旨意昭告天下;走过张自忠路,我总是想起倒在段祺瑞执政府门前的刘和珍们;到菜市口的西鹤年堂抓服药,出了门我总是望着马路对面心惊肉跳——我想起看到过的几张来华洋人留下的历史照片上,分明记录着菜市口行刑的惨状。谭嗣同等戊戌六君子,正是在那儿被砍了头啊……几年前,到一个宅子里吃饭,人家告诉我这是民国外交家顾维钧宅子,顿时吓了一跳:那时刚刚拜读了黄兄宗汉出版的历史学博士论文,知道这里就是孙中山先生来京养病和最终辞世的铁狮子胡同行辕。那一顿饭,眼前老晃动着孙夫人和民国精英们在宅子里蹿来跑去的身影,一会儿笔录"总理遗嘱"吧,一会儿报告"总理病情"吧。这就是北京,历史的风云说不定啥时就在身边翻卷起来。

依我之好,倒更是喜欢探访北京的平民。我发现这是藏龙卧虎,蕴含着丰沛的性格故事和人生感悟的地方。我曾经听过"最后一个太监"孙耀庭的采访录音,听他讲鹿钟麟"逼宫"时,太监们如何从紫禁城鱼贯而出,或投靠立马关帝庙栖身,或寻访自己的"命根儿",以携回乡,为的是以后落葬时可以回归祖茔。芸芸众生的困顿悲凉同样可以催人泪下,感人肺腑。我也曾听过几位"八旗子弟"讲述自己家族人生的败落史,他们怎样沦落到天桥下唱起了单弦岔曲。为了维护一点贵胄的尊严,怎样坐着洋车去,从书场正面上场,怎样器宇轩昂地宣称"不过来玩玩儿子弟功夫罢啦!"怎样在献艺后又从正面下场,坐上洋车绝尘而去,回到家里却又五脊六兽地期盼着书场的掌柜登门送钱。我渐渐悟到,造就了北京的悲喜剧性格的，与其说是帝王将相、达官显贵，不如说是如此跌宕起伏的人生。就拿天桥来说，这老北京平民的游乐场，又怎样杂糅了平民百姓的悲酸与放达、落魄子弟的自尊与自嘲，北京人思考样式中独特的美学特征，或许正是从中孕育而出的吧？

只有品味到了这深层的韵味，你才算接触到真正的北京滋味啦。

什么时候你不说"明天"，而是说"明儿"了，什么时候你不说"胖"，而是说"胖乎乎"了，什么时候你不说"硬朗"，而是说"硬硬朗朗"了——也就是说，你会用"儿化韵"和"双声叠韵"说话了，你算是到了北京了。

当然，也就是"到了"而已。

赶上两拨人在胡同口骂街，听话茬儿得辨得出谁是"新北京"，谁是"老北京"。遇着三五人儿在旁边神侃，闻腔调能分得出谁的祖上威名九城，谁的祖上不过是个"胡同串子"……您的进步就不小。听着北京人夸您"外场人儿"、"有里儿有面儿"！您得意，却不得瑟。甚至得"装装孙子"，说"哪儿！浅呢！"您这才算是开始学会品咂北京滋味儿、读懂北京人了。

读懂北京人不是一件容易的事。大约是十几年前吧，如日中天的王朔和他的几个哥们儿拍了一个电视情景剧，名字我都忘记了。即将播出时，开了一个发布会，记者问："您认为这出戏拍得怎样？"王朔说，顶不济也是一本《飘》吧，闹不好还整出本《红楼梦》呢！媒体当即大哗——朔爷敢放如此狂言，真是滑天下之大稽也！记得我随后曾写文章替这位老弟辩过诬。我说，露怯的不是王朔，而是衮衮诸公啊。首先阁下的问题就问得笨，电视剧的发布会，本来就是想告诉您本片拍得棒，您还要问人家拍得怎样，不笨吗？其次是王朔回答得妙——给您幽一默，夸饰一下，其实这夸饰里充满了自嘲，这自嘲的潜台词是：您还指望我能给您写本《红楼梦》怎的？当然这自嘲里又在"嘲您"——您还真以为一个电视剧能成一本《红楼梦》啊？……其实这就叫"北京智慧"。当然，在"北京智慧"面前，衮衮诸公又冒了一回傻气——把人家的幽默当真，还鸣鼓而攻之。"滑天下之大稽"的，究竟是哪个？

要是非得看了我这文章您才明白王朔，您还需要再学。

等到终于有那么一天清晨，您在街上看到了几个骑着三轮车的老爷子。他们的三轮车上放着几只鸟笼子，上面蒙着蓝色的罩子。老人们说，得赶在汽车喧器之前把他们的百灵送进景山或者天坛。您说:"唉,给鸟儿都那么上心,不易啊,话又说回来,不上心行吗?万一这百灵都脏了口,还不心疼死了?可话又说回来,天棚鱼缸石榴树的北京啊,没啦……"听这话,您就差不多及格了。因为您学会了北京人的思考,会"话又说回来"啦。

乐天知命,宽厚处世,转着圈儿理解别人、理解人生、理解时代,这就是北京滋味,这就是北京人。

开篇正名

《涮庐闲话》,是我写过的一篇散文。那散文是得了文场老饕中"统领群芳"的汪曾祺先生的"将令",或亦可谓"遵命文学"?汪先生的"将令"上不仅要求我写"作家与吃",而且还点了题,就让我写"涮羊肉"。敢不"伯也执殳,为王前驱"?写到痛快处,得意忘形,"涮庐主人"自命,始之于此。

那篇文章被不少报刊转载和转引,流毒甚广。文章不长,经济效益微乎其微,倒是招来不少朋友杀将上门,一"涮"为快,使"涮庐"隔三差五就昏天黑地一场。为此曾撰文惊呼:罢罢罢,长此以往,舍下那把购自"王麻子"老铺的二尺大刀,怕也没羊肉可切,只有割股疗亲的份儿了。

话是这么说,心中还是颇有几分得意的。一个来自广西的"南蛮",居然敢在煌煌帝都人模狗样地论起帝都的"食文化",似乎比当个小说家"牛"多了。人性弱点,又可奈何?不过我的举动恰恰又有文化人类学上的依据亦未可知:恰恰因为是一个"南蛮",才可能对陌生的文化有"文化的震惊感",才有可能把北京的羊肉涮得比土生土长的北京人更有滋有味儿?……"理论一经掌握了群众",便越发地豪迈起来。"涮庐主人闲话",便是这持续"豪迈"的产物。

北京是个好地方,可活在好地方,不一定就活得好。活得好,不光得有吃有喝,还得有文化。有吃有喝,能叫您饿不死;有文化意识,能叫您活得有滋有味儿。人不光要图个饿不死,还要图个有滋有味儿,不是吗?在北京,得这么活,其实,全中国,全世界,哪儿都一样。

话说到这儿,鄙人侃"涮",侃"全聚德"的烤鸭、"月盛斋"的烧羊肉,侃"六必居"的酱菜、"谭府酒楼"的名肴……就有了个"名正言顺"的"说法儿",是叫"两个文明一起抓",还是叫"弘扬民族文化",都行。反正"闲话一番",不光有"意思",而且有了"意义",这才能踏踏实实开聊。

按老舍笔下的一个反面人物的说法,这叫什么来着?

哦,他说:"真他妈中国人!"

用这话骂陈某人,一点也不冤。

忍冬话"涮"

如前所说,"涮",其实我已经侃过了。再侃,用北京人的说法,有点儿"贫"。"贫"者,饶舌之谓也。

可既然是"涮庐主人"的闲话,还是得从"涮"开始。

看来,陈某人不仅"真他妈中国人",而且也"真他妈北京人"。北京人就是这样,干什么都得"全须全尾儿"。"尾儿",在北京话里,读似"倚儿"。这话是从斗蟋蟀那儿来的:一场争斗下来,自己的"大将军"仍旧"全须全尾儿",是一件很"拔份儿"的事。

我想或许因为北京人住在一座"全须全尾儿"的城里,又住在一个"全须全尾儿"的四合院里,一年365天,从初一的饺子到大年三十的合家宴,吃的也是一套"全须全尾儿"的饭菜,看的,又是"公子落难,小姐养汉,丫头捣蛋"之后,"洞房花烛,金榜题名"的"全须全尾儿"

的京剧……所以,北京人就看着"全须全尾儿"舒坦,不然他就别扭、窝心、生气。鄙人的老岳母就有一个典型的故事:有一天,家中一对很好的杯子被她不留神打碎了一只,老人家下一个举动谁也不会想到:她竟一扬手,把另一只也给摔了。

"我看着剩下的这一个生气!"她说。

话又说远了,既然又找到了犯"贫"的意义,我们还是说"涮"吧。

北京人把过冬称之为"忍冬"。冬至一到,所谓的"忍冬"就算是开始了。其实,一个"忍"字,与其说显示着北京人面对草木萧索的无奈与悲凉,不如说更多的倒是透着北京人的乐观与坚韧。是的,冬至一到,否极泰来,别看窗外大雪纷飞,朔风怒号,日子难道不是一天天和暖了吗?

和这乐天知命的哲学相呼应,忍冬对于北京人来说,也是一桩颇有情致的事情。我曾写过,旧京人家,不少人从"一九"开始,描81瓣梅花"消寒图",也有人一天一笔填"庭前杨柳珍重待春风",据说,还有佳人晨起用胭脂在窗户纸上描梅花的。待"九九"结束,新春来至,一枝梅花便变成了桃花灼灼。为此我曾特别留意过各种民俗展览里的"消寒图",其画面无论是简单还是精致,期待春天的日子,每一天都过得格外郑重。有些人还在一朵一朵的梅花瓣旁,标注出当天是阴是晴是风是雪。那里深藏着农时的期待,也挥洒着生活艺术化的情致。和这日子相得益彰的,应该就是"十全大涮"了——九到九九,最后的一天还得来一次,算是又"全须全尾"一回。这"涮"中的欢乐足可傲视天下:亲朋好友围坐于炭火熊熊火星飞迸的紫铜火锅旁,欢声笑语,不绝于耳。与之同时要做的,是将切得薄如纸片的羊肉放入滚沸的汤中,随即夹出,蘸佐料而食之。羊肉片入汤成丝,入嘴则化,鲜嫩爽口,绝无油腻腥膻。当然,和这羊肉的"主旋律"相呼应的,还有特备的粉丝、白菜、酸菜、冻豆腐作为"和声",您还应该用糖蒜来掌握"节奏"——当羊肉吃到有几分饱时,吃上一瓣糖蒜,会又一次使食者口胃大开,不由自主又得往火锅里夹进一箸……

这围炉大"涮"的场面,是中国人特别是北京人人际关系"亲和性"的最好图解。

迨至当下的北京,忍冬时节描"消寒图"的人大概很少了,就连那种规规矩矩应时应令的吃法,都大受挑战。不信您到北京的街头一望,"涮"已无须"大约在冬季"。盛夏溽暑,大饭店里,冷气开放,自不待言。

夏日之夜，小饭铺的门外，也是红光闪闪，汉子们赤膊围聚，不惜大汗淋漓。所为者何？涮也。大有"凡有饭铺处皆曰可涮"的气派。

过去的北京，"涮羊肉"最好的去处，是东来顺。至少，"东来顺"有几点使我印象深刻。一是它的用料。据说"东来顺"所用羊肉，全来自口外。我一个朋友的父亲，年轻时所为，就是从张家口往德胜门赶羊的营生。听德胜门附近的老人讲，旧时冬日，凌晨将晓时分，听得见四合院外马路上一拨一拨羊群过往的碎响。"东来顺"所用之羊，进京后并不立时宰杀。而是轰进专属的羊圈，一说是要饲以精料，待其膘肥肉厚，一说是要期以时日，任其心态平顺，甘心奉献。无论真相如何，东来顺对上席之肉选料之精，可见一斑。其二，"东来顺"创办百年来，切羊肉片的刀工即名闻京师。据说上个世纪30至40年代，东来顺门外常有切肉师傅当场炫技。娴熟的刀法，剔透的肉片，令路人喝彩，引宾客盈门。其三，今人所惊叹的，做工为艺之"挑剔"，并不独为洋人所专，其实早已为"东来顺"所践行。从糖蒜到韭菜花，从酱豆腐到卤虾油，皆为自制或定制。很早就知道东来顺自制糖蒜时，只能进每年夏至前三天的蒜，把一年的糖蒜腌上，早一日尚嫩，晚一日则老矣。小小糖蒜，精细若此，其声名所以远播，不是没有道理的吧。

在我看来，珍惜一个品牌，是不容忽视的。比如过去到东来顺去涮，还有一种吃法鲜为人知，唯方家始得其妙。即东来顺之羊肉，有一个部位是可以生食的。阁下不妨点上一盘，不必下锅，直蘸佐料一试，其鲜其嫩，别有滋味。记得这道羊肉我曾在其"旗舰店"吃过，到了"加盟店"，却又说没有了。还有前面说过的糖蒜，某次到一加盟店请友人涮肉，待糖蒜上来时，我也忽起"炫技"之心，大讲东来顺糖蒜腌制故事。谁知旁边的服务生插话道："我们这糖蒜，都是从超市买来的。"——天哪，我不敢要求您这羊仍从口外赶来，也不敢要求您这羊肉片全用手切，我只盼着您这服务生别多嘴行不？在我看来，有些"传统"的丢失，固然是无可奈何的事。但"盐打哪儿咸，醋打哪儿酸"，当个服务员，至少是应当从心底里敬畏的。

谈"涮"之乐，不光要知道掌故旧闻，还要有自己的发现。比如一种叫"共和锅"的"涮"法，似乎还很少被人提及。恐怕我是吃过"共和锅"的最后一辈人了。吃"共和锅"用的是一张桌面中空的大方桌，桌面中央的空洞里，放着一个直径约为一米的大锅，大锅用一块一块铁丝网隔成一段一段的"自治区"，来涮"共和锅"

的人，不分男女老幼，生张熟魏，皆可有容身之地，到锅里找一个相对的空间，将您的那些羊肉片，在自己的领地里涮。新朋旧友，一见如故，真有了那么一点"五族共和"的味道。我吃过几次"共和锅"，地点是海淀街老虎洞旁边的一家涮肉馆，那已经是近20年前的事了，若不是一位德国的汉学家问起，我已经把这有趣的一幕给遗忘了。当然，同样是"文化震惊"的理由，这老外对"共和锅"要比我在意得多。有一次他告诉我，他是"文革"中来中国留学的，因此，他应该算"工农兵学员"。而后，忽然对我说："我最忘不了到小饭馆去吃'共和锅'，只是我到现在也没闹明白，这名称是从什么时候叫起的？为什么把它叫'共和锅'呢？"以研习旧京民俗为自豪的我辈，竟无以作答，期期艾艾，顾左右而言他，最后只好老老实实说且待我查一查。

一位老人告诉我，其名之得，果然取自"五族共和"之意。

真是"人皆可为舜尧"的北京人，在一口大锅里捞羊肉片，都捞得出如此"伟大的意义"。

甭担心北京人"姓社姓资""重义重利"，北京人天生是政治家。

二百年老卤的自信

月盛斋地处前门，更准确地说，它是在北京前门箭楼的眼皮子底下。窄小的绿色门脸儿，顶多有丈余宽，和它东边的加州烤肉、西边的朝鲜烤肉店相比，虽说都是以风味肉食为特色，它的芳邻却透着器宇轩昂，而它，则越发显得有些可怜兮兮。不过如果您知道了它的历史，又品尝了它的酱羊肉和烧羊肉，您会觉得它这寒酸的外表后面，透着拥有传统、固守传统的自信与悲壮。不管别人如何器宇轩昂，200年的传统谁可比肩？一天一天，一月一月，一年一年传承至今的"百年老卤"，用这"老卤"烧出的牛羊肉，更是足可睥睨天下了吧？

"山不在高，有仙则名。"诚哉斯言。

闻名全国的月盛斋马家老铺，系马庆瑞于清乾隆四十年（1775年）创办，迄今已五代不衰。传马庆瑞曾在清廷礼部衙门当差，时得礼部赏赐的祭祖供品如全羊之类，加之他又曾在御膳房帮忙，暗学得御膳房酱羊肉烧羊肉手艺，遂操此业。到了其子马永祥马永富兄弟，对酱羊肉的工艺又加改进，求得太医院太医的帮助，加入丁香、桂皮、砂仁、大料等，经反复研制，做成了至今闻名遐迩的"五香酱羊肉"。早在清代，五香酱羊肉就负盛名。清末柏泉孙著《道咸以来朝野杂记》称："……月盛斋所制五香酱羊肉为北平第一，外埠所销甚广，价之昂亦无比。"马家老铺第五代传人马霖亦曾撰文说，慈禧太后也嗜月盛斋的酱羊肉和烧羊肉如命，为了随时吃到月盛斋的肉，特于光绪十二年十月十二日颁下"腰牌"四块，"腰牌"者，今之"通行证"是也，以使月盛斋进宫送货，畅通无阻。足见月盛斋当年的品位。

用马霖先生文中的资料，月盛斋酱羊肉和烧羊肉的特色是："选料认真，制作精细，火候适宜。"所选羊肉只选用羊的前半截，还要根据肉的部位确定下刀之法。下刀不好，块儿大则难以入味，块儿小又过于细碎。各种调料皆为精选，不怕价高。掌握火候最见功夫：先用旺火一小时去腥膻，又用文火七小时入其味，最后兑入那百年传下的"陈年宿汁"……

说起这"陈年宿汁"，京师人士多有传闻，颇具传奇色彩。月盛斋每次制作酱羊肉后，是必须将汤汁留存一部分，以备下一次之用的，如此代代相传，已有百年之久。这宿汁之浓郁醇厚，可以想见，对月盛斋来说，其弥足珍贵,亦可谓命脉所系。然"文革"浩劫破"四旧"时，"老汤"险遭厄运，几乎失传，幸有月盛斋传人秘密保存，得以在"文革"之后有月盛斋的重振。知道这富于传奇的故事,当您推开那扇绿色的小门走进去的时候,您会觉得您是走进了历史。

那小小店堂的东墙上,挂着字迹陈旧的说明招牌,上书:

"本斋开自清乾隆年间,世传专做五香酱羊肉、夏令烧羊肉,均称纯香适口,与众不同。前清御用上等礼品,外省行匣,各界主顾无不赞美。天下驰名,只此一家。诸君赐顾,请认明马家字号,庶不致误。"

我常常将酱羊肉和烧羊肉都分别买上一些,再买上一瓶烧酒,回家细细品尝。我发现,它确乎堪称"肥而不腻,瘦而不柴,不腥不膻,齿颊留香",那感觉是吃别家的烧烤所难以得到的。

要命的是,一想到它出自一锅百年老卤,老是觉得吃到了200年前的真东西,觉得一块儿咀嚼的文化,也"肥而不腻,瘦而不柴"似的。

历史就是历史。传统就是传统。200年就是200年。老卤就是老卤。

不服气是不行的。

你真的会吃烤鸭了吗？

"京师美撰，妙莫于鸭，而炙者尤佳"，语出《燕京杂记》。炙鸭，即今人所说的"烤鸭"。近年北京旅游业有"不到长城非好汉，不吃烤鸭真遗憾"的口号，前一半是毛泽东的诗，后一半是后人所续，若此事发生在"文革"，后果不堪设想，而此口号在今日，却实在是应运而生。你能想到，北京人已经有了和毛泽东玩玩幽默的情致，可见生活的确是变得有些趣味了。那么，吃烤鸭，大约也不应该只满足于朵颐之快吧？

何况，如果没有人加以指导，"朵颐之快"是否能满足亦未可知。

笔者曾在鼎鼎大名的"全聚德"烤鸭店见到一位来自南方的朋友，要了一盘烤鸭，两碗米饭，用筷子夹烤鸭蘸甜面酱，一口烤鸭一口饭食之。而另一群来自东北的老兄，虽不用米饭用大饼，也是一口大饼一口鸭，五十步笑百步而已。开个玩笑，久居京华的笔者，对此"暴殄天物"，简直要"怒从心中起，恶向胆边生"了。烤鸭为我京师名肴，而"全聚德"为我京师百年老店，自清同治三年（1864年）创办，从来是以荷叶薄饼卷而食之。食用的办法是：取荷叶薄饼一张，铺陈于小碟之上，抹上甜面酱少许，再加羊角葱几根，再加上烤鸭片儿。放好后将饼的一左一右卷起，最后将底部稍稍向上一折，以防油汁下滴。吃的时候，将饼卷举而食之。用饼卷，不可少，此其一；抹甜面酱，不可少，此其二；加羊角葱，不可少，此其三。若实在吃不惯葱，也应将饭店送上的黄瓜条夹入。以上各项，哪一项也不可或缺。吃烤鸭，又是一种"综合艺术"，和京剧的且歌且舞、中医的望闻问切金木水火土如出一辙。阁下万勿一口饼或一口饭，再来一口烤鸭，让它们到肚子里去"综合"，必须于盘上"综合"好了，一起送入口中品尝。当然，阁下既已交了银子，如何把这鸭子吃下去，我辈又何须饶舌？然笔者爱我京华传统，苦心孤诣，谅您不致误会？

当然，您会卷起了荷叶饼，把烤鸭进入嘴里，您的食鸭之道，也就算得上仅仅入门而已。北京的烤鸭，其实还分两大流派，一曰"挂炉烤鸭"，前述百年老店"全聚德"，即此烤法之代表。挂炉是一个拱形的炉门口，烤制时并无炉门可关闭。炉内燃枣木，枣木质坚而带果香，以此木燃之，火焰经久，行家食之，甚至可品出挂炉鸭中带有果木之香。近年不少烤鸭店实施了"电炉烤制"，笔者以为，从生态计，从效率计，皆应顺应历史潮流，不过挂炉烤鸭过去的果木清香，在用电炉烤出的鸭子中已难得寻觅，不能不是一个遗憾。阁下若愿成为品尝烤鸭的专家，不妨"转益多师"，到前门的全聚德吃一回，再到和平门的全聚德吃一回，还可以到王府井的全聚德吃一回，您若能品出哪家是电炉制作，哪家是枣木烤出，鉴赏水准，当可自称入品。另一派烤鸭，曰"焖炉烤鸭"，烤法之代表是"便宜坊"，前门鲜鱼口和崇文门大街分别有"便宜坊"的老店和分店。说起来，便宜坊也是一个百年老店，创办于清咸丰五年（1855年），同样声名远播海内外。焖炉烤鸭的烤法和挂炉有所不同，它的炉膛口有一门，烧高粱秸为燃料，焖烤时，是将高粱秸把炉膛烧到一定温度，然后灭火，把鸭子置之铁箅，放入炉膛，关上炉门焖烤。挂炉烤鸭外皮酥脆，焖炉烤鸭则更重肉质的鲜嫩。您如果只尝了"全聚德"，而未涉足"便宜坊"，充其量也只能说是半个烤鸭美食家罢了。

还有一个纯粹是属于个人经验的建议，本没有胆量说出的，某日请教了美食大家，小说家汪曾祺先生，居然也聆听到同样的见解，所以才敢在此道出。笔者以为，君若有意品尝到烤鸭的真正滋味，是不可到烤鸭店去举办宴会来品尝的。就说"全聚德"吧，其创办之初，除经营烤鸭外，只做三个菜：炸鸭肝、蒸蛋羹、鸭架汤。如有客人有炒菜的要求，店家只有到隔壁的菜馆代为购买。可以想见，当年人们品尝到的，是烤鸭的真正滋味儿。现在的烤鸭店当然早已不是这样，为赢利，为方便，也大可不必这样。然真正有意品尝烤鸭者，不能不感叹人们在社会前进中的迷失。就说人们每每定下的昂贵的宴会，八珍皆备，五陆杂陈，最后一道热菜才上来了烤鸭。可怜的鸭子们颇有点像今天的人类，面临着在五光十色中迷失了自我的窘境。因此，每临此境，笔者都不免发出"返璞归真"的心声：何如只上烤鸭一道，再上鸭架汤一道，那样您才能发现，烤鸭，的确名不虚传，京中第一佳肴美馔也。由此笔者建议，阁下不妨以一种更为朴实的方式走进"全聚德"：三五同好，不为生意的应酬，也不为虚礼客套，只为寻觅一种传统佳肴的真正滋味，不点别的什么菜，不管服务小姐如何劝说，如何不屑，只坚持要烤鸭和鸭架汤。请君一试，相信感觉不俗。当然，如果您还是要请客，也声明说您只要"全鸭席"——凉菜四道：卤什件、白糟鸭片、拌鸭掌、酱鸭膀。热菜四道：油爆鸭心、烩四宝、炸鸭肝、炒鸭肠。下面就是烤鸭，再后就是鸭架汤了。什么"葱爆海参"啦，"芙蓉鸡片"啦，万万不可要之，花钱事小，喧宾夺主，错，错，错！

寻找酸梅汤

寻找酸梅汤的过程,真是一个悲壮的历程。

今日北京,想找一杯可口可乐真是易如反掌,可找一杯酸梅汤呢?说实话,我转遍了半个北京城。

最悲壮的还不是满北京地寻寻觅觅,也不是问谁谁不知而我仍然一意孤行,最悲壮的是,当我终于在偏僻的关东店找到了这家200年老字号,怀着虔敬步入其间,问曰酸梅汤有否,再问贵店店史材料有否的时候,售货员的眼神简直像是在打量一个天外来客。

倘若我穿得衣冠楚楚,说不定还好一些,那就会被看成是海外来客了,因为当我在桌旁坐下,一小口一小口地把那碗酸梅汤抿进去的时候,售货员告诉我,现如今,远道而来,专为了找"这一口儿",访这家老店的人,也只有台湾或海外来的同胞了。

这话说得我也有几分惭愧起来,如若不是台湾的一家报纸向我约稿,要我写写北京的酸梅汤,我也不会这么"悲壮"地走一回的。

而我们的酸梅汤,比之现在在中国大行其道的可口可乐之类,难道真的差到了哪儿去,以至落到了如此地步?

酸梅汤的做法当然可以说是非常之简单的：到中药店购得乌梅，以水煮之或以开水泡之，加上冰糖、桂花，随后放凉，捞出渣滓，将汤釜周围置冰块，冰凉后饮之。北京人家，至今尤有自制者。在老北京住过的人都知道，盛夏溽暑，卖酸梅汤的可称为旧京一景：大街小巷，干鲜果铺的门口，随处可见卖酸梅汤的摊贩。摊上插一根月牙戟，挂着一个写着"冰镇熟水酸梅汤"的小牌子，贩者手持一对青铜小碗，不时去敲，发铮铮之声。过往行人，望"梅"已自解渴，闻声已自清凉。一碗酸梅场下肚，暑气全消。据方家金受申先生著书称，酸梅入厥阴经脉，又可祛暑平肝，可知"古人一饮一馔皆有深意，不似后来只以热需凉解为目标的浮浅理解"。

翻检旧籍，举凡提到酸梅汤者，几乎没有不提信远斋的。

信远斋的酸梅汤之所以远近驰名，据说因为它采用了宫廷秘方，故有"清宫异宝御制乌梅汤"之谓。其所用乌梅，必选粤产；所用冰糖，必用"卷冰"；所用桂花，必用杭州张家。制作时绝不煎熬，而是用开水泡之，配料的比例，也全凭经验掌握，天凉时尚甜，天热时尚酸。据当年喝过信远斋酸梅汤的人说，那金黄晶亮的一碗，酸中带甜，且有桂花之异香，煞是可人。店主每每为顾客另准备冰镇白水一碗,以备有人要冲淡饮之。

信远斋蜜果店始建于清乾隆年间,匾额系溥仪的老师、江西翰林朱益藩所书,迄今已有200余年历史。信远斋原址在和平门外东琉璃厂路南,今"戴月轩"的斜对过。琉璃厂至今仍是古董字画、古旧书刊荟萃的地方,过去最是文人雅士光顾的场所。"逛逛书铺,品品古董,考考版本,消磨长昼。天热口干,辄以信远斋梅汤为解渴之需"。

我就是根据这一段记载,到琉璃厂去找信远斋的。没有。听我打听信远斋的老人们都笑,他们说:"那是哪年间的事了?早不知搬到哪儿去啦!"

我从一位记者朋友那儿听说,信远斋蜜果店的匾额已由溥杰先生重题,搬到了朝阳门外大街营业。

当我风风火火跑到朝阳门外大街的时候,眼前是一片推土机、搅拌机轰鸣的工地,我像一只丧家之犬,东看看,西转转,不知如何是好。

几经周折,我总算在关东店商场的对面,发现了溥杰先生题写的匾额。

相对于琉璃厂而言,关东店实在应该算一个很偏远的地区了,不过,现今的关东店,似乎也渐渐热闹起来。我心中不安的是,信远斋店堂里的凄清。

不久的将来,当关东店更加热闹起来的时候,信远斋不会又腺眉耷眼地搬走,找一个和它那凄清的气氛相称的角落安身立命吧?

"天桥乐"的红灯笼

一串红灯笼在暮色里垂着。

天气挺冷,马路上行人稀少,天气就愈发显得冷。北京的南城,历来是贫寒卑微的所在。即便在北京日日令人刮目相看的今天,这里好像也和那夜夜笙歌的繁华相距甚远。晚上7点多钟,宾馆、饭店、歌舞厅里的夜生活才刚刚开始,南城的天桥却好像遵循着北京人的老习惯,早早地"吹灯睡觉"了。

那串红灯笼,在凄清惨淡的夜色中,越发显得耀眼。

红灯笼旁有一个乳白色的广告灯箱,上书:"天桥乐茶园"。

天桥在北京的中轴线上,因旧有石桥,为明清帝王出故宫,到天坛祭天的必经之路而得名。现石桥已不复见,天桥的名称依旧沿用至今。熟悉北京者无人不知,自清末民初起,天桥渐渐发展成了北京的平民游乐场。用民俗学家们的说法,中国每一个较大的都市都有一个类似天桥的地方：天津的"三不管"、南京的夫子庙、上海的徐家汇、开封的相国寺……即便是一个小小的县城，也都可能有个"小天桥"。旧时的天桥，摊位林立，百戏杂陈，北京的市井小民在一片爆土扬烟中讨生活，也在这一片爆土扬烟中讨欢乐。这爆土扬烟中也造就了中国的一大批平民艺术家：说评书的双厚坪、滑稽大王云里飞、说相声的侯宝林、唱评剧的新凤霞……随着时代的更迭，爆土扬烟不复存在，旧天桥的踪迹也很难寻觅了。最典型的事例是，笔者作为一个旧京民俗的爱好者，每每只能到天桥的民居中去寻找"白发宫娥"，听其细说"天宝遗事"。前为台湾《汉声》杂志撰稿，曾专访天桥双簧老艺人"大狗熊"。访谈未及写出让老人过目，便闻老人辞世之噩耗，怆然喟然，可以想见。唯觉欣慰的是，忽闻有热心者有意在天桥辟出一隅，作天桥文化的活的"博物馆"留存。想想自己为了找"信远斋"而琉璃厂而朝外大街而关东店的"悲壮"，越觉殊非易事，将信将疑。那时，这消息如同眼前凄清惨淡中的那串红灯笼一般，似乎很亲切很迫近，却又有一点迷迷蒙蒙的辽远。不管怎么说，相信它，总算有了一点慰藉吧。

谁又能想得到，有志者事竟成，那串红灯笼真的挂将起来？

红灯笼下有一个门楼，横额是曹禺先生题的"天桥乐茶园"几个字。走进去，右手是茶园宽且高的外墙，墙上画着一幅一幅旧天桥江湖艺人卖艺的图景：宝三儿在摔跤、"赛活驴"在跑场儿、"小金牙"在拉大片、"飞飞飞"在练杠子……最使我动心的是，那位刚刚过世的"大狗熊"演双簧的场面，也惟妙惟肖地绘于其上。

旧京的茶馆种类很多，大茶馆、书茶馆、清茶馆、野茶馆……不一而足。老舍先生笔下写得活灵活现的《茶馆》，就是八旗子弟、遗老遗少们经常光顾的那种大茶馆。新建的"天桥乐茶园"，完全重现了旧京大茶馆的格局，那场面要比老舍笔下的"老裕泰"可大得多了：茶园子分两层，楼上是包厢，楼下是散座，南端是一个小舞台，台口两侧的楹联是："酒旗戏鼓天桥市，多少游人不忆家"，真是活脱勾画出了当年北京人逛天桥的感觉。进得店来，店家发给每一位客人五枚旧式的铜毫。到包厢里或散座中坐定，身着长袍马褂的主事立刻吩咐茶房给您上茶。您如果进的是包厢，只听一声吆喝，一个白生生的物件就从楼下飞将上来，原来是扔上来了手巾把儿。一楼散座的四周，是卖酱牛肉、艾窝窝、驴打滚、杏仁茶、豌豆黄……各类小吃的摊位，胸前挎着笸箩的小姑娘，游走于茶座间，卖糖葫芦，卖瓜子香烟，您可以凭那几个铜毫，随意选用。就在这和旧京茶园几无二致的氛围里，小舞台上的表演开始了。节目，意在重现旧天桥的"绝活儿"：串场的是"小金牙"，一边拉着洋片儿，一边把一个个节目给报了出来，其间插科打诨，滑稽风趣自不可少。唱八角鼓的、数莲花落的、变戏法的、耍把式的、摔跤的……一个一个出来亮相。说实在的，或许是因为我对天桥多少有点了解，或许是因为旁边陪我的，是一楼的主事刘先生，这位"老天桥"对年轻演员的表演过于挑剔，不断地在我耳边评头论足，总之，坦率地说，表演不敢说十分完美，尚有待于进入佳境，然茶园的气氛已经颇有一点让人流连忘返的味道了。

在北京越来越向现代化大都会靠拢的今天，在旧京平民游乐场的故地天桥，一个看起来很冷清的角落，居然有了这么一座茶园，可以寻找到传统，寻找到历史，寻找到一种和歌厅舞厅迥然不同的感觉，看来，和我一样，为留存北京的古都韵味而"贼心不死"者，大有人在。

真让人感到欣慰。

入酱缸的"资格"

我不止一次宣传"六必居"酱菜园选菜入缸的"规矩",一位"老外"听后惊叹道:"上帝!这比我们那儿选美还厉害!"

我说:"对,'三围'不合格,是不允许进入大酱缸的。"

大家笑得那叫开心。

北京前门外的大栅栏,系百十年来形成的商家云集之地。闻名遐迩的同仁堂药店、瑞蚨祥绸布庄,都坐落在这条狭窄的、人流涌动的小街上。从大栅栏东口横贯而过的,是粮食店街。从两街交叉路口向南侧拐过去,走十几步便是和同仁堂、瑞蚨祥一样声名远播的六必居酱菜园了。

这是一座古色古香的木结构建筑,宽敞的店堂正中,高悬著书有"六必居"三个金光耀眼大字的巨匾。此匾传为明代奸相严嵩题写,严嵩为相,权倾朝野,士林侧目,后人每不齿之,然严氏书法,端正遒劲,世所公推。由匾可知,六必居大约开业于明嘉靖九年,距今450余年矣。

北京的酱园业素有南酱园和京酱园之分,南酱园口味清淡,以西单路口的天源酱菜园为代表;京酱园口味较浓厚,以六必居历史最为久远。"六必"之得名,其说不一。有人说分创者为六家合股，故以"六必居"名之，曾为该店学徒的贺永昌先生撰文称，所谓"六必"，其实不过源自俗话："开门七件事，柴米油盐酱醋茶。"六必居创业之始，是一个除了茶以外其他六样都经营的小店，因此得"六必"之名。后来小店发展成了闻名于世的酱菜园，"六必"的名称就保持下来了。

几百年世事沧桑，六必居当然不可能超然世外，那块巨匾的遭遇，就是这400年老铺辛苦遭遇的象征。1900年庚子之乱，八国联军进京，义和团纵火焚烧卖洋货的商家，前门一带，火光冲天，六必居也在劫难逃，幸有伙计张夺标从火中抢出传世巨匾，藏之临汾会馆，使这老店之命脉的象征不至毁之一炬。此后又有日军闻名前来强购，因六必居的伙计机警应答，谎称巨匾已经被老板带走，才得以幸免。1956年"文革"动乱，六必居巨匾又遭红卫兵斧刹，幸而又有人提议保留，以便参加"破四旧"战果展览，这才使之又一次躲过了厄运。"文革"期间，六必居酱园不得不改名为红旗酱菜厂。1972年，日本首相田中角荣访华，向周恩来问起北京是否有一个"六必居"，方由有关部门出面，从"破四旧"战果展览会上拿回了老匾，重新油漆，悬之店堂，自此，六必居尘封巨匾始得重见天日。

翻检记载京师生活的书籍,如《都门记略》《朝市丛载》等等,对六必居之称誉,每有闻见。据我所知,六必居之所以450年盛名不衰,和它选料是大有关系的。其全部原材料来自何地,皆有一定,选料之标准,也十分严格,宁可少做不卖,也不退求其次。东直门的二缨萝卜、安定门外的黄瓜、右安门外郭公庄的香瓜、长辛店的大蒜……因其水土品种的特异,被六必居选中。真真类乎选美,唯苏杭二州佳丽始入视野。而入围产品,当然也还要再度登台角逐。譬如黄瓜,一定要条儿顺(身材窈窕乎)、顶花戴刺(面貌姣好乎)者,一斤不可超过四至六条;譬如做小酱萝卜的原料二缨萝卜,也是要求四至六个一斤,过大过小者必淘汰。其精其严,以量"三围"喻之,恐不为过。"蔬菜小姐"既出,加工工艺更是严格,譬如酱甜瓜的制作,据贺永昌先生述之:老洋瓜要清晨摘下,赶在中午以前送到,货到后组织全店人员用清水洗净,按一斤瓜一斤盐的比例放入盐水中,浸泡26小时后投入酱料,经两天两夜将瓜捞出,放在太阳下晾一天,中间翻一次,然后放入甜面酱缸,以后每天打耙七八次,每次打十耙……如此精细的工艺,岂有不创出名牌之理?

最有趣的既不是这工艺过程,也不是"老外"们由此而引发的幽默,最有趣的,是他们过了好一会儿向我提出的问题。

"陈先生,六必居现在还是这样吗?"他们问。

我只能坦率地承认,我不知道,因为我只是去买过酱菜,却没有去调查。不过,说实在的,真去调查了,这心里也未必不打鼓。我知道,我们的不少老字号,那"活儿",的确不如从前那么讲究了。

"经过了那么多次的'革命',还会有过去的传统?很难。"一位"老外"这么说。

"你是不是以为我们中国人越革命活得越糟啊?"我说,"看来,我是得找个机会去调查一下,好反驳'帝修反'的'无耻谰言'……"

"红卫兵,红卫兵!原来'革命'就在这里!"他们真不愧是"中国通"。

荷花市场与"烤肉季"

面对着这镌刻着"荷花市场"四个字的古色古香的牌楼,真有一股说不出的滋味儿。

我不止一次从这什刹海畔走过,重温当年"荷花市场"的盛况,对这地方能否重建一个"荷花市场",却从来也没有抱过奢望。

没有想到,"荷花市场"居然就这么忽然冒了出来。

北京城里虽然有北海,有中南海,但那或是公园,或是禁区,而和平民生活紧密联系,可供城里的老百姓信步漫游的最大一片水域,就是什刹海了。有水便有绿,什刹海沿岸,或柳枝飘拂,或杨木参天,水中菡萏映日,飘香冉冉,更使"玻璃十顷,卷浪溶溶"的湖面平添了无穷魅力,很早以前就成为了北京人流连忘返的地方。

什刹海又分为前海和后海。后海清幽,沿岸有闻名的醇亲王府,还有广化寺、龙华寺等古刹,所谓"什刹海",即因后海岸边古刹众多而得名。前海则因"地接喧市,游踪较便,裙屐争趋,咸集于斯",愈发热闹起来。特别是清同治以后,市肆林立,酒旗当风,一到夏天,临湖搭棚品茗清谈者愈众。有位诗人不由得悲叹:"岁岁荷花娇不语,无端斗茗乱支棚;斜阳到处人如蚁,谁解芳心似水清?"其实也是徒然悲叹而已,平民百姓在什刹海畔愈发玩得有滋有味儿。到了民国5年,索性有荷花市场兴建于前海西岸,此地便堂而皇之地成为了城北百姓娱乐消遣的平民游乐场。

据老北京们回忆,荷花市场的买卖一般从端阳起,至中元止,最繁盛的季节是夏季,特别是晚间,"长夏夕阳,火伞初敛,柳荫水曲,团扇风前",荷花市场游人络绎不绝，或茶棚听书，或瓜摊品果，或围桌小酌，或聚首清音……市场上不仅有河鲜棚小吃棚冷食棚莲子粥棚，有果摊瓜摊书摊画摊古董摊，而且有书场相声场把式场杂耍场。有一首俗曲曾生动地唱出了人们当年逛"荷花市场"的感受："六月三伏好热天，什刹海前正好赏莲。男男女女人不断，听完大鼓书，再听'十不闲'。逛河沿儿，果子摊儿全——西瓜香瓜杠口甜。冰儿镇的酸梅汤——打冰盏儿。买了把子莲蓬，转回家园……"

对在原址上恢复的"荷花市场"喜出望外的同时，我当然不会对它有什么苛求，就像对白云观的庙会、妙峰山的香会不应该苛求一样。社会的变迁，风俗的移易，"一切照旧"已经不可能。譬如过去荷花市场的文化娱乐项目，真个开办，又能有多少观众？因此，能有这么一个地方，可邀上三五好友，择一晴夜，到水畔围坐，要几盘爆肚、杂碎等风味小吃，再小酌几杯，把酒临风，细说旧京遗事，已算是别有情致。特别是在附近的湖畔，每晚都有自娱自乐的戏迷票友们引吭高唱，余音袅袅自湖面传来，更近乎昔日"荷花市场"神韵，大概是时下时髦的歌厅舞厅卡拉OK所无法替代的吧？

然而，"煞风景"的事也不是没有。

譬如有那么几个摊位的小吃，卫生状况之差，已经到了惨不忍睹的地步：桌面上杯盘狼藉，似乎永无收拾的打算；服务员着装遍布油垢，似乎永无换洗的时日。莫非这杯盘狼藉也是古都风韵的一部分不成？

他们知道不知道自己参与的，是一处重要的人文景观呢？若是不知道，为他们搭上那么漂亮的牌楼，又有什么用？

这种由毫无文化的人来参与文化事业的现象真是比比皆是。难怪中国的旅游胜地，一下子冒出了那么多呆头呆脑的李白、杜甫、苏东坡塑像，难怪原本幽深神秘激人想象的溶洞，几乎每一个都让人挂上了霓虹彩灯，被装点得类乎俗不可耐的歌舞厅……

呜呼，为保留旧京乃至中国文化的韵味，"文化意识"恐怕起码是应该具备的。说到这儿，我不由得又想起了就在这"荷花市场"起家的"烤肉季"。烤肉源自蒙古，今日本人烤肉，其名曰"成吉思汗"，便是证明。100多年前，"烤肉季"的创始人季德彩在荷花市场开始其烤肉生涯。多年来，在选肉、剔杂、刀工、作料上下了功夫，使"烤肉季"成为了远近闻名的老字号。过去北京有"南宛北季"之说，说的就是北京两家最著名的烤肉店。"南宛"，即宣武门内的"烤肉宛"，今仍在，以烤牛肉驰名；"北季"，即"烤肉季"，以烤羊肉驰名。旧时烤肉，方式多保留古蛮之风：一口铁锅，上置铁条炙子，锅内燃以松柴柏木，食者把肉片置之炙子上翻烤，变色后蘸葱末、香菜末、卤虾油、酱油、料酒配成的作料，其仪类乎"涮羊肉"，其味又不同于涮羊肉，更带有一种松柏木的烤香。如今，"烤肉季"仍离荷花市场不远，沿什刹海湖岸东行，走到银锭桥边，便可找到。然而，古色古香的建筑虽存，入其内，铁锅、炙子、柴火，脚蹬条凳的"烤姿"全然不见——当今的"烤肉季"，已不必顾客自烤自食，而统一由厨师"疱代"也，是幸是憾？这还叫"烤肉季"吗？"烤肉"不过是它的一个菜名，其他恐怕已和一般的菜馆无异。或许是我过于传统，全然不顾现代文明的进程？在现代文明更发达的日本，我是去吃过类乎烤肉的"成吉思汗"的，装修豪华的店堂里，挂着一副一副铜马镫，渲染出浓郁的文化氛围；一口微凸的铁板，置之炉上，任君自烤自品。就在这氛围中，你既品尝了佳肴，也品尝了文化。

有人说，这和我们对文物保护的漫不经心一样，中国人因其文化根基之深厚，对一切和历史有关的东西，似乎都有些漫不经心起来。

真的是这样吗？还是恰恰因为我们如此的"阿Q"，已经"一不留神"，变成了一个没有文化的民族？

谭家一啜不思蜀

旧京人士,无人不知谭家菜。故曾有"食界无口不夸谭"之说,又有"其味之鲜美可口,虽南面王不易"之叹。几十年来,谭家菜仿佛销声匿迹,其实一直在北京饭店内经营,"养在深闺人未识"罢了。最近,一座外观古朴、富于民族特色,内部装修典雅豪华的酒楼出现在西直门立交桥东侧,名曰:"谭府大酒楼"。看到那五个雄浑的镏金大字,我心中不由得一颤:谭府大酒楼,经营的莫不就是那"给个皇上老子都不换"的谭家菜?

如果说,辟才胡同里那家新开张的"忆苦思甜大杂院饭庄",是北京平民饮食文化缩影的话,"谭府大酒楼",应该可以说是展示旧京官宦人家饮食文化的舞台了。

谭家菜系清末民初官僚谭宗浚父子所创,历时已近百年。谭宗浚是广东南海人,同治年间入京师翰林院为官。谭仕途坎坷,然膏粱之好,伴其一生。每于家中作西园雅集,亲自督点,炮凤烹龙,在北京官僚中闻名遐迩。而谭氏之子谭瑑青,比其父更有过之,家道中落时甚至有卖房举宴之豪举。据谭家菜传人、已故特级厨师彭长海先生撰文称,谭氏父子对饮食文化之研究,几近痴迷;每放外任,辄搜寻当地名菜;每闻名厨,辄重金礼聘之。加之谭瑑青的如夫人赵荔凤又独具天赋，亲自掌灶，好学敏求，吸纳百家，自成一宗，谭家菜便愈做愈精，名声不胫而走。初始当然不过是同僚酬酢，然到民国时代，谭家式微，谭家菜只好对外营业。此例一开，品尝谭家菜即为京华上流社会生活之时髦。一时间，谭府门外，香车宝马，日日不绝。定座每每需找和谭家相熟者转托，若能安排，倍感荣幸，时日拖延，亦宁愿等候。据彭长海文中说，国画大师张大千，和谭瑑青私交甚笃，对谭家菜也情有独钟，住南京时，曾多次托人在北京买得刚出锅的"黄焖鱼翅"，空运回宁，以快朵颐，足见谭家菜当年的地位与魅力。

彭长海先生年轻时入谭家帮厨，在谭家主妇赵荔凤的指导下，渐得真传，进而得以掌灶，后成为北京饭店谭家菜的特级厨师。不久前彭长海病故，其徒王炳和已炉火纯青，和其师兄陈玉亮等，成为了谭家菜的传人。

此间就任谭府大酒楼厨师长的王炳和，尤以"黄焖鱼翅""罗汉大虾"为拿手名菜，曾为邓小平、叶剑英等献技，极获好评。王接受采访时告诉笔者，谭家菜的主要特点是，选料精，下料狠，火候足，口味纯。

"选料精"乃我国饮食文化之传统，然谭家菜于精中更精，近乎苛刻。当年赵荔凤主灶，即亲自提篮采买，而今如果想成为谭家菜名厨,识货选料即为第一关。譬如鱼翅,品种就有十几种之多:美国黄肉翅、菲律宾的吕宋黄、国产的群翅,还有勾尾翅、青翅、荷包翅、杂翅等等,而谭家菜仅取其中高档的吕宋黄、黄肉翅,最差也不得低于群翅。仅鱼翅品种的学问就如此庞杂,其他更不待言。

所谓"下料狠",即指吊汤时舍得下料。谭家菜尤讲究以汤提鲜,其汤因吊法之不同,又分为清汤、头汤、毛汤、白汤,在不同的菜肴中各司其职。吊汤之料,不惜工本。试想,用整鸡、整鸭、干贝、火腿熬出的浓汤,用以做"黄焖鱼翅",岂能不鲜美?难怪一道"黄焖鱼翅"上席,侍者必先上茶,请漱尊口,以免错过了醇美的口感,暴殄了天物。

谭家菜以烹制见长,一道"黄焖鱼翅",若从发制鱼翅开始计,竟需三天时间,只算在火上烧的时间,也需六七个小时之久,此"火候足"是也。

"口味纯"一说,则体现了谭家菜既有融会南北的胸怀,又有自成一派的气魄。谭家菜主人由南至北为官,由北归南为民,父子两代皆有此经历,其口味自然集南北之大成:北咸南甜,相得益彰,中庸平和,无人不宜。融会南北的同时,谭家菜却又自守其道:原汁原味,天然本色,最是美馔佳境。在这一美学指导之下,烹调中,花椒大料,一概免之。用王炳和先生的话来说:"您是想吃花椒大料的味儿，还是吃燕窝鱼翅的味儿？吃谭家菜的人，是来吃燕窝鱼翅的味儿来了，谭家菜的本事，就是得把燕窝鱼翅的味儿做出来！"一语道破其中妙处。

近闻有一蜀地文人到谭府大酒楼品尝了谭家菜后，借来其乡党苏东坡半句，续尾叹曰：

"海错蛮珍闻名久，谭家一啜不思蜀。"

想是由衷之言。

收篇自语

《北京滋味》一共写了8篇，我想已经到了应该打住的时候。若想聊，当然还可以聊下去，不过按照老北京那充满了辩证法的哲学，我觉得还是"见好就收"为妙。天天一只北京烤鸭，也有腻的时候，何况听你这儿"神侃"！再说，侃的都是吃吃喝喝的，别让人抱怨咱误人子弟。再者说，我也实在没有了继续下去的工夫。因此，打住应该是明智之举。有必要声明的一点是，小文中的不少资料，得之于旧京典籍者有之，得之于街谈巷说者有之，得之于今人著述者亦有之，出处恕不一一。好在是闲话而已，不那么严谨倒也可以理解，是吗？

2011年11月

平民北京探访录

开场白

我早就想把近年来混迹于北京平民的采访实录整理出来,和更多爱北京爱北京人的朋友们分享这一份愉悦。作为煌煌帝都的北京固然威名远播,作为平民的北京又何尝不独具魅力?记不得是哪位朋友告诉我的了:他到一位老北京家中小坐,主人为他沏上茶,说:"给您焖上了。"简单的一句客情儿,使这位朋友回味无穷。他说,不管到了天涯海角,只要想起这句话,大概都会"一声河满子,双泪落君前"的。我相信这位朋友其言也实,其情也真,不过他若能在北京久住,他会发现,北京人脱口而出却意蕴无穷的话语真是比比皆是。譬如北京人爱说"话又说回来":"……这开出租车的挣得是多了点儿,可话又说回来,人家还操心呢,劳神呢,没白儿没夜呢!唉,话又说回来了,开公共汽车的也不容易:为个仨瓜俩枣儿的钱,得踩着点儿去上班儿,风雨无阻,也不能太委屈了人家!"——语言,是文化的积淀,是人情伦理,是思考方式。光是这一句"话又说回来",你该看得出北京的老百姓们多么厚道、仁义,多么通情理,多么习惯于替人设身处地。

只要你到平民北京中去,你会发现得更多,不仅仅是语言。

比如那些蹲在菜站大棚前晒太阳的老太太们,那些提着鸟笼漫步筒子河的老头子们,他们中间就有平民北京的历史和人生。还有那些蹬着平板三轮,风一般驰过街巷的当代"祥子"们,那些在夜市的灯影里挥舞着布料,高吼"瞧一瞧,看一看"的"倒儿爷""倒儿奶奶"们,他们中间更有一个新的"平民北京"。而这新的平民北京,它如何从传统中脱胎,又如何被改革开放的大潮冲刷出新的色彩,则更是一个有趣的题目。

不过，我们还是先从向历史的寻觅中开始对平民北京的探讨吧。

有必要声明的是，早在二三十年代，知识界已经开始了对平民北京的自觉探讨，一代一代的考察者为我们积累了不少珍贵的资料。笔者在采访过程中，固然从被采访者提供的资料中得益，也从已成文的资料中取益多多，恕不一一致谢。作为一个对旧北京并无亲历的采访者，错讹之处，肯定是有的。如蒙教正，将感激不尽。

杠夫瘸三儿
——探访录之一

他居然是个过去的杠夫。结识他的时候，他正一手晃着一个蒙上了笼罩的鸟笼子，优哉游哉地在天坛的古柏林子里转悠。七老八十的老爷子，秃瓢，圆脸，酒糟鼻，颧骨上星星点点地挂着老斑，津津乐道于我提出的疑问，为我解释为什么要一边走，一边晃笼子："人老在屋里闷着还得心脏病呢，何况本该上天的鸟儿……晃，晃，它在笼子里就得用爪子，使抓劲儿……啧啧啧，怎么样？用现如今时兴的说法——整个儿一座健身房！"这老爷子爽朗、风趣，采风者是不能不趁机"搭各搭各"

的。这一"搭各"不要紧,你发现你面前站着的,是个过去的杠夫。你感到意外的原因,大概是因为他那条老得让右腿等它慢慢拖上来的左腿,可是你再细细地端详,你发现了他肩膀上的疙瘩肉,你发现了他站在原地不动时的姿式:提胸腆肚收臀,脚撇成外八字。你立刻相信这老爷子所言不虚。

"我知道您不信我瘸三儿这拉拉胯的德性还能去给人抬棺材。那是!抬棺材的主儿甭说瘸了,哪个不是膀大腰圆的精壮汉子!再说,抬棺材的讲究什么?稳!皇上出殡就甭说了,咱没赶上不是?可听说那128个杠夫光演杠就练了多少次。到了民国,大户人家出殡前也得走两趟试试啦。皇上那会儿,是在杠上铺上木板,摆上桌椅,沏上茶水,杠房掌柜的和大内的官儿们坐上去,起杠以后就盯着这茶水洒不洒了。民国那会儿呢,没那么严重了,可也要在杠杆儿上放十几个盆儿,盛满了水,杠头儿响尺一响,起杠,杠夫们屁也不敢放一个啦。'梆——梆梆',这是慢走。'梆梆梆',这是急走。响尺横打是换肩,再横打,可就是练摘肩下杠了。您瞅吧,百十号人,一水儿的绿色驾衣,黑布靴子,黑毡帽,帽子上顶根翎子——丧家加了剃头钱,我们就得剃头穿靴,体体面面地给人家挣脸不是?急走慢行,换肩换拨儿,那杠上摆的盆儿岂止不能掉,得点水不溢才行!要是我现在这模样,还想去当杠夫?滚一边去吧!"

"您当年一定也是个壮汉,才敢干这一行的。"我说。

"敢情!可话又说回来,不干这一行,我干什么去?咱家又没产业,两手攥空拳的命,凭力气吃饭呗!杠夫这差使,那时候叫'闲子','闲等儿'。等着活儿了,就有现钱去买棒子面糊口。等不着活儿,就接着'闲等'。我18岁那年,街坊王升大哥就领我去杠房门口当闲等的'小口子'去啦。啥叫'小口子'?就是贫寒人家发送,请不起大杠,用八人以下的小杠,不用那么惊动,杠房就跟等在门外的小头目说,叫候在门外的小哥儿几个给办了。这小哥儿几个就叫'小口子',头目呢?头目叫'门墩子'。我干了几个月'小口子',就上城门口的清茶馆等活儿去了。年轻,气盛,老当'小口子',觉得窝囊,老看着人家抬三十二杠、六十杠的气派。咱北京城的杠夫,都是天麻麻亮的时候上茶馆等活儿。杠房掌柜的只跟杠夫里的大头、二头说事儿。老关系,有技术,一有活儿,掌柜的就找大头二头,大头二头就到茶馆找大家伙儿,安排每伙杠的准日子。软片——就是棺罩啦,幡啦,伞啦,杠夫的衣服啦,硬器——就是杠子啦,绳子啦,那全归杠房预备,不用你管,按点儿来就成啦!您记着,

'响尺'的乱梆子一敲，就得聚齐儿，该站哪儿，您就站哪儿，不准喧哗说笑。'响尺'再打一声，您可就得规规矩矩给人家起杠了。起杠以后您就听吧，只有响尺'梆梆梆'，脚步唰唰响。您要是犯了规矩，杠头儿抡起响尺就打过来了，打你个头破血流你也没脾气——得罪了丧主儿，砸了大家伙的饭碗，你担待得起？"

我告诉这位老爷子，听他这么一说，才算是开了眼了。过去只是听说北京的杠夫全国闻名，甚至天津上海的阔佬儿办丧事，还有人进京"特请"。这回终于明白为什么要"特请"了，没想到抬棺材还有这么多规矩讲究！

"那可不！北京嘛，大户人家多，人家舍得出钱，咱不能让人家丧主儿挑了理儿去。光是从这屋里出堂出院儿，就是一功。您想吧，遇见高台阶，上去时咱得前捧后肩；下去时，咱又得前肩后捧。到了过道儿门，杠子施展不开了，得有个人钻到棺材底下背驮。还不能瞎嚷嚷，全听响尺号令。那丧主儿不错眼珠儿地盯着你哪。你敢把棺材歪了，碰了，翻了？那可就热闹啦。灵柩出了门，盖上了大罩，事儿还没完。孝子捧了盆儿，'响尺'就喊上了：'四角跟夫，后尾答碴儿！'咱就得应：'嗳——'，'响尺'接着喊：'本家姑奶奶赏钱多少多少吊!'咱还得应:'吊——'这一路,遇上设路祭的、设茶桌的,时不时就得来这么一下子。就这么一路抬出城去,等到完了活,揣好了二头目发的块儿八毛钱,累得腿肚子都转筋啦。可还得往家赶呀,老婆孩子还等米下锅!"

"我这么听着,这一路赏钱的可不少啊,怎么才分个块儿八毛?"

"这您就不懂啦,那喊'赏钱多少多少吊',可不全是真赏。有的是真赏,有的是假赏,还有的是小赏大喊。咱北京人爱面子不是?要不怎么说'死要面子,死要面子'呢!就算遇上赏了大钱的人家儿,人家也是跟杠房和大头目、二头目算账,再分到咱手里,可不就块儿八毛了?就这块儿八毛的,要是天天能挣来,也知足啦!赶到后来,我看那些大户人家也都败得差不多了,死要面子的人是越来越少了,杠夫的活儿也越来越显着肉少狼多了,咱又改行,蹬三轮去了。要不,怎么摔断了腿!"

……

就这么着,我跟这位"瘸三儿"大爷算是认识了。一两年间,时时到天坛的古柏林子里会会他。以后因为忙,有一段日子没有再去。再去时,已不见了他的踪影。另外几位相熟的老头儿们说,他一年前就过去了。

"坐火葬场的车走的,一按电钮,进了烟囱胡同了。"老头子们说起死,都有这么股子幽默劲儿。

"耍骨头"
——探访录之二

一个"耍"字,大约可以看出平民北京的某类性格特征。油嘴滑舌毫无节制者被称之为"耍贫嘴";动作卖弄以图喝彩者被称之为"耍飘儿";衣履不整褴褛如丝者被称之为"耍套儿";寻衅捣蛋不可理喻者被称之为"耍叉"——旧京民谣曰:"娶了媳妇不要妈,要妈就耍叉,耍叉就分家",即指此种泼皮气。我想,"耍"字的"神韵"或许和"耍狗熊的""耍中幡的""耍耗子的""耍猴儿力子的"等等江湖职业不无渊源。"耍叉"一词,便是明证:先是街头卖艺的行当,后又成为泼皮劲儿的转喻。"耍骨头"一词的演化,亦与之相仿佛,不过是比耍叉更有过之而无不及的蔑称便是了。人要是到了被称之为"耍骨头"的地步,已经不光是寻衅捣蛋不可理喻之辈了,你还得具有自轻自贱,面不改色心不跳,死猪不怕开水烫的脸皮。这倒也名正言顺。因为"耍骨头"的行当在江湖中也比之"耍叉"者更卑贱,被列之为"穷家门",无家的丐帮是也。曾见一回忆文章忆及几位江湖艺人聊天,大叹人心不古,江湖乱道。几位"耍狗熊的""耍猴儿力子"的哥们儿们愤愤然道:"连耍骨头的都上了地啦!""上地"者,撂地卖艺之谓也。在他们看来,"耍骨头"者,除沿街乞讨外,是登不得"大雅之堂"的。尽管他们的"大雅之堂"亦不过飞土扬尘的天桥一隅而已。五十步笑百步,也还是要笑的。从中也可以想见"耍骨头"者地位之卑微了吧?

在我结识"孙骨头"之前,已经对"耍骨头"的行当略知一二了。老舍所作话剧《茶馆》里那位串场人物大傻杨,便是一位"耍骨头"的:手执两块牛胯骨,上边缀着13颗小铃铛,俗称"十三太保"。其中一块牛胯骨为"龙头",以红绒球饰之,另一块为"龙尾",以红绿绸带饰之。"耍骨头"者走街串巷,尤以光顾商家店铺为好。"合扇"相击,作"呱嗒呱"之声,铃铛相谐,伴"哗铃铃"之响。道一声"哎,打骨板,听我言,马家老铺在眼前"之类,便引出一段现编现唱的"数来宝"来。或表吉利恭喜意,取悦店家;或作调侃戏谑科,招徕听客。一段甫毕,平伸牛胯骨求赏。有赏者将一枚两枚置之骨上,"耍骨头"者绝对知趣而退,转移他方。另一家店铺门前再来一句"哎,打骨板,眼儿发花，原来是内联升的少东家……"如法炮制，又是一段。一般说来，店家乐得图个吉利，或者是为了避免"耍骨头"者厮守门前，搅了生意，总是要赏上几文钱的。当然也有心情不佳，较上了劲儿，声言"尊口免开，敝店一毛不拔"者，那可就热闹了。如果说，相安无事时，"耍骨头"者多为口角春风之辈的话，这时便将"耍骨头"本相暴露无遗了。他将在这家店铺门前一段一段数下去，词锋由吉利话转向了讥讽，譬如"数来宝，说半年，这位东家不给钱。不给钱，省下啦，打副金棺材多露脸……"有时候，一位仁兄还不够，三五同伙前来助威。店铺门前塞满了囚首丧面，科头跣足之辈，骨板声、讥诮声、哄笑声甚嚣尘上。到了这个程度，就算有人"惨不忍睹"，想出来打圆场，也难以收拾了。"耍骨头"者就是非要这个劲儿的——还非得声言"一毛不拔"者将钱送上，作揖请驾不可。丐帮中唱"数来宝"为生者，也有不击牛胯骨的。有的人以两块竹板相击，竹板称为"玉子"，求赏时则以竹板平伸接钱。还有以瓦片相击者。我想，竹板、瓦片自然是不及"耍骨头"更有特色，大概因为这原因，"耍骨头"才成为了这一行当的代名词，也成了嬉闹耍赖，撒泼打滚，不顾脸面，不顾后果的捣蛋行径的代名词。

然而,"孙骨头"身上,却找不出丝毫当年"要骨头"者的风采。他当然是个"要骨头"的出身,从与他一块儿下棋的老哥儿几个给他起的外号里,便一目了然。不过,他真的似乎"温文尔雅"。是"衣食足而知礼节"了?还是他自知出身卑微,不敢炸刺儿?总之,这是个好老头儿。我把我知道的有关"要骨头"者的有限知识和盘托出,向他请教。他并不否认。不过,他说他要补充两点。

"第一,"他说,"我们那两块牛胯骨可不是马马虎虎的家什。那是朱洪武朱元璋皇上传下来的。皇上嘛,受命于天。可开始不行,开始他死了爹娘,没地方找饭辙,当了叫花子。别瞅当了叫花子,命在那儿哪。所以他这叫花子当得让人害怕——到了人家门口,叫声:'爹呀,娘呀,好心的老爷太太呀,赏口吃的吧!'您想啊,这位可是天子命,那不等于折人的寿吗?他这一叫不要紧,叫谁谁得病,谁还敢应这叫花子呀!可怜这位真龙天子啊,没招儿啦,哭吧,哭着哭着才想起找两块牛胯骨来。由这儿开始,也不张口叫人家好听的了,打着牛胯骨就挨家挨户串去了……您是写文章的,别把我们这家伙事儿给小看了。"

"一定,一定。"我连连点头。尽管我对明史不甚了了,判断老人家这一段认认真真的"史料"的真伪,还是有把握的。不过我想，从历史角度来看，这一段传说固然无价值可言，若换个角度呢？譬如心理学、民俗学的角度？

"第二，""孙骨头"接着说，"我们说的那'数来宝'，那是艺术！谁都瞧不起咱，说咱那东西不入流，不是艺术。它京戏那唱念做打是艺术；它'耍狗熊'的，现在叫马戏，是艺术；它'耍猴儿力子'的，现在叫木偶戏，是艺术。凭什么'耍骨头'说'数来宝'就不算艺术？我们这一行，也得练！不练，那牛胯骨一敲，呱哒呱，呱哒呱，合辙押韵的词儿，合情顺势的词儿，能从嘴里出来吗？那不是艺术是什么！唉，可惜啊，连穷哥们儿都看咱不上眼，说咱也不过是穷家门，臭要饭的而已……倒是有的文化人拿咱当回事，这也是我见着兄弟你，愿意说说真心话的原因。"

我问他指的是哪位"文化人"，愿闻其详。

"名字我不知道。我听说'数来宝'的前辈有一位艺名'穷不怕'的，这人我没见过，早死了。听说他学过戏，学过相声，后来以说'数来宝'为生，他还擅长用白沙洒字。有位文化人写诗夸他，那诗写得好哇：'信口诙谐一老翁，招财进宝写尤工，频敲竹板蹲身唱，谁道斯人不怕穷。日日街头洒白沙，不须笔墨也涂鸦，文章扫地寻常事,求得钱来为养家。"

孙骨头说"数来宝也算是门艺术",我是同意的。不过,我也知道,孙骨头是把唱"太平歌词"的"穷不怕"说成是他的同行了,不知道这里是不是也和把朱洪武说成是"耍骨头"的先辈一样。可我又何必说透它呢。

我问"孙骨头",是否能给我来一段"数来宝",让我开开眼。

他想了想,以掌拍腿,道将起来:"哎——打骨板,进街来,买卖店铺两边开,生意兴隆通四海,财源茂盛大发财。大发财,喜事来,金山银垛放光彩。放光彩,我沾光,掌柜的仨瓜俩枣赏过来。孙骨头,今儿不济,保不齐明儿个就发迹。朱买臣敢想水泼地,秦琼卖马也没计,吕蒙四十运气转,朱洪武也曾把空拳攥。空拳攥,攥空拳,叫声掌柜的给俩儿钱,没时没候念您的好,日进斗金少不了……"

听他数到朱买臣、秦琼、吕蒙、朱洪武的时候,我又想起了他说的"那两块牛骨头可不是马马虎虎的家什"那句话,或许越卑贱越要寻找一种心理的平衡吧,心中不免一酸。

"大狗熊"孙宝才
——探访录之三

孙宝才其貌不扬——出奇大的冬瓜脑袋,无冬历夏都不见毫发。这秃瓢还不像其他老者的秃瓢儿一样,透出干葫芦般的油亮金黄,而是布满了青一块、紫一块的疮痕老斑。脸是平的,鼻子圆溜溜,脸上的肌肉虽然丰富,却已经明显地松弛了。右眼皮耷拉下来,遮住了那只本来就不大的眼睛,只有左眼在努力地睁着。上下嘴唇也相互错位了,一看便可知这是中风的后遗症。

"就我,都这德性了,还拉我练个什么劲儿。"说着,拉起那耷拉的右眼皮:"您瞧,您瞧,眼睛倒还看得见,可这眼皮子不管用啊!他们找我出去使活儿,我就是这么揪着眼皮子告诉他们来着。可您猜怎么着?人家说啦,谁指望着看您脸蛋儿来着?要找漂亮的脸蛋儿,满街都有,我们就不找您啦!可您这手活儿,谁也没有。这是绝活儿,您不出来使,谁能使?"

天桥的艺人们把他们所长称之为"活儿"。表演,叫"使活儿""练活儿"。就这么着,孙宝才80岁上又往他那个硕大的冬瓜脑袋上套上了朝天翘的小辫儿,往他扁扁的脸上抹上了白粉,重新走上了舞台,直到今天,到他91岁高龄的今天。我采访他的时间是1991年1月9日，地点是在他的家——北京南城福长街三巷，一排崭新的平房里。同去的，还有宣武区文化馆的李金龙。多亏老李不断地用高且脆的大嗓门，向老头儿重复我的询问——老头儿已经有点耳背，而我，似乎还不习惯于初进人家，便在人家屋里扯开嗓门嚷嚷。

孙宝才的女儿——看来也已经是近70岁的人了——自始至终站在外间屋，关切地看着里屋的父亲，偶尔进来为我们添茶倒水。这情景使我颇觉有趣，我还从来没有见过70岁的女儿在90岁的父亲面前是什么样子，因此我忍不住时不时把目光投向她。

"我这闺女，我孙子，还有我重孙子都劝我，这么大岁数了，还演个什么劲儿！您老缺钱，我们给您。踏踏实实家呆着，遛鸟儿，养老，不就成了？我跟他们说，你们不懂！不是你们养不起我，也不是我图钱。咱图的，是个乐呵！您想啊，包袱一抖响了，大家伙儿一乐，我心里也乐不是？兴许这么着倒能多活几年哪！"

所谓"包袱"，是相声行的术语，"笑料儿"之谓也。顾名思义，相声的笑料儿仿佛是包在包袱皮儿里的一样，点破笑料的那一下子,被称之为"抖包袱"。"包袱"一抖，却鸦雀无声，那可够让人垂头丧气的了。那"包袱"就叫"抖臭"了。倘若"包袱"一抖,举座笑倒,那就叫"抖响"了。喜剧艺术家的得意之处,便在于此。

我看过孙宝才的双簧表演:着青色长袍,脸敷白粉,秃瓢上一根冲天翘的小辫儿。他演"前脸",即充当前面的表演者。他的徒弟则在他的身后蹲下,以扇掩面,时而唱流行曲,时而唱"莲花落",时而京白数语,时而韵白一段。孙宝才在这演唱道白声中,嘴唇翕动,眼波流转,一会儿学娇憨少女,一会儿学娉婷少妇,一会儿又是龙钟老妪,一颦一笑,惟妙惟肖,和椅子背后那位真正的演唱者配合得天衣无缝,这已足让观众开心解颐的了,后面那位还时不时要和前面这位逗逗乐子,故意出他的洋相。比如说是要放炮仗,一响二响过后,第三响却迟迟不响,待"前脸儿"俯身看时,突然"砰"地一声,"前脸儿"只好捂眼作哀叫状:"妈呀,崩着眼睛啦!"又比如后面这位唱曲儿的唱之不已,打鼓敲锣的后面是扭秧歌,扭秧歌的后面是"迪斯科","前脸"也只好听其摆布,舞之不断,直到瘫倒。这些都是"极响极脆"的"包袱",双簧表演就是这样在观众不断的笑声中推向高潮的。

天桥是旧北京的平民游艺场,是贩夫走卒者流"找乐子"的地方,也是江湖艺人们"平地抠饼"的地方。

"平地抠饼"是"撂地卖艺"的形象说法：以白灰为界，在地上画出方圆一两丈的场子，有人称之为"画锅"，有人称之为"抠饼"，总之是靠这方寸之地找出生计的意思。类似的平民游艺场还有几处，比如隆福寺、护国寺、白塔寺的庙会，都留下过孙宝才们的身影，当然其中还是以天桥的杂技曲艺表演最为繁盛，最为经常就是了。

孙宝才在天桥演出的时候，已经不用撂地"圆年子"（招揽看客）了，宋三茶馆为他搭了一个棚子，他和他的搭档在那里献艺，每天的收入和茶馆分成。其实，他是在隆福寺走红的，在那里，他得到了观众送他的外号——"大狗熊"。

类似的外号在北京的平民艺术家中俯拾皆是。庚子年间便有说数来宝的"穷不怕"，唱俚曲说笑话的"醋溺高"，练杠子的"田瘸子"，说相声的"丑孙子"，民国以来又有鼻哨吹戏的"花狗熊"，且唱且舞的"赛活驴"等等，从这些名目中不难看出，旧北京的平民艺术家们几乎无一不备自嘲自贱的特点。

平民北京的悲喜剧心态孕育了这样的平民艺术，而如此的平民艺术又为北京平民性格的形成留下了不可磨灭的印记。了解北京不可只知道作为煌煌帝都的北京而不知道平民北京，而研究平民北京，不可不知道"丑孙子""赛活驴"们。"大狗熊"孙宝才，大概是荣获过北京平民赠送谑称而仍在粉墨登场的最后一人了。

孙宝才告诉我，双簧应该说是相声的一种。不过说相声的人，以说学逗唱博人一笑，而演双簧的人，以二人配合之巧妙，神态举止之滑稽赢得观众就是了。

孙宝才称，"双簧"之始作俑者，为清末单弦艺人黄甫臣父子。传黄以唱单弦名重一时，常被慈禧太后宣召入宫演唱。然黄甫臣日渐衰老，嗓音不逮。某日，公公又至，宣旨召见，黄甫臣不敢抗旨，却又有难言之隐。这时黄甫臣之子自告奋勇，随父进宫，隐之幕后，代父演唱，其情其景，大概很有些类似现今的"走穴"歌星：台上手持麦克风作天真烂漫态或痛心疾首状，而真正的演唱者乃录音磁带也。

黄甫臣父子的表演颇得慈禧赏识，非但不治"欺君之罪"，反而被问及其表演名目。黄甫臣急中生智，答曰："双黄。"流传至今，即"双簧"也。孙宝才言之凿凿，是真是假，有待查考。

孙宝才年轻时拉过洋车，打过执事，扛过大个儿，因自幼举止诙谐滑稽，善学众生百态，在朋友的劝说下，18岁拜赵尔如为师，学说双簧。

"不是我欺师灭祖啊,是我师傅临死时拉着我手,亲口对我说的。他说,宝才啊,你师傅对不起你啊。唉,这是实话,我师傅没教过我一个'整活儿'。您想吧,三年零一节,每天里,一大早起来,我就从天桥奔东四牌楼——师傅家在隆福寺夹道。进了师傅家,哄孩子,劈劈柴,啥活不干?师傅高兴了,教个一句半句;不高兴,今儿就白干。现在我会的这点儿活儿,全是自己眼里看着,心里想着,偷偷练着,一点一点攒下来的。我师傅不教我整活儿,我不怨他。江湖上传艺难啊,宁给一锭金,不舍一句春,都传了你,师傅吃什么去?"

我说:"那您现在呢,您也这么大岁数了,也得带俩年轻的徒弟,甭让这活儿失传啊!"

孙宝才说:"是!我可不保守,我乐意!也有年轻的人来找我学艺。可我一看,得嘞,您请回吧!您说,有心学艺,不说受我当年那苦那累那脸子吧,至少您得把这头剃了吧?自打有了说双簧这行当起,说双簧的没有留头发的,甭说分头,背头,寸头也没有!看,我这秃瓢儿,一辈子了!您又要学艺,又要美。您说,留个油光水滑的大背头上去演双簧,那叫双簧吗?您说,您不狠了心,剃了头,我能收你当徒弟吗?"

他说的不无道理,只是不知道现在是否还能找得出这样狠心学艺的年轻人来。

因此,这节目现在也只有"大狗熊"孙宝才和他的"老徒弟"一块儿演了。每星期日上午一场,晚上一场,地点在前门大街"老舍茶馆"。

"瞪眼儿食"
——探访录之四

老太太朝我投过来警觉的一瞥。

可以理解。介绍我来的朋友告诉我,一个多月以前,老太太茹苦含辛养大的女儿和她的丈夫气夯夯地搬走了,原因是老太太过多地干预了女儿和女婿的私生活。她甚至不止一次地用扫床的笤帚把儿敲打女儿卧室的门,警告女婿说:"那事儿啊,不顶饭吃,一个礼拜来一次得了,别逮个便宜没够,没完没了地折腾我闺女。你不心疼,我还心疼呢!"

"唉,老太太,怎么说她好?真是个卖'瞪眼儿食'的!"朋友说。

如果说,这一出悲喜剧和老太太的寡妇心态有关,我倒觉得有几分道理,可说这是她卖过"瞪眼儿食"的结果,充其量只能算个玩笑。不过,我的造访却是为"瞪眼儿食"而来。早就听人讲过这一行当,只是其说不一,似是而非,听说老太太便是这行当出身,是不能不访访的。

"您问这事儿干嘛?老辈子的事儿了。"老太太说。"再说,别听他们瞎说,我可没卖过'瞪眼儿食',不信您打听去,我长大成人那会儿,还兴吃'瞪眼儿食'吗?"

这可把我给问住了。我想了想,对她说,那行当不过是成百上千种"找饭辙"的法儿中的一种,没有什么张不开嘴的。而我,只不过是想对旧北京的五行八作作一些调查,写几篇文章,并没别的意思。

"陈同志,不是我嫌寒碜。实话跟您说,我爸爸是卖'瞪眼儿食'的,可那是民国刚开始那会儿的事,到我长大成人那会儿,这买卖就不那么兴了。论起来,我做的小买卖倒也受了点我爸的影响。可我不卖瞪眼儿食了,我卖杂烩菜。"

"杂烩菜就是折箩,是吗?"

"对。我有一个外甥在聚贤堂饭庄当厨子,我们家那死鬼去了,我姐可怜我,让儿子给我这当姨的想想活路,这外甥就找掌柜的求情,把那些酒席的折箩攒一块儿。后来我外甥又跟好几家饭庄子讲好了,也把那折箩便宜点儿留给我。每天清早我推着车去拉回来,放火上咕嘟咕嘟，推上街卖啦。一路走一路吆喝：'卖杂烩菜来！'这东西那会儿还挺受人待见呢，穷啊，老百姓哪儿就沾着荤腥啦？可我这一桶子里，好，虽说牙碜点儿，倒是解馋呢！"

"那'瞪眼儿食'是不是也是杂烩菜？"

"不是！我记得我爸和肉市上的人都挺熟，他天天傍黑儿奔肉市，把那些筋头巴脑没人要的肉戛它半麻袋回来，好歹收拾收拾，扔锅里咕嘟，放点作料，就连着锅一块儿挑出去啦。到了热闹地界，往路边一摆，买卖还挺好，就和我后来卖那杂烩菜一样，好歹是荤腥呀，穷人美呗。拉洋车的，扛大个儿的，到旁边铺子里买个火烧贴饼的，蹲在这热腾腾的锅边上夹肉吃。这'瞪眼儿食'的吃法儿大概哪一摊都一样，先吃后算账。您这一筷子下去，大也好，小也好，猪皮也好，拐捧儿也好，反正是一筷子一大枚。您想啊，谁不想一筷子下去夹出块大的来？这不瞪大了眼儿，行吗？"

"噢，就这么叫'瞪眼儿食'了？"我说。"可我还听人说，说的不是吃的人'瞪眼儿'，而是卖的人'瞪眼儿'呢。"

"也对，也对，卖的也得'瞪眼儿'！您想啊，好几个人围在锅边，你一筷，我一筷，不看着点儿，心里没个数儿不是?那最后怎么清账啊?这卖的就得想招儿啦,人少时,心里数着就成;人多时,有拿竹棍儿当码子的,也有拿制钱记账的。你夹了一筷,我就在你的名下搁一枚。吃完了,数码子好计数。不管是用竹棍儿还是用制钱,我的眼睛也不能离开那口锅,不能离开锅里那几双筷子不是?"

"那可真成了大眼儿瞪小眼儿了。"我忍不住笑起来。

"唉,您说得对,都是穷命,谁能不瞪啊?我卖杂烩菜时不也一样!一个破盆儿伸过来了:'您给打两大枚的。'我不看他我都知道他的眼睛圆了,心说:'您行行好,捞点儿真货吧。'我这心里也没少了嘀咕,太实在了,这买卖就甭做了;太亏了人家,也缺德,还指望人家以后再照顾买卖吗?都是一个字:'穷'!可瞪来瞪去有啥新鲜的?还能瞪出个金元宝来不成?"

"大兵黄"
——探访录之五

了解平民北京的情感历程和性格渊源,是不可不在旧北京的平民游艺场——天桥驻足的。诚如民俗学前辈李景汉先生所说:"到天桥想和在天桥的人们,就在那儿,比较是更显露原形了，在态度、情感、思想和智力等方面。在那儿就可以看出他们是如何的真吃、真喝、真玩儿、真乐、真说、真笑、真怒骂、真瞪眼、真吵、真闹、真斗心眼儿，也真大方，真慷慨解囊，真拔刀相助。"李先生继而以"大兵黄"的"不怕天不怕地专骂贪官与污吏"为例，指出："我们得从平易中，从微细的事物中，从粗俗朴素的形式中，从牛鬼蛇神的形象中，来认识天桥社区的内容和本质，从活生生的客观现实生活中来透视天桥的伟大处。"

我对这见解拳拳服膺。

由此我也希望更多地知道一些"大兵黄"。

作为三四十年代公认的天桥"八大怪"之一，有关"大兵黄"的文字资料还是能搜集到一些的，当然其中也有其说不一之处，比较共同的说法是："大兵黄"本名黄才贵，字治安，曾为清兵，参加过甲午之役，后又为张勋的辫子兵，退伍后为生计所迫，到天桥卖糖丸，别无所长，便以骂街招徕看客。当是时也，污言秽语，排山倒海，围观者里三层、外三层，喝彩之声不绝，街巷为之阻塞。转眼之间，"大兵黄"名扬京师，一时间，逛天桥未能一睹其风采者，引为憾事。

这些资料更使我热切地希望找到一位这盛况的目

击者。

不久前，有幸结识了年近古稀的潘先生。老人坦率地告诉我，他年轻时家境殷实，因此每每流连于街肆，沉湎于书馆，如今突然发现，年轻时的见闻可以作为旧北京的资料传诸于世，他十分愿意为我作一些咨询。

我便问他，是否见过"大兵黄"骂街？

他淡淡一笑，说："我能没见过吗？"

这淡淡的一笑真让我觉得自己处处透着傻气。

潘先生告诉我，"大兵黄"骂街卖糖丸的地方，在如今自然博物馆路东偏南一点。"大兵黄"是全天桥唯一一位"不请人"的卖艺者。所谓"不请人"，就是说他不用"圆粘子"——招徕观众。每日下午一时许，在"大兵黄"每天出现的地界，早已有看客恭候。不知就里者看到那块场子围了一圈又一圈的人，还以为正有什么好把戏，其实并无表演，是人们虚位以待"大兵黄"驾临。一点多钟，"大兵黄"来了，围观者纷纷吆喝："来了！来了！闪开道儿，闪开道儿！""大兵黄"还是坐洋车来的，这气派就不小。只见他提着那根本色的木棍，分开众人，走到中间。此公70岁上下，高个头，不胖不瘦，连鬓的花白胡子，头戴硬壳平顶六瓣瓜皮帽，帽顶上一个大大的红丝线疙瘩，帽额前钉着一块玉石帽正，后脑匀拖着一根不粗不长的辫子,他有时则将辫子盘上头顶,刚好盘了一圈。"大兵黄"的上衣永远是一件马褂,有时是黑色的,上有凸现的万字不到头的暗花,因年代久远,衣料的布丝已经显现,有时则是紫马褂或者是土黄色的马褂,下身是一件和上衣差色儿的浅绛色或浅驼黄色的大下摆袍子,脚穿白布袜,蹬夫子履,鞋面上挂着圆寿字轧花。老头儿的左肩挎着一个丝绸的"弹子兜",兜底短穗抖动,兜里鼓鼓囊囊装满了他要卖的药糖。"大兵黄"入场伊始,先将手中那根木棍挑在裆前,形象殊为不雅,他将那木棍左扫右扫,扫得看客纷纷退避,很快便清出一块丈把见方的场子,这招数和用开路又打场子是一个意思,不过在"村""野"上更为别具一格,更有"大兵黄"特色便是。场子既开,骂街便也开始了。三皇五帝他爹,达官显贵他妈,前届总统他姐,无耻小人他妹,唾沫横飞,一泻千里。据潘先生说,这位"大兵黄"尽管口口不离"他妈的""小舅子",让人觉得不堪入耳,心惊胆寒,细细听来,却能发现此公是非善恶泾渭分明,他传递的是普通百姓的价值观、伦理观。比如他骂八国联军,骂瓦德西,骂军阀混战,骂贿选总统……围观的芸芸众生当然齐声喝彩,一吐为快。在放荡不羁的外表下,"大兵黄"又深藏着足够的平民北京的智慧——他的开骂，从来不涉及当时的掌政者，凡到此处，或暗示，或迂回，或借古讽今，因此，虽然出语惊人，却又能不惹麻烦，久演不衰。当然，老头子也有"金刚怒目"，忍无可忍的时候。大概因为此公甲午战争时曾经"伯也执殳，为王前驱"，和日本人交过手，所以对家国之兴更有刻骨之痛吧，日伪时期，他有几次居然破口大骂起日本人来，其胆量和气魄，一时更传为佳话。

等"大兵黄"骂得脖脖子汗流，骂得群情亢奋，同声喝彩的时候，他就开始卖他的"药糖"了。他将手头那根木棍儿狠狠往地上一摔，吼一声"×他个妹妹！"这便是骂街暂告段落，卖"药糖"开始的信号。"大兵黄"的"药糖"大小如蚕豆，几块一包，以白报纸包之，每包卖一大枚。看客们从他的骂街中过了瘾，解了气，当然也乐意帮他，纷纷解囊，买下一包药糖。卖完了这一拨儿，又有一拨人围将上来，"大兵黄"又开始了新的一轮"×他妹妹"。

"您还别说，这老爷子当年可是个大明星，那知名度不让今儿的陈佩斯、赵本山！不过，他可赶不上现如今的明星们这么阔，别看他坐洋车去卖糖丸、骂大街，最后还是不知终老何方啦！"潘先生感慨地说。

听潘先生谈过一席话以后，我曾经路过一次天桥，不知怎么的，格外留意了一下当年"大兵黄"撂地开骂的地方。那里的空地上正举办年历展销，五彩缤纷的美女图像粉坊的粉丝一样被晾在一排排铁丝上，随风飘动。突然想到"大兵黄"若魂归故地，发现等待他老人家的，是如此香艳的一群，他是否还有胆量以那般不雅的姿式打他的场子，骂出那一串串污言秽语来？

"剃头挑子一头儿热"
——探访录之六

我妻的娘家在西城的一条胡同里，胡同西口，是太平桥大街。上了大街向北一拐，可见一溜店铺。在两家门面可观的店铺中间，挤着一个窄窄的门脸儿，仿佛一左一右两位脑满肠肥的警察，把个可怜兮兮的卓别林挤在胳肢窝下。不经意的过路人，是不会发现这位"卓别林"的，而我，常来常往的缘故，对这可怜虫渐渐有几分留意。

这窄窄的门脸儿是一家小小的理发铺，当然是不能和时下北京城里装修华贵的"发廊""发屋"同日而语的。这是一间窗玻璃、门玻璃上写满了"理发""理发"红漆大字的小破屋；窗台下，无冬历夏都戳着一只孤零零的煤球炉子，半死不活地坐着一个满盛着水的铝盆。暗红色的小门，油漆已经斑驳，门把手周围黑糊糊一层油垢。门扇开阖时，窗户格子都跟着颤悠。倘若你在午、晚饭前后走过这里，又赶上天气还算好的话，一般可以看见一位眍䁖着眼眶，瘪了腮帮子的老者坐在门前的小板凳上，身前置一方凳，方凳上放着一碟花生豆，一把小酒盅，方凳下还蹲着一瓶"二锅头"，这便是小小理发铺的剃头匠了。剃头匠生意之冷清，是不言而喻的。我经常路过这里，遇见顾客出入却是有数的几回。而这几回见到的，又都是和剃头匠年龄相仿的老头儿。老头儿们从里面走出来，都是一水儿的大秃瓢。

我得以闯进这家理发铺，结识了这位剃头匠，纯系偶然：夏天的一个傍晚，按常例看望老泰山。刚下了公共汽车，便赶上了倾盆暴雨。我那时手上正拎着刚刚从一位画界前辈那里求得的一幅山水，尽管离去处仅一箭之遥，也只好找个地方暂避一时了。

鬼使神差一般，我怎么居然就没去那两家门面堂皇的商店，而是走进了小理发铺敞开的破门。

老剃头匠在喝酒。矮凳、方凳、花生豆、酒盅、二锅头，一切如常，只是挪进了屋里。平时并不大敞的门之所以敞着，当然不是为了迎接我，大概是老头儿为了观赏门外的景儿：大雨滂沱不算什么，壮观的是，地势低洼的太平桥大街又赶上了下水道堵塞，顷刻之间便变成了一条汹涌澎湃的河。两辆卧车熄了火，活像两只蹲伏于水中的海龟。不远处那家卖菜的大棚似乎也遭了水，茄子、西红柿成片成片地飘浮过来。赤了上身的少年们在水里趟来趟去，拣茄子，扔西红柿，笑声、叫声和风声、雨声汇成一片。

看这样子，雨是一时半会儿停不了了。倚在人家的门框旁看人家喝酒，总觉别扭。于是便绞尽脑汁跟老头儿搭讪，一直说到问老人家喝好了酒以后，能否给剃个寸头。

"要躲雨，您就在这儿呆着，犯不着脸上挂不住，还想招儿来照顾我的买卖。"老头儿说。

"不是这意思，不是这意思。"我忙不迭地解释。"反正这儿呆着也是呆着，我这头发又该理了——只要您乐意。"

老头儿说："我吃的就是这碗饭，有什么乐意不乐意的？我是看您年轻轻儿的，那脑袋金贵，不瞄着'四联'，也瞄着'西单'，我这门脸儿小，剃不了那么金贵的脑袋。"

"嘿，老爷子，听过这么一说没有？——英雄出草莽，绝技藏深巷，我今儿还非领教领教您的手艺不可了！您喝着，您喝到后半夜去，我也等得起，雨且停不了哪！"我得承认我有点坏，成心搔老爷子痒处。

"好吧，大雨天闹得，咱爷儿俩说不定还真有这缘分。"老头儿撂下酒盅，站将起来，那神气再满不在乎，也遮不住技痒难熬。

屋子中央摆着一把不知哪朝哪代的理发椅子，全系木料打制，敦敦实实，坐上去倒颇觉安全。椅子后面，排着两条漆黑油亮的趟刀布。面前是一面长仅2尺宽仅1尺的镜子。推子是手捏的。唯一的电器是一把磕得坑洼不平的铝壳吹风机。

"您这理发铺子得有年头儿了吧？"

"也就30年。过去咱哪有铺子呀，顶多了，到天桥支个布帐子。我还挑过剃头挑子串街呢！"老头儿左手捏着小梳子，手背上青筋隆起，手指却张成了兰花形，像一位玉手纤纤的青衣。右手的袖口捋得高高的，胳膊弯儿也抬得高高的，悬腕运剪，"嚓嚓嚓"，说话的时候，仍然不错眼珠地盯着剪子，这神态活像个大书法家在运腕行笔，擘窠大书。

"您瞧，我没找错人吧！从镜子里看您这姿势，没有几十年的功夫可端不出来。"我说。

"敢情！打自民国三十年我从老家出来，跟我叔学艺算起，也小五十年的了！"老头儿开始来劲儿了，他告诉我，他是天津宝坻人，而宝坻、定兴，是剃头匠的"产地"。"也不知道怎么回事，代代相传，都拿这手艺当饭辙，就跟三河县专出老妈子一样。"

"您可别拿这手艺不当回事儿！"我说。"当年那剃头挑子还留着没？白塔寺'茶汤李'知道不？去年春节在晚报上登了一大篇呢。这不，当年的大铜壶搬到地坛庙会上去了，露了大脸啦！保不齐哪天就有人请您去表演剃头了！"

"您这话说得还真是这么个理儿！'茶汤李'的事我也听说啦。咱不敢比人家，茶汤是啥时也有人吃啊，可口可乐喝腻了，来碗茶汤！可现而今这逛庙会的，又有谁找剃头挑子剃头啊！不过，要说表演，让不懂得老事儿的人开开眼，还真保不齐。前儿个有个老兄弟就跟我说起来啦，说闹好了明年春节咱也挑着剃头挑子上地坛喽！这不，我还真把家伙儿收拾出来了……"

老头儿把蒙在墙角一堆杂物上的那块灰色塑料布揭开，我才发现，原来是一副漆上了崭新的红漆的剃头挑子。

"剃头挑子一头儿热"这句歇后语，北方人常用作单相思之类的比喻,其出处显然是因为剃头挑子确实是"一头热"——挑子的前边,是一个圆形的炭炉。剃头时,剃头匠往炉上坐一铜盆,烧热水备用,一头热即言此也。炭炉旁还戳着一根木杆,俗称"将军杆",杆上部有一横架,上面挂着趟刀布,也用来挂"唤头"。所谓唤头,铁制,形同巨镊。剃头匠挑挑儿过街,并不吆喝,以一铁棍从唤头中插入,向外一拨,唤头即作"仓儿仓儿"之声,俗谓"报君知"。撂下担子做活儿时,报君知则到将军杆上栖身。

将军杆的顶部,通常是用来挂帽子的。不知道那些在"将军杆"上挂过帽子的人是否知道,那"将军杆"上也曾挂过示众的脑袋!史载顺治元年,多尔衮率清兵入关,曾下令关内关外兵民剃发。顺治二年,律令愈酷:"今限旬日,尽使剃发。遵依者为我国国民,迟疑者同逆合之寇,必行重典。"大江南北,演出了一场"留发不留头,留头不留发"的惨剧。当时的剃头匠们领了官差,挑了剃头担,逡巡于大街小巷,见没剃发的,拉来便剃,稍一反抗,就砍了头,挂在特设在剃头担的竿子上。"(夏家俊《清朝史话》)

剃头挑子的另一头,是一个红漆的梯形小柜,当然也可以称之为柜形的凳子。柜子的抽屉里放着剃刀、木梳等工具，抽屉下面还有一个盛水的小桶。顾客来了，将帽子挂在将军杆上，在小柜上落座，剃头匠会递给您一个小笸箩，您得端着它，接着为您剃下来的头发。

"身体发肤，受之父母。剃了，就老大不乐意了，还满地里扔，让人踩，行吗？"老剃头匠向我解释为什么要端那个小笸箩。

"没劲没劲！"我说，"有种儿的就别剃！"

"那不掉脑袋了？"

"噢，又要对得起脑袋，又要对得起父母，所以才找了个笸箩接着，是吗？"

"那我可不清楚。反正人都说剃下的头发要是不接着，满地扔，让人给踩了，您可就得倒霉！"

我想老头儿一定是跟我聊得挺开心，若不显显身手，不善罢甘休似的。理好了发，刮净了脸，他忽然问我，需要不需要"取取耳"。愣了一下，我明白了他说的是"掏耳朵"。早就听说过掏耳朵、剪鼻毛乃至从眼睛里剔沙子，都是过去理发师们的本职，只是从未领教过就是了。

"我们管这叫'朝阳取耳'，就是冲着太阳借光。这会儿，也只好跟电灯泡借借光啦！"老头儿把电灯泡拽过来，让我歪下脑袋，揪着我的耳朵找光。他先拿过一把小小的类乎三棱刮刀的工具，探进我的耳朵眼儿里转来转去。

"这干嘛，镟耳朵？"

"这叫铰刀。得用它先把耳毛铰干净。"

铰完了就用耳挖勺掏，掏完了把一把毛茸茸的"耳洗子"探进去，一点一点把耳朵眼儿刷干净。

"放放睡吗？"耳朵快掏完的时候，老头儿问了一句。什么叫"放睡"？闻所未闻。

"放了睡"才知道，就是推拿、按摩——没想到老剃头匠的活计里，还有这么个节目。他扯过一把小板凳，让我坐了下来，又搬过那红漆的剃头柜，坐到了我的身后。他抬起一只脚蹬在我坐的小板凳上。"靠过来！"话音没落，他已经拉着我靠在他的腿上了。他先抓起我的一只胳膊抡圈儿，随后又拽着这胳膊一屈一弹。没想到，奔七十的人了，手劲儿如此之大，穴位一点，疼得我直咧嘴，他却乐呵呵地说："小伙子，放心！闪腰岔气，落枕抻筋，包好！"

"活儿"总算完了，我们爷儿俩对着喘气。

我问他收多少钱，他说只收理发钱。"5毛！"他说，"取耳、放睡，那是我高兴，练练活儿给您看看，赶明儿真能上地坛庙会表演，省得手生不是？"

我掏出钱放在老人家手上，心里想，但愿他对半年后那个地坛庙会的期待,不是"剃头挑子一头儿热"。

鬼画符
——探访录之七

当铺在日本被称作"质屋",这当然是世人皆知的。之所以扯起这个话题,是因为我在奈良的一条老街上看见的一家质屋,弥补了我在见闻上的缺憾。这座和整条老街一起被保存下来的建筑物,居然和我从旧照片上、从前人描绘里得知的中国老当铺几无二致。或许这行当,这建筑在台湾也还有?反正北京是没有了,连一处保留原样的建筑也没留下。因此,当我看到这窄窄的门面外那一圈高高的红漆栅栏,把质屋围成个活脱的牢房时,其惊喜是不言而喻的。我曾经在《老北京店铺的招幌》一书中看到过宣统二年开设于东皇城根的"阜和当"图绘,那建筑式样就是这样的。只不过清末民初时市面设施还不算拥挤,"阜和当"门外也就多了一根高耸的旗杆,近顶横着一条龙,龙头上挂下一串铜钱,铜钱下缀以红布条。这是老式当铺的幌子。这旗杆幌子在民国以后也很快被拆除,而代之以更简洁实用的招幌了。

我知道,当铺门面上这近乎牢狱的栅栏,是历来传闻当铺始作俑者为囚徒的依据。据说罪犯王某在狱中为巧取同狱犯人的银钱，设"小押当"，有嗜赌者输钱情急，遂将物品半价押之，赢钱再交押金利息赎回。王犯获赦后，将"小押当"推而广之，自此当铺业兴。我曾以此传闻请教于前辈，答曰：谬传也。门外栅栏，不外乎与今日银行之栅栏门同类，为保安所需，与牢狱无涉。我由此忽然醒悟：这传闻的意义，或许不在乎真假，它传递的，是民风淳厚的北京百姓对当铺的敌意。在任侠仗义的北京人眼里，当铺是一个乘人之危挣昧心钱的所在。客情和气的北京人，同样不能容忍当铺掌柜那长腔怪调的傲慢和冷漠。在这种价值取向、人际观念的对立中，当铺那高高的栅栏，恐怕也就不能不被人和牢狱相联系了。由此我们也不难解释，为什么每逢兵荒马乱之时，所有的北京当铺都难以逃脱被哄抢一空的命运。

家住宣武区前孙公园胡同的丁先生，年届八旬，尽管腰佝背驼，却仍然精神抖擞，博闻强记，我所知不少旧京掌故，多得益于丁老。丁老称，当铺之为旧京平民所侧目，不仅因为它放贷坑人，而且实在也因为它自有一套鬼鬼祟祟的行为举止。进到当铺里，你会听到高过头顶的柜台那边说的是半徽半京的行话。他们把"12345678910"说作"摇按瘦扫尾料敲笨缴勺"把"同行"

说作"子母绕",把"东西"叫"端修",把老太太叫"勒特特",大姑娘叫"豆官妞儿",小媳妇叫"洗玄份儿。"本来,等米下锅,臊眉耷眼地拣几样值钱的东西来押当,这对于讲头讲脸的北京人来说,已是无地自容的事,岂料这高柜台后面还叽里呱啦一通隐语黑话,不能不让人觉得是欺人不懂,当着面算计人。这无异于当面抽押当者的嘴巴。待到掌柜的甩过一个价儿来,押当者就得目瞪口呆,气得背过气去。都急等钱用,谁不想押得高一点?于是乎只有哀求、央告、通融,自尊心扫地,直到"当家的"出来敲定。最令人无法忍受的,是成交以后,掌柜的一边高声报账,一边写"当票"。您当的是一件崭新的羊皮大衣,也被喊作"虫吃破光板老羊皮袄一件!"您当的是一枚翡翠帽正,则被喊作"硝石帽正一枚!"据当铺中人回忆,如此报账写当票,并不是为了贬损抵押物,而是一种分类的方法。如皮毛品则以"虫吃破光板"起头,翡翠则以"硝石"起头,书画则以"烂"字起头,衣服以"破"字起头。大有分类学上的考虑。此说或有道理。不过,皮毛若以"皮毛"起头,书画以"书画"起头,似乎也不妨碍分类。我想,如此报账的开创者,恐怕还是意在压低押物所值,至于以后渐成习惯,演变成分类的字头,也是很自然的事。丁老告诉我,当票拿到手中，你会发现，这当票更仿佛是一个神秘的、遍布诡计和陷阱的东西——龙飞凤舞的自造字，当铺以外的人只能如睹天书。据说入当铺学徒，学写"当字"便是第一功课。当铺自备"当字本"教材，学徒须习写熟练。当字字体类乎行草，然除个别单字尚可辨识外，其他单字已被改得面目全非了。如"裤"，写作"久"，"百"，写作"彡"，"棉"，写作"○"。等到把这些单字写到当票上，更写成了"套写"——也就是说，把"虫吃破光板"之类一气呵成，那就更进一步千缠百绕，如鬼画符一般，外人绝对看不懂了。

就这样，当铺——森严的木栅，高踞人上的柜台，傲慢的掌柜。叽里呱啦的徽音隐语对煌煌帝都子民的不恭；贬损有加的报账对死要脸面的北京人的羞辱；鬼画符一般的当票对求贷者的嘲弄……这一切都使它们成为了平民北京的对立物。不过，北京的平民也悲哀地发现，恨它，骂它，还得求它。对于每陷窘境的老百姓来说，它甚至是不可或缺的。当然，终于有这么一天，当铺也悲哀地发现，自己也处在了一个尴尬的位置上：物价的大起大落，使它们风雨飘摇。不管当铺如何挖空心思巧取豪夺，也无法抗拒这样的事实：物价跌落时，赎当者少，过期当物大贬其值；物价飞涨时，当铺放出的高利贷又是大贬其值。当中国的经济走入40年代下半叶那一场通货膨胀的狂潮中的时候，当铺业也已经走到了穷途末路，只好寿终正寝了。

2012 年

消费六记

序

您还没有生下来,兴许就成了一个消费者。令堂大人盼着您成贝多芬,给您买了盒磁带,让您在她的肚子里听——您花钱这就算开始了。说句难听的,请别见怪——哪天不幸逝世,兴许这钱还得继续给您花些日子:整容、追悼、火化、买骨灰匣……万一骨灰堂不侍候您了,还得买地刻碑。不要说若有几位论老理儿的亲朋好友,还得年年拿人民币替您兑换冥票,让您花着方便。我也一样。消费伴随你和我。

消费又是挺让人开心的事。"大款"们如何挥金如土，就不必讲它了。布衣寒士，攒了好几年，攒下一笔钱，全家老少一齐涌到商场，买下一台彩电或一台冰箱，那愉悦更是动人。我逛商场时若遇上这么一家，必追踪良久，分享他们的幸福。不过，目送老老小小拥着那台冰箱或彩电远去，心中又常存隐忧：但愿他们一切顺遂，无须再把它送回来，或送去维修部。

我的隐忧绝非无中生有。我家中使用的国产电器中，高宝牌抽油烟机、辛普森洗衣机、沈乐满热水器等等，无一未曾返修。当然，待保修期一过，我便有了小试牛刀的借口与机会，把它们拆个七零八落，追寻我童年时代的工程师之梦。

然而，并没有几个人像我，觉得这苦涩中还能找点乐子。

啼笑皆非的事还不止这些。录之以求"理解万岁"，志存久矣。忽然想起清末有一位叫沈复的，写过一本《浮生六记》，今人杨绛先生亦作有《干校六记》，皆名篇也。小子不才，附骥其后，作《消费六记》可否？绝没有成为名篇的野心，顶多是想借名牌以壮声色，类乎现如今时髦"松下原件，国内组装"一样。

是为序。

一 柜台记窘

过去我以为，走近柜台，请售货员取货时那种如履薄冰、战战兢兢的心态，只是我这样的人才有。最近，一位朋友告诉我，有一次他在柜台旁站了近一刻钟，待两位侃得上劲的售货员终于有个间歇，才敢开口劳驾。这自述使我颇感欣慰，同患此症者，不乏其人也。当然，这位朋友的胆量还是足使我钦佩的。他居然还敢侍立一旁，边听边等！就不怕人家斥你讨厌？我并不是没遇上过类似的情况，但我每每知趣而退，到别的柜台转悠一圈。转悠回来，说不定那两位里就有一位去接了电话或上了厕所，这才轮到我口角春风，走将上去。

我敢保证我对自己这心理上的障碍绝无夸张。我又何必无缘无故地贬损自己？说实在的，大世面咱没见过，小世面也还见过一些，自以为在同类面前尚具自信，然而只要一走向柜台，我这心里就哆哆嗦嗦，自信全无。

回想起来，两次柜台受窘，已经足以把我"修理"成这般模样了。

第一次是去某银行取钱。时值开放改革之初,迟钝如我者,居然没有闻出银行的营业室里已经飘荡着法兰西香水的幽香。何况您阁下取的是出国用的美钞,您阁下面对的,是一位略施粉黛,举止优雅的女郎!我第一声叫的是"同志",似乎没被听见。第二声叫的是"师傅",总算被听见了,然而听见的反应就是被翻了一眼。这一眼似乎是说:哪儿来的一个土老帽儿!等我取了牌,恭候一旁等待叫号时,才发现这里原来开始时髦叫"小姐"了。不过,这一体验为我招来了更大的一次受窘。

此后不久我到东单一家工艺品店买镇尺,一位女售货员同样年轻貌美、衣着入时,大概因为顾客不多,她坐在那儿看书。我到别的柜台转了好几圈,回来发现她依旧在看书。我只好叫"小姐",请劳驾麻烦您帮我拿镇尺看一看。岂料她不理我,那么我只好再叫。她突然甩开书,说我损她了,骂她了。谁是小姐?谁是?我是国家职工!我是人民的勤务员!谁是小姐?你说清楚!你为什么损人!……可怜陈某人在贵店转悠了三圈才敢惊动您老人家呀!可怜我还把"同志""师傅""小姐"掂来量去,才为您选择了这么个典雅的称谓呀!可怜我把"请""劳驾""麻烦您"都加在了一块儿,就是怕您生气呀……

自此以后，每逢走到柜台前，总有些结结巴巴。当然，结结巴巴中，还是能渐渐地学出点聪明来的，现在我有九成把握，不至于再发生类似的悲剧。主要你得看环境：宾馆、饭店、友谊商店……举凡氛围时髦典雅，沾点儿洋味儿之处，称"小姐"为妙，而蔬菜大棚、油饼铺、炒肝摊，工农兵占领的阵地，叫"师傅"为佳。居其中者，叫"同志"较妥。当然还要熟悉以下称谓以供备补：哥儿们、姐儿们、老哥、兄弟、大爷、大妈……全看你是否善于随机应变了。不过，有两种人至今弄不准该如何称呼：一种是宾馆里年岁稍长的女服务员，是否也可称"小姐"？不致有"讽刺"之嫌？一种是宾馆里年轻轻的男侍应生，叫什么？叫"先生"妥否？……既然没把握，至今不敢向他们开口，趁此写出，也好就教于方家。

我知道，营业员们、服务员们大多是不在乎这些的，何况现在服务态度日益改善，我的遭遇也已成为过去。写出来无非是想告诉诸位，有一位陈某人心理脆弱至此，诸位若碰上类似人等开口有劳，尚望耐心海涵，说不定那就是鄙人。他有过几次悲剧故事，因此也有了心理上的障碍。

二　换机记幸

本文的小序中提过，修理自家的家电用品，已成了我生活中的一大乐事。细细一想，此说不甚准确。我的能力，仅限于机械电工产品而已，如抽油烟机、绞肉机、燃气热水器之类，而对于电子产品，我只敢"外围作战"——拆开录像机的外壳，拽出被卡的录像带啦；打开电视机的后盖，吸吸尘啦。大手术是不敢做的。我的电子技术的"最高成就"，只是装过一台六管的半导体收音机。因此，一想起那次买音响的遭遇便十分后怕。如若真把它请进家来，"食之无味，弃之可惜"，以我能力，又"修之无胆"，真是太尴尬了。

那次我在护国寺一家电器商店买下了一台广东产的音响。时间是1986年春节前夕。我得承认我对这个牌子这种型号的音响盼之日久，因为有朋友买了一台，外观、音质都令我满意，价格也还合理。我相信这机型当时很是流行，致使商店一直脱销。很偶然的，路过护国寺这家商店时，这里正在展销。柜台前挤满了人，一台一台将此机购去。我的衣袋里正装着刚刚领来的几百元稿费，自然也成了这络绎不绝的人们中的一个。

护国寺离我家很远。到对面日杂商店购得两条线绳，将主机驮到自行车的后架上，两只音箱一左一右吊在两边，如同一位进城贩货的农民兄弟。将这尤物驮回了永定门外，扛到高踞六层之上的家中。

第一盘磁带放的是马玉涛的《马儿呀你慢些走》。音箱嘭嘭作响，低音雄浑纯厚，高音辽远悠扬，摇头晃脑，颇有得色。放完了一遍，再放一遍时，"马儿"真的"慢些走"了，歌唱家那自信豪迈的抒泻，变成了如泣如诉的哀求，等到她再一次要求"把这美丽的景色看个够"的时候，"马儿"停下来了。让她"看个够"了。我这才意识到我的"马儿"有心脏病。

第二天清晨，彤云密布，大雪纷扬，为了过一个愉快的春节，我是"刀山火海也敢闯"的。又一次像进城贩货的农民兄弟，驮起这尤物，晃晃当当进永定门，奔护国寺——连路线都是典型的旧京农家贩菜的路线。

抖掉了一身的雨雪，把音响放到柜台上。奇怪的是，"马儿"又走了——商店的试音带《大地早上好》，那只日本狐狸蹦跶得比中国的马儿还欢。售货员告诉我，一定是我家的磁带有问题，某个螺丝过紧，机器带不动，不信回家换盘磁带再试！

于是像进京贩菜的农民兄弟,又满载满驮,"北风那个吹,雪花那个飘飘",往家返。

又一次把磁带装进去,又一次发现这"马儿"确有"心脏病"的时候,我动了动脑子——我特意将这"马儿"牵到严寒里遛遛,也就是说,把这音响搬到了阳台上去边冻边开。我的试验是成功的:这匹"马儿"只有在冷冻时才跑得欢,一旦回了屋里,热度上来,心脏病就发作。

当天下午,我又一次"战严寒斗风雪","贩菜"进城。售货员试机之始,"日本狐狸"仍然欢蹦乱跳,我恳请不太耐烦的她再听一会儿,多听一会儿,她撇开我,说:"听吧!"干脆不再理我。10分钟以后,我得意的时候到了:日本狐狸蔫头耷脑,最后一蹶不振。

"给你换一台吧!"百折不挠终获恩准。

说实在的,"退款"的请求已经到了嘴边,因为我对它已兴致索然,精疲力竭。不过,我还是欲言又止。文化人,爱面子,答应换机,已属知足,何必找不痛快?值得庆幸的是,这家商店里这种机器所剩只有三台。打开一台,均衡器"半身不遂"。打开第二台,指示灯压根儿就不亮。第三台没有再打开,我估计售货员要留给自己一点面子。"退款吧!"她说。

"没啦！"我说，一脸失之交臂的遗憾，心中已自欢呼起来。

揣着几百块钱退款往家骑的时候，和阿Q一般地想："我一点儿也没亏。这番经历写篇文章，也能赚个几十块呢！"欣欣然倦意全消。

三 "顺"钎记趣

嗜羊肉串成瘾，是很早的事了。对于吃，我一贯主张"兼容并包"主义。既然羊肉串能进军京华，必有一定道理。那么，我是不能不"亲口尝一尝梨子的滋味"的。既已实践，上瘾是题中应有之义。不过很快也确实发现了有些问题。手举肉串，招摇过市，殊为不雅，从此不敢问津。

时隔愈久便愈发地馋。由此决定采取"开放政策"，决定"引进"。技术引进十分简单，路过街头烤羊肉串的摊子时，瞟一眼便了然。难办的是"设备"。

注意了一下商场，又注意了一下厨具杂品店，都未见过烤羊肉串的炉子和钎子面世。看来，除了"自己动手，丰衣足食"，别无他途。

有位朋友在一家小厂当厂长，看来解决"设备"

问题，非他莫属，朋友闻之，果然爽快，几日后便送来一个银光闪亮的精巧的槽形烤炉。据说为此求他者众，皆好友亲朋也。本想问他钎咋办，一想未免过分。人家造炉任务尚且繁重，区区钎子焉敢启齿？再不行，学街头小贩，买一把车条，稍加加工，亦无不可。

然而我还是不甘心。既要"引进"，便要最高水平，何况家中不免以此招待宾客，岂有餐以"车条肉串"之理？于是又向厨具商店寻寻觅觅，终不得获。

又过了一段日子，我从西单路过，发现烤羊肉串的事业已由个体发展到了国营；开张了两家电烤羊肉串的铺子。西单路口迄北，一路香气弥漫。我对国营店铺的卫生，一向充满信心，更何况已和羊肉串久违，毫不犹豫地买下了四串，每串五角钱，每根钎子的押金三角钱。

坏水儿是在吃完第一根羊肉串时冒出来的。这银光闪亮的钎子，秀美修长，煞是可人。押金三角，何其便宜，就是三块钱一根，我也"踏破铁鞋无觅处"呀！孔乙己教导我们："读书人偷书，能叫偷吗？""饕餮之徒"顺几根钎子，能叫"顺"吗？何况我是付了三角押金的。既定押金三角，其值必不抵之。我以为其所值，易其钎子，何不理直气壮？

再次吃那家铺子的烤羊肉串时，发现钎子的押金已升为五角，不知是不是因为饕餮之徒如我辈，都发现了这唯一可以"买"到钎子的"市场"，蜂拥而至，造成了"价格"的波动。

等到我的钎子使上了一年以后，我发现厨具商店里终于有钎子上市了。岂止是钎子，连做工精美的烤炉也上市了。那钎子也是三角钱一根，但规格划一，整齐美观。如果您早上市一年，我又何苦到西单一根一根地吃？

一周前，和美食大家汪曾祺老先生闲聊，言及此事，汪老说："当初我也为这钎子发了一阵子愁，最后你猜怎么着？还是用的车条！"另一位旁听者插话说："我去求一位工程师帮忙，你猜他给找来了什么？20块钱一根的德国焊条！我说，别价别价，这可犯法啦！"

由此，我相信，北京自制羊肉串者中，以车条当钎子者有之，以押金换钎子者亦有之，以德国焊条做钎子者，也未必没有之。唯有那一年以后才上市的正儿八经的钎子，不知其销路如何，至少对于我们来说，她已算姗姗来迟，美人迟暮，由她顾影自怜吧。

四　理发记豪

每次理发我都去住处附近的一家理发馆。主要是为了近，省时间。当然，有时赶上人满为患，有时赶上门可罗雀。不过，这都和等候的时间关系不大。和等候的时间息息相关的，是理发员们的兴致。人满为患时，说不定就赶上干劲冲天，那用不了一会儿，就理上了。门可罗雀时，说不定却赶上了无精打采：所有理发椅都在空着，理发员们也都在聊天，他们仿佛谁也意识不到你的光临。你倒有可能在椅子上枯坐一个小时。我试图找过其中的规律，似乎无规律可循。

1986年夏日的一天，我又一次进了这家理发店，突觉店风大变。一位年轻的女理发师迎上前来，满面春风地说："你理发吗？请这边坐！"这让我感动得不知所措。只见她挥动毛巾，往椅子面上"啪啪"地抽了抽，请我落座，又十分利索地给我围上了白罩单，对着镜子端详了一会儿头型，问："寸头？"她举起电推子，无名指和小拇指高翘，那只秀手像一朵鹤望兰在我那飞蓬一般的头顶盛开。

"您多大岁数？"女理发师还很健谈。

"37。"我说。

"哟，您可不像！不像！"她说。

我微笑了。为这话，谁都觉得高兴。

"那您看我像多大岁数？"我问。

"您可像47的人。"

天哪，原来是这么个"不像！"

"您瞧！您都有白头发了！37的人哪有长白头发的呀？快染染吧！"

我这才明白，她是为了动员我染发。尽管这方式怪让人伤心，这诚心却够让人感动。虽然我还有几分疑虑，因为从来也没染过发，不知滋味如何，此其一；不知效果如何，此其二；不知价格如何，此其三。但就凭了这热情，这费心，我能拒绝吗？

染了发才知道，于我实在是一个天大的误会。首先这滋味儿实在是难受。只见她拿来了一个冒着烟儿的罐头盒，里面装了半罐黑漆漆状若沥青的东西，她拿着一根棍棍儿，挑着那"沥青"抹了我一头。这头顶抹了沥青的感觉，像阴云一样跟随了我好几天。其次这效果也实在不佳：回到家以后，妻子用异样的眼光打量了我老半天，最后说："你染的这是什么呀？头发梢儿黑了头发根儿还白着呢！"我解释说,盛情难却，手艺差点儿，那份热心是不好辜负的。妻子说，主要还是因为改革了,理发店的收入,关系到职工们的收入,所以,人家当然要动员你染发。您的头发要是再长一点儿,人家说不定还得动员你烫发呢。为了不辜负这一份热情,您也烫成个烤羊肉串的买买提回来不成?妻子的话使我顿开茅塞,想了想,也只好苦笑,说:"权当也让我这脑袋,经受一下改革的阵痛吧!"妻子也笑了。

几个月以后,我应邀去海外访问。临行前诸事纷繁,出发的前一天才想起应该去理个发。最方便的,当然还是芳邻这一家。使我惊异的是,这一次迎出来的,还是那位女理发师。依然春风拂面请我落座,依然末指翘然如鹤望兰,更使我忍俊不禁的是,依然如法炮制来了一句:"您今年多大岁数啦?"

她不定跟多少杂毛如我者做过类似的动员了。我想。

又问一遍。

"37。"我说。

"哟,可不像!不像,太不像了!"稍稍有所变化,也是大同小异而已。

"您看我像47的,是吧?"丑话何不自己说破?

"那可不!瞧您这头发,都有白的了,多老气呀!

染染吧！"

"不不不，我不习惯，真的不习惯。"我说。

"没多少钱！"

"我不是怕花钱。真的不习惯。"

"得了。现在这人哪，为了美，为了少兴，谁还在乎俩钱儿啊,您说是吧？"她顽强地沿着她的逻辑前进。

"我跟您说实话吧，"我说，"我们那单位里，净是老头儿，这还嫌我毛嫩呢。我好不容易才盼到了几根白头发，我可舍不得染。"

回想起来，我也够损的了。找什么借口不行？说我皮肤过敏啦，说我正犯血压高啦，等等等等，何必故意气人家？这倒好，"鹤望兰"不见了，攥着电推子的手,俨然成了无产阶级的铁拳。"嚓嚓嚓"三下五除二，揪下胸前的白单子："好了，6毛！"岂止没有了帮我用剪子找补找补的耐心，连我洗头、刮脸的权利也一并取消。

回到家，见到妻子，不待她开口，我就指着坑洼不平的寸头向她宣布："瞧，这脑袋，又一次经受了改革的阵痛！"

第二天我飞往美国。第三天我到了华盛顿。一位专以研究华盛顿市历史、地理闻名的女学者盛情邀请我共进晚餐。席间，主人时不时转过脸来，看我的头发，看得我有些发窘。

"您看我的头发，很有些特点，是吗？"我说。

"唔。"教授郑重其事地说，"很时髦。这发型，现在在美国，很时髦。"

"哦？"我装出一副漫不经心的样子，告诉她，这样的头发在中国最普通不过。而且，我为它花了不到20美分。

"真的吗？不可思议！不可思议！"教授的眼睛瞪得溜圆。

我想我根本不必告诉她这脑袋如何一次又一次经受改革的阵痛了。她肯定不明白，甭看她是历史学家。

五 夺秤记勇

作家中之勇者，当推"鲁门弟子"肖军。据肖军之女肖耘回忆，每次老人家出门，她忘不了叮嘱说："别惹事！别跟人打架啊！"一切都颠倒了一个个儿，仿佛当妈的叮嘱一位顽童。

当然肖老不是无事生非之辈。肖老要跟人打架，绝对是见义勇为。"文革"中老人家听说老友骆宾基被邻院的"革命派"欺负,让人用瓦刀砍伤了头,便怒从心中起,恶向胆边生,拔刀相助。据说白天他刚在文联挨过了斗,晚上就直奔了骆宾基家,站在门口向那家"革命派"叫板:"有种儿的你出来,叫你尝尝我肖军的厉害!你小子敢再动骆宾基一下,看我怎么收拾你!"那"革命派"在"黑帮"肖军的"猖狂反扑"面前居然了无声息,从此不再滋毛儿。

　　肖老之敢叫这个份儿,固然首先是他的胆气。不过,俗话说,艺高人胆大,老人家少年习武,终生不辍,落魄时可以教武为生,足见身手不凡。没有两下子,光凭一个胆儿,他敢四处见义勇为?

　　想起了已经过世的肖老,是在和一位"倒儿爷"掐了一架以后,当时不由得喟然长叹:一介书生,若无肖老之胆气和武功,谁敢光顾这些无照摊贩们的天下?

　　我没有想到,经常路过的那一片三轮板儿车果摊,原来是一片坑人的地方。这里是通往长途汽车站和火车站的路口,"倒儿爷"们的目标,瞄准了那些来往旅客,后来我才从朋友处得知,这里的秤俗称"7两秤",也就是说,每斤坑你3两。"您想啊,一斤香蕉喊价1块2,比批发价都低,可能吗?他不在秤上找齐儿,上哪儿赚去?"朋友说。

我当时哪儿知道这些,只是听价格不贵,停下了车,从那板儿车上拣了一把,放到秤盘里。

"4斤3两!"那姑娘说,还把秤杆歪过来,请我过目。

我对重量方面的常识少得可怜,即便如此,也觉得这分量报得有些蹊跷。可秤砣线明明勒在4斤3两的地方,你不认头行吗?

我付了钱,又到马路对面的国营商店里买了4斤橘子,就势请售货员帮我称了称,发现这香蕉才有2斤4两。

我咽不下这口气,回到马路对面找之论理。拎着这把香蕉,放到平板三轮上。既然是个姑娘,又带点外地口音,那么,我还是要客气一点。我心平气和地告诉她,这香蕉,差了足足1斤8两的分量。没等姑娘答话,平板三轮后面已晃着膀子走来满脸横肉的一位汉子:"你他妈的活腻歪了?找揍怎么着?"我才恍然大悟,原来卖的是香蕉加胳膊根儿,这位远远地给戳着份儿哪!看这小子横着过来的架式,至少也蹲过3年大狱。一只手揣在夹克里,保不齐那腰间还别了把菜刀。坦率地说,这会儿我心里已经有点儿胆颤了,为这几块钱的香蕉挨这一刀子可不值当。不过,士可杀不可辱,既然较上了劲儿,哪能缩了呀!

"我可不是找你打架的,哥儿们,咱们有地方说理去!"我拽过了平板车上那杆秤,说实在是瞄准了那秤砣的用场。"走吧,咱们找工商去!"

"你他妈的混蛋!"横肉跳着脚骂,污言秽语铺天盖地。我知道,他等着我回一句,或者搡他一下,这架便要开场。

只要开了场,用不了一个回合,我就得趴那儿。

围观的人越来越多。有位年长者过来隔在我们中间,他一边往外推我,一边说:"算啦算啦,块儿八毛的事,犯得着吗?"

"不是为了几块钱,为的是这个理!"话还是挺硬,可我并不反对他把我推开。即便我把争执的意义升华到了更伟大的高度,我也认为,还是不挨那一刀子为好。

"好汉不吃眼前亏,这小子可黑着哪!"待把我推出人群,那老者悄声劝我。

这算是给我找到了一个退却的台阶,不过,我仍然感觉得就这么退却实在有失尊严。

"有种儿你就等着,有人跟你说理!"骑上车走的时候,我吼了一嗓子,想起自己运用的是著名的"卫嘴子"撤退战术,忍不住抿嘴一乐。

如果说我借此使自己免受一刀之灾，我并不否认，不过，如果说我就甘心让他欺负了，也有点冤枉。因为我确实是找跟这小子说理的人去了——几百米以外，是派出所，而派出所的民警们，不少还跟我挺哥们儿。严厉打击刑事犯罪之始，我跟他们一块儿混过。

"老陈，有事吗？"忘了其名姓，却是一个熟脸儿，乐呵呵地迎过来，跟我打招呼。

唉，忽然觉得，如果真挨了一刀子嘛，还可以说"有事"，而现在，说"有事"，似乎又有点说不出口。

"没事。"我说。

我们站在派出所的门口聊了点别的。

没聊几句，我看见几百米外的那群人"呼"地散开了。那横肉蹬着板儿车，驮着那女人，从人群里冲将出来，飞快地钻到马路对面的胡同里去了。

那厮还以为我真的叫出警察来了。

心里这才稍觉平衡，不过，还是想起了肖军老先生。唉，若有老人家那一副好拳脚，何至于用这一招儿？

六　打气记憾

广告的泛滥乃商业社会的特征之一，因此，天天听"走遍天涯海角"和"够威够力",也没有什么脾气。不过,近来商家似乎也注意到了,好的广告也不光是可劲儿的吆喝"够威够力"就成了,比如最近有一条广告称:"请大家告诉大家……"这话透着那么和气,那么诚恳,那么实在,够让北京人舒坦的。我相信北京人更吃这一套,他得奔着这字号去。

其实,树立一个产家,一种产品的形象,还大有学问可做。比如古人所说"桃李无言,下自成蹊",看似与广告宗旨大相径庭,可用好了,恰恰是最好的广告。我听研究同仁堂的专家蓝荫海老师讲过,每逢大栅栏一带修路挖沟,同仁堂都在行人不便处挂上写有"同仁堂"三字的灯笼,以方便过往人等。在北京的老百姓看来,这可真是太仁义了。北京的百姓们也是仁义之辈:您给我一尺,我报您一丈,能不去照顾您的买卖?近读马祥宇先生回忆东来顺的文章,知道东来顺的创业者丁德山,也是以仁行事的一位。东来顺以卖扒糕等大众吃食起家,后发展成北京几大饭庄之一,且拥有6家店铺,多处房产,可谓威名赫赫,然丁德山并不忘本色,在东来顺门口仍设粥摊,仍卖烙饼、面条,平民百姓,无不称道,以至那些人力车夫们,自觉地拉外地来客到东来顺用餐,成为了义务的招徕员和宣传员。我想，借用现代手段，使广告制作愈发精美的同时，留意一下传统的经验，或许也不无启发吧？

这念头肯定也已经出现在某些厂商的脑海里了，北京毕竟是一个出过同仁堂，出过东来顺的地方。同仁堂制药厂就赞助了一师附小一个"京花图书馆"，我那就读于一师附小的女儿，也是受惠者之一。听说还有一家工厂赞助了两部"心理咨询"电话，为中小学生们排解心理上的疑难。

最近又发现"小小牌"尿不湿的厂家在其门外为附近居民提供免费电话和电打气，我也十分感动。可惜小女已经长大，否则小小牌尿不湿，是一定要买一件的。

我希望这善行持之以恒，如果您破产了，当然不可苛求，只要有能力，我还是盼着能久远一些，免得让北京的老百姓失望，那还不如当初不办。

过去北京的修车铺为过往自行车提供免费电打气，当然这也未必合理，因此随后又有了打一次气，收费2分之举。此后遍布京华的车铺，皆行此道。

某日我骑车路过崇文门，发现一家修车铺门前立一牌子，上书："免费打气"，心中顿生敬意。我想有车要修，必送此家。至少是不会"挨宰"的。几个月以后，我的自行车出了毛病。也不知怎么了，仿佛不把车送到崇文门修，就对不起那"免费打气"似的。然而当我真的把车骑到这家修车铺，好不失望：士别三日，当刮目相看。那"免费打气"四个字，已赫然改作"打气五分"了。非但不免费，而且还高出同行一头，似乎在跟谁斗气，"堤内损失堤外补"。其实高出一头也没啥，不过是三分钱，可我觉得心理上的伤痕实在无法弥补。

现在，全北京的修车铺，打气费也已经改成五分了，我也不肯原谅它。尽管人家说不定还是一家十分公平合理十分讲究服务的车铺。人的心思，奇怪至此。

昨天又路过"小小牌"尿不湿的厂家大门，发现那免费电话仍被使用，而那免费打气，已空有一根皮管搁置于地，无法使用了。但愿这是临时性的故障。

1991 年

消费再记

再 序

《消费六记》登出未及一半,开始接到朋友们的电话。有人说读得挺开心,也有人由此找我"痛说革命家史",说他那冰箱如何六出六进维修部,最后干脆捐献给了厂家——为贵厂提供经验,牺牲我一台,幸福千万家。当然,"抗议"电话也接到了一个。

"你可真够损的!我们售货员是那样的吗?"来电话的,是一个熟人的妻子,口气自然是半开玩笑,不过这已经让我惶惶然了。熟人尚且如此，不相识的朋友，一定没少了骂我。

其实，我对售货员和他们的工作一向充满敬意。不光是售货员，接线员、出纳员、服务员，等等等等，一切劳动者。张秉贵师傅在世时，我每去百货大楼购物，都免不了朝糖果柜台望去一眼，希望看到那身影。那身影常使我想起一位老作家的一句很动人的话："工作着是美丽的。"……您瞧，您把您的行当多往张秉贵身上想，百货大楼的门口都立起大雕像啦，了得吗？要说我的文章里是提到了几位，可那跟您不沾边，您别硬往自己身上扯。

实话跟您说，这也是我的经验。您打开报纸，批评文艺界人士的文章也未必比批评商业界的少："粗制滥造"啦，"格调不高"啦，直至走穴逃税捞外快。我就一点也不生气。该谁挨骂就是谁。我要是一天到晚地想，写文章这小子可太损了，"我们文艺界是这样的吗？"我得抗议，我得反击，至少也得"仇恨入心要发芽"，又如何了得？

古人说，有则改之，无则加勉，毛主席都引用过的。是不是一句顶一万句咱算不好，反正这话挺诚恳，挺实在，搁这儿用挺合适。

话说到这儿才敢接着开场《消费再记》呢。若有时间，此后说不定还会有《消费随记》，不过"再序"之类是不会再有了，怕您腻烦。

还有一件事不可不提：前日又经过小小牌尿不湿厂家门口，发现打气的气嘴又修好了，幸甚幸甚，我在《打气记憾》篇末的耽心，顿时冰释。不过，同时又发现一位女郎在免费赞助的电话机前拨号不已，偷偷近前小窥一眼，发现此君手中满满一页电话号码，看来，是把要打的电话积攒成堆，到免费电话来开洋荤来了，真有点逮着便宜没够的豪迈。呜呼，小小，若是这世间人人都向你索取得如此豪迈，你那小小的身躯又如何经受的了。

是为再序。

一　中继记悟

我写过一篇小文，说的是打电话的事。舍下的电话与那名闻遐迩的天福号酱肘铺的电话仅一个数码之差，因此，没少了接到打错的电话，问"酱肘有否？"北京人由更多地关心大白菜转向更多地关心酱肘子，固然可喜可贺，然对我来说，他们还是应该瞅准了按键或拨盘，找有酱肘的地方去问酱肘好一些。不过，因为我也尝过拨错了电话,被人脆然一声"错了"顶回来的滋味,所以,每逢遇到这种情况,我都尽量耐心地把"脆然"变得婉约——"您拨错电话了。"我说。即便这样,我仍然觉得怪对不住人家:我相信对方心里一定仍觉尴尬。我们之间,似乎还应该有一种更委婉的处理方式。后来有一次,我又拨错了电话,那电话大概是错到了外交公寓,接电话的,是一位中国话不太利索的外国女人,她似乎是愣了一下,随即说:"对不起,这里的号码是XXXX。"我也道了对不起,挂了机。由此我觉得这是一种比较体面的处理方式,既照顾了对方的自尊心,又便于对方查证自己是拨错了号,还是记错了号码。我的那篇小文即由此而发。随后,我又看见晚报上的一篇文章,介绍这种处理方式,说这是"国际上通行的方法",方知自己的探讨精神固然可贵,结论固然可喜,却也不过"明日黄花蝶也愁"罢了,因此,那篇小文也只好敝帚自珍了也。

从那以后,我一直用那"国际惯例"回答"酱肘有否"之类的问题,果然效果颇佳。对方一般也很客气地道歉、挂机,并且也不会一而再,再而三地错之不已。不过也偶有某位转不过弯儿来的:有一次,我又接到一个错打的电话,便告之曰:"对不起,我的号码是XXXX。"他竟说："谁要你那儿了！我要的是XXXX"我笑了："您一定是拨错了，请重拨一下吧。"他大怒："没那回事！我才没拨错呢！怎么回事！"——这一刻我才理解为什么有些接线员态度那么火爆了，遇上这么一个"一根筋"，谁不"搓火"？

据我体会，北京各中继线的接线员们，服务态度一般是很好的，各宾馆、饭店就无需说了，一般各单位的总机也都不错，自然也有例外。今年4月底的一天下午，我打电话去青年公寓找鲁晓葳，遇上了一位怒不可遏的接线生，惹得我也几乎怒不可遏起来。

双榆树青年公寓是个似乎有点名气的地方，我有几位朋友住在那里。去过几次，觉得管理尚好。打过几次电话，接线员的态度也都不错。那天我打电话找鲁晓葳，是想和他谈点剧本方面的事。总机接通以后，答话的不是以往的女接线员，而是一位男士，不知道他是否也是总机人员，抑或是来串门儿的？当时，我很客气地烦劳他转XX号分机。

"找谁？"他问。

"找鲁晓葳。"我说。

"……"不答话，当时我以为他在找插口，现在我明白他是在运气。

"喂，麻烦您给接一下XX号鲁晓葳好吗？"怕他没听清，我又重复了一遍。

"哼，鲁晓葳？你告诉他，让他小子先拿点好处费来再说！""咔"，电话挂上了。

鲁晓葳是很厚道很随和的人，我相信他不会因为《渴望》导演成功而气焰嚣张，犯下众怒。可又何至于把这位总机的男士得罪至此？

既然提到"好处费"，我也就自然而然想起报载市府有奖励《渴望》剧组10万元之举。那男士的愤怒或许是因为看到鲁晓葳们"雨露滋润禾苗壮"，自己却仍在渴望之中，由此而怒不可遏？

我至今也没见到鲁晓葳，但我知道他并没有因《渴望》而发财，至于那10万元如何"分了"，也不像世人所传闻那样。奖金听说是有一点点的，但没有最后证实。若得以证实，一定会做他的工作，让他和大伙儿一块儿走共同富裕的道路。不过，那男士在表明了态度之后，还是应该替鄙人把电话接过去的，那样，我让鲁晓葳和您"共同富裕"的信息，就不至于耽误至今传递不到了。

二　入浴记险

门镜的发明权属于哪国，未曾查证过。我估计，即使是中国人发明的话，也出自港台。内地自然也有入室抢劫案发生，但远未达到呼唤门镜应运而生的地步。而西方社会，大多数人家防范森严，或安门镜，或开窥窗，也有门锁上挂一保险钢链者，先开一缝，验明正身，方敢开门迎客。夏初赴日，住东京新大谷饭店别馆，房门上也有一门镜。饭店关照客人：有人敲门，万望看清来访者，才予开门。这门镜和忠告，尽管使我辈心理上略觉别扭，却也还能理解和接受。之所以这样说，是因为几年前我到过我们北京的一家饭店，不是去住，而是和民警朋友一起去见识一下抓坏人的场面。坏人没有抓到，却发现了这家饭店难得的一景，这里每一间客房的门上，也都安有门镜，不过，如果你以为亦为客人外窥而设，其言差矣。门镜是从外向里安的，也就是说，为了在走廊里向房间里窥望方便——天哪，无异于为每个房间设了一个监视孔，这饭店岂不成了监狱？

我想说不定这家饭店的经理还挺自鸣得意，认为自家门镜之举即中国特色亦未可知。

唉，您若能把您那鹰隼般的目光从门镜上移开，巡视您属下的工作，关心那些哪怕是细枝末节的纰漏，您的饭店也不至于办得如此粗糙，如此草率呀。

我知道，对于在改革开放中日益成熟和进步的我国饭店管理者来说，"门镜"是一个十分极端的例子，如此愚蠢的管理者，在北京实在也是旷世奇才。然而，不少饭店的管理粗糙，服务草率，也是毋庸讳言的事实。

有一次我去远郊区开一个会，住在一家涉外饭店里，饭店建筑飞檐叠瓦，翘然翼然，不敢说不华美，内部设施全部舶来，不敢说不现代。晚餐用毕，想洗一热水澡。那卫生间倒也十分豪华洁净，香波、摩丝、浴液，一应俱全。岂料抬头一看，浴缸上方，缺了一块天花板，顺那黑洞洞向上望去，粗细水管纵横交错，还真使我一下子想起了法国的蓬皮杜中心。不过我料想能如此欣赏一下的人不会很多，因为当我赤身裸体躺在浴缸里，仰面望去时，欣赏之心顿化乌有。面对这森森然一孔方洞，既不想蓬皮杜，也不想后现代，很有些不是滋味，赶忙爬将出来。这一爬倒也侥幸，心中正自嘲道："春寒赐浴华清池，温泉水滑洗凝脂，侍儿扶起娇无力，始是新承恩泽时。"忽听"嗵"的一声，"恩泽"来也，从黑森森的洞口里掉下一块水泥渣，乒乓球一般大小。

我这个人基本还是能"处变不惊"的，特别是对空中坠落物，尤其久经考验：别忘了敝人年轻时曾在京西打过岩洞，不敢说泰山崩于前而色不变，桌面大的石头擦着鼻尖落下的场面，也还是见过的。区区一小块水泥渣，又何足挂齿？不过，我是担心入浴者若不具备我般铜皮铁骨，是否能消受得起？试想，入浴者若是一位欧罗巴女郎，当时正兰汤滟滟，玉体横陈，突有"飞将军自重霄入"，那女郎大概就真的堪称"侍儿扶起娇无力，始是新承恩泽时"啦。

三 夜战记劳

文艺界稍有点出息的人，大概都得"喜新厌旧"。我指的不是两口子过日子，我指的是创作。您不"喜新厌旧"，又怎么能"推陈出新"？至于说某某绝了"贫贱之交"，某某甩了"糟糠之妻"，那恐怕是"不幸的家庭各有各的不幸"，非演员、作家所专也。不过，职业使然，我辈同仁，对新鲜玩艺儿确乎是有些过人的兴趣。据我所知，爬格子的人中间，对"声光电火"之类的"奇技淫巧"热衷者，不在少数。最可说明问题的是淡泊俗务，专注于文学的陈祖芬，她居然对电话有道不尽的情愫。有一次我无意中与她提及某某商店见过几种新款的电话机,做成了香蕉形、苹果形,十分精美。事后她竟专门打电话来,询问店址路线,意气风发地要去选购。"建功,我什么都不喜欢,独独喜欢电话!这东西太好了,这是我唯一的嗜好!"她说。比之邓友梅,祖芬的嗜好又属于"小巫见大巫"了。那厮对"奇技淫巧"的爱好更为广泛,且性好游说煽动。每有新鲜玩艺儿出来,他必购之,还动员三五同好陪绑。久之,有一位朋友竟至害怕了他的煽动,派女儿前来求情恳请邓叔叔再光临寒舍,万勿再提及购物之事,因为邓叔叔离去,女主人必被征服,心痒难熬地要拿钱出门,而男主人又如何承受得了?年前邓友梅购置了中文电脑,在晚报撰文吹嘘,可见其游说煽动,还大有发展,已知借重传媒。邓文中还提及我也买了一台,闹得不时有人来电询问。其实他是动员过我,我还想选择一下,因此"我自岿然不动"。谁知上了晚报,竟成了事实。事后他解释说,他估计"吾道不孤",所以文章中用了点提前量。我说,您干脆宣布陈某人过世,那提前量就跟"物价改革"一样,"一次到位"了,岂不利爽?

现在那些厂商们选这明星那明星做推销广告,他们怎么就忽略了邓友梅?

话又说回来。回想自己也不是没有"奇技淫巧"之好,不然"邓推销员"为何专找你？所谓"苍蝇不盯没缝儿的鸡蛋"是也。坦率地说，我在购物问题上的感召力似乎也是不小的，因此，也曾经贻害不少人。一年多以前，有一阵子我忽然十分喜欢喝咖啡，遂到华侨商店买来一只电咖啡壶。此后不久，正赶上青联开会，我跟工作人员们论证喝咖啡之妙，又论证现煮的咖啡比之速溶咖啡更妙，再论证华侨商店的咖啡壶比之其他咖啡壶更更妙，说得青联的工作人员们也纷纷前去选购，几近人手一壶。如今，我的咖啡壶只剩"一片冰心在玉壶"了，那几位朋友的咖啡壶，大概也不会煮得"如火如荼"吧？

被我害得最惨的，是郑万隆。1987年我们访美归来，在香港小留，一块儿上街去买录像机。我凭着做过六管半导体的自信和会点半生不熟的粤语的自得，让他对我拳拳服膺。我买下了一台"世界线路"的松下录像机，他自然也随我，回北京一试，"世界线路"条条齐备，唯独中国的PAL-D制式排除其外，悲夫！当然，郑万隆还买下一台高达3000瓦的电热水器，回来以后根本无法使用，搁至今天，那责任就得由他自负了。因为我告诉他我还记得电流电压和功率的公式(叫什么公式来着?)，他这3000瓦除以220伏的电压，至少得换个15安培的电表。他不信。他说没事。他说把电线弄粗点儿就成（哪儿和哪儿呀！）结果如何？自食其果。五十步笑百步。尽管我记住了那公式，比郑万隆强点儿也有限。我买了一台2100瓦的电烤箱，自度家中电表为2.5-5安培，应该说并未超负荷。回到家里，向妻子献上电烤箱，喜不自胜，当即要求和面、发酵、烤面包。暮色四合时，面团膨起，蜂窝遍布。巴黎大磨坊，新侨三宝乐，当其时也。摆好烤箱，接通电源，只听"扑"的一声，保险丝烧毁。换上一根略粗者，再试，只见电表里闪出一道蓝光，令我目瞪口呆。拉闸思量，这才想起自己竟忘了加上家中已有电器的负荷。加上一算，超载多多，早非5安电表所能承受。面团继续膨起，汹涌澎湃，又如何是好？急中生智，将家中所有电灯一概关闭，冰箱插销，亦拔将下来，这才哆哆嗦嗦接通烤箱电源。妻子在厨房靠一根蜡烛照耀，装馅，团面，我则在厅下靠一根手电筒往烤箱里照，窥望面包焦否，成色如何。真堪称"良辰美景奈何天，赏心乐事烤包忙。"

近闻《北京晚报》开设了"家电咨询"电话，一则以喜，一则以忧。喜则求教有望，我辈夜战之事，大概不会再发生了。忧则对我的电器知识仍存几分敬畏的郑万隆等，恐怕会扬长而去了。

我估计我得难受些日子。

四　陋衣记快

"穿衣戴帽，各有所好"。如果"随便"也算一"好"的话，那么我之"所好"，也就是"随便"了。不是故作潇洒，实在是从实用考虑，以为除"随便"以外都有些累赘。譬如若整日西装革履，光跑干洗店就够忙活的。夏日溽暑，丝绸固然飘逸，然洗衣熨衣，岂不苦不堪言？想想还是我现在舒坦：短裤T恤，每天扔进洗衣机里转一转，不过举手之劳。久而久之，衣冠楚楚，反倒觉得坐也不是，站也不是，像个傻小子。实话说，西装革履倒也有，那是为了偶尔见一位海外来的文人墨客，或者更偶尔地出一趟国所用——"帽儿光光，袖儿窄窄"地穿它一遭，表明中国作家虽非豪富，亦非丐儿。即便如此，只要不是正式场合，我也尽量精简当"傻小子"的次数，因为很快就发现，老外们比我们还随便。

不过，因"随便"而受窘的悲惨故事，在我的一些朋友身上时有发生。一位朋友和家中的保姆一道领着孩子去理发。这位朋友整日忙着干她的编辑工作，还兼着当女散文家。孩子尚小，须雇保姆照看，经济上自然也不算宽裕，因此，衣履平平是可以想见的。而那位保姆，初入都市，青春焕发，反倒花枝招展，一派雍容华贵。进得店来，我的那位朋友先坐到了理发椅上，由保姆陪孩子在一边玩。理发员对我的朋友说："你呀你呀，给人家当保姆的，一点儿眼力见儿也没有。你瞧，一进门，一屁股先坐这儿了。要我是孩子他妈，不炒你的鱿鱼才怪！"……那位朋友下过乡，吃过苦，也颇有平等待人的基本品德，对这误会倒不会有任何不快。她把这事当一笑话告诉我，是想说明自己尚无"贵族化"的条件，只有"扶贫"的必要。

尽管鄙人的衣帽亦属"扶贫"之列，却还没有遇上这么一个富于刺激性的故事。当然，小小的悲哀是不可免的。几天前身着短裤T恤，去西单商场买东西，入门时眼前一亮，原来两侧亭亭玉立着两位光焰万丈的女郎。身着暗红色的缎子旗袍，斜挎着"大宝系列化妆品"的鲜红绶带，微笑着向每一位入门者分发化妆品展销的传单。因为前面一位衣冠楚楚的男士已被微笑着递过一张，所以，鄙人的面部神经也有所紧张，准备好了回报的微笑，以防女郎也微笑着递将过来——虽然鄙人实在是不需要什么"大宝"，然人家既"投之以木桃"，我辈焉能不"报之以琼瑶"？遗憾的是，那一簇纤纤玉指并未夹着淡蓝的一张递将过来。也只好若无其事，高视阔步地走将过去。

小姐们是无可指责的。进门的顾客尽管不算多,你也不能要求人家把宣传品发给每一个人。再说,阁下这五大三粗的模样,似乎也实在是与化妆品无缘。因此,虽说小有一点感情的浪费,我也觉得很正常很合理很自然毫无怨言。

以后的事就属于我的职业习惯了。也因为我与妻子、女儿相约在某一柜台前等候,而她们迟迟未到,等得我有点百无聊赖,于是想做一个小小的实验:我准备再从那门进出两趟,看看小姐中的一位是否可能向我分发一张"大宝"的宣传品——我希望估量一下自己在时髦的消费中是否还有一线希望。

实验的结果是,每一次都被那纤纤玉手空将过去。对我来说,机会等于零。

小姐们的眼光真是准极了。宝剑赠与英雄,红粉赠与佳人。而我,完蛋。

这当然是让人有一点失望和悲哀了。不过,悲哀也不尽全属于短裤T恤。几天以后我在一家体育用品商店的渔具柜台前,让这一身行头大放异彩。

我学钓鱼仅仅是几个月前的事,总共也只是钓过3次,还都是在养鱼池钓的。去渔具柜台,是为了次日又将应人之邀去养鱼池战风斗浪，我需要买几个铅坠。渔具柜台前人可不少，大多是结伴而来的知识分子模样的人。我猜大概是一个单位的人要去度假，相约来买鱼竿，要学学钓鱼。既然都是外行，便围在柜台前嘀嘀咕咕，那意思大多是嫌鱼竿太贵，可又都想买，还拿不定主意买哪一种。售货员背靠货架，冷眼相看，唇间闪动着一丝轻蔑。在寒士中间挤来挤去的，还有三个小孩，一会儿问售货员阿姨鱼漂儿多少钱一根，一会儿又问鱼钩多少钱一个，无数的问题让人耳朵嗡嗡响。看得出来，是打算暑假里到大自然寻开心的小学生。我站在人群外看了看，找到搁有铅坠的柜台前。说实在的，我也不知道自己该买哪一种铅坠合适。

孩子中的一位突然蹿到我的面前，上上下下打量着我。

"叔叔，您一定会钓鱼吧？"孩子问。

"马马虎虎。你有什么事？"我说。

孩子把小手平伸过来，手心儿里是一个塑料袋，袋里装着一团油乎乎的白面。

"您帮我看看，我们和的这鱼食行不行？"

天哪，我的水准尚未达到"鱼饵阶段"，每次都由邀我垂钓的朋友替我预备，我忙告诉他，我不懂，真的不懂。

"您别蒙我。一看您这模样我就知道,您是钓鱼的老手啦!帮我看看吧,求您啦!"孩子说。

我揪了揪T恤衫。真是慧眼识英雄。我想。

又有什么办法?煞有介事地将那面团捏起来,凑到鼻尖闻了闻,嗅出一股香油的味道。"行,挺棒!"

"您看,我说您内行吧!"孩子们兴冲冲地走了。

谁能想到,"内行"一充,竟一发而不可收:那几位长衣长裤的寒士们见了救星一般,围将过来,左一声"老师傅",右一声"老师傅",从鱼竿问到鱼护,从钓线问到铅坠。山中无老虎,猴子称大王,便又煞有介事了一番,着着实实过了一回"内行"瘾。

"多亏碰上行家啦,不然真不知问谁去!"寒士们抱着新买的渔具千恩万谢,那口气里似乎也对那一直无动于衷的售货员有些不恭。

我淡淡一笑。

"白浪滔滔海水发,江岸俱是打鱼家。"想起《打渔杀家》里的一句。

萧恩(白):"父女打鱼在江下。"

萧桂英(白):"家贫哪怕人笑咱。"

五　顶针记怯

我家楼下的一座院落，是居委会办的社区活动中心。每日清晨，音乐声柔柔传来，几对男女在那院里"闻鸡起舞"。夜幕低垂后，乐曲又"嘭嘭"响起，男女们仍在那里"秉烛夜舞"。附近住户的休息自然要受些干扰，据说曾有火冒三丈者，以瓜皮杂物掷之。其实，以爬格子为生的我，受如此莺歌燕舞之害最甚，然而我的同情却绝对在"闻鸡起舞"者和"秉烛夜舞"者一边，因为音乐嘈杂之初，我曾凭窗俯看，发现起舞者多为与我年龄相仿的中年人，且大多都在初学，顿觉惺惺惜惺惺。我猜诸君一定和我一样，桃之夭夭，灼灼光华的青春岁月，正与红宝书和大板锹为伴，如今选择如此耐心地喊一二三二二三的地方闻鸡起舞，大有把被"四人帮"耽误的青春夺回来的悲壮。我辈"身无彩凤双飞翼"已够遗憾，焉能不"心有灵犀一点通"？

我辈被耽误的，不仅仅是跳舞。譬如美容。"遥想公瑾当年"，鄙人的擦脸油是一盒"凡士林"。倒是有一盒"雪花膏"，未婚妻所赠也。不是舍不得用，而是不敢用，怕因此散发资产阶级的"香风毒雾"。作为一个男人，不散发"香风毒雾"，倒也罢了，而"云想衣裳花想容"

的女人们，那年月是如何熬过来的？前年北京作协开代表大会，其中有一位女作家对美容颇具自信。尽管经过我的观察，发现这位大姐的水准也不过是自信而已。当然也许是我眼拙。不管怎么样，就这自信也已经使好几位中年女作家倾倒了：尾随其后，喋喋不休。文眉隆鼻，眼影腮红，直探讨到赵章光的生发水。其诚其慕，其"转益多师是吾师"的如饥似渴。"一万年太久，只争朝夕"的迫不及待，也足以惊天地泣鬼神了。爱美的天性，表现得如此酣畅淋漓。改革开放的时代，当然有许多大话题，不过，这也应该算是动人的一景吧？

然而，我仍然觉得，比起年轻人来，我辈仍拖有太长的封闭时代的阴影，显得过于胆怯，拘谨，步履维艰。有一位相熟的中年女性告诉了我一个十分典型的关于金戒指的故事。

该女士的丈夫给她买了一个金戒指，她却一直没有勇气佩戴——她的单位是一个很严肃的机关，似乎还没有一个人戴戒指项链之类，她又何必招摇过市，惹人品头论足？因此，这位女士的金戒指也只有每天下班回家后，戴一个晚上，或是星期日和丈夫儿子出游时，在不相熟的人群中招摇一下而已。爱美之心似乎还是得不到满足。戴金戒指上班的念想又何曾断过？看着那么多女人都戴上了华美的首饰,她真希望机关里也出现一个"第一个吃螃蟹的人"。

某日,该女士在家中缝完了拆洗的被子,匆忙中戴着顶针上了班。科室里的女同事惊叹道:"呀,你戴了这么大一个金戒指!"她十分坦然地笑了:"哪儿呀,这是顶针儿啊!"从这以后,也不知道为了什么,她天天戴着这顶针上班。科室里不再有人惊叹。有一天,在电梯间,她忽然发现另一科室的一位并不相识的女性终于戴了一枚金戒指来上班了。她下意识地朝对方手上瞥了一眼,她发现,对方的目光也朝自己手上瞥来,又抬起眼,朝她会心一笑。第二天,她把顶针换成了金戒指,不知是因为同事们对那顶针早已习以为常,还是因为早已有了一位开风气之先者,似乎并没有什么人对这金戒指大惊小怪。这位费尽心机如愿以偿的女士说,电梯间里那位,大概应该堪称第一个食蟹者了。不过,她从那位那会心的一笑里觉得,人家似乎反倒认为开天辟地第一人是她。而她,直到那天,戴的一直是顶针啊!

初听这故事我有点怀疑她在给我编小说。你看大街上那滚滚红尘里,有多少金戒指金镯子金项链在闪动,谁还至于为戴个金戒指寻寻觅觅,劳心至此?后来我发现不然，中年女性拥有金首饰者不在少数，不过，压根儿不戴者也大有人在。

"不给她买吧，不行。女人嘛，她还非得有。可有了，她又不戴，这可真怪！"不止一个丈夫这样向我交底。

我当然不认为只有戴上金银首饰者才美。珠光宝气而俗不可耐者，并不少见。

我也不认为只要有了胆儿，便是美。我皇皇京华，有些姑娘胆子是不小的，不过我想她们或许是不知道，那装束甚至会引起外国游客对她的身份的误会。——有胆儿要美，阁下也还是得懂得什么是美。

不过，对于某些朋友来说，您也是得有胆儿。您大可不必哆哆嗦嗦先戴几天顶针儿。

六　多情记恼

集邮、集报、集火花、集古钱币者，世所常见，唯不知是否有集产品说明书者。我建议有志者不妨一试。我这建议得之于一个偶然得到的启发：我每每把重要消费品的产品说明书集中存放，为的是保修、使用时查询之便。某日，为烧排骨的时间查找了一下高压锅的说明书,就便把别的说明书也浏览了一下,忽然发现拿那些说明书来细细把玩,真是妙不可言。

文革时期出品的"东方红"牌缝纫机就不必说了,时代特色从这品牌名称便可一目了然。"拨乱反正"过渡时期上海出品的三明治烤炉,说明书上说它的特点是"为四个现代化节约大量的时间"。其深远意义固然令人振奋,可是我这脑子却无论如何也转不过这个弯子。漫说用您的烤炉烤三明治以果腹者,未必都急着去"大干四化"了。去幽会,去购物,去床上躺一会儿,去杀人越货,都未可知。即便用您的炉子的,都是"大干四化"的勇士,您的炉子充其量也只能说"为您更好地干四化节省一些时间"而已,何以达到"为四个现代化节约大量时间"的境界?"改革开放"时代的产品,说明书上的语言就平实多了,更突出的特色是有了人情味儿。厂家每每先对您选用其产品表示谢意。然后再为您说明产品特色、使用方法。比如"万宝牌"冰箱的说明书就写得不错。

"说明书"上不仅有时代特色,而且还有地域文化的特征。沈阳出的沈乐满牌热水器,那说明书大概是出自一位工程师的手笔。厚厚的一本里画满了施工图、操作图,充满了东北工业基地的气息。唯不知不具有工程师水准的寻常百姓，看到这眼花缭乱的一本，是否还敢问津。两年前，我家乡的一位亲戚带来了他们生产的便携式电打气泵来京推销，那说明书上介绍完了产品的特色、功能之后，赫然以黑体印出"注意事项"，告诫用户应当心如何如何，否则会发生爆炸，应注意如何如何，否则会危及人身安全……用语之严重，光读了说明书就得汗流浃背。我一边读，一边乐。您这哪是卖气泵来了，您这是卖炸弹哪。鄙乡刚刚开放，古风犹存，这说明书的实在、坦诚，可见一斑。不过，虽然不应忽视告诫消费者必要的注意事项，也大可不必将您的产品描绘成一颗随时可能起爆的炸弹。

我读过的最真诚而得体的文字，是亚都加湿器的说明书和厂家"致用户"的一封信。我是去年冬天读了《北京日报》的一篇报道后，购回该厂产品的。诚如报道所言，产品很是不错，外观、性能俱佳。读了"致用户"，更是感动万分。那信中恳请用户给产品提出批评和建议，并且还说，只要您有此类文字回复，不管多少，本厂将回赠您一份纪念品。若您的意见对本厂改进产品有较大启发，本厂还会根据您的贡献给予更高的奖励……说实在的，那份纪念品以至"更高的奖励"都不让我动心。让我动心的，是这份真诚。不少厂家的说明书上，虽然也有欢迎批评的字样,却不过是官样文章而已。而亚都,定出如此具体的措施,奖励批评,应该说已真诚得近乎虔诚了。我辈岂有无视之理?更何况如前文所述,鄙人一直做着当工程师之梦,你不找我征询意见,我这设想那建议一会儿冒一个,惜无知遇之人,如今您亚都为英雄提供了用武之地,鄙人焉能不上前小试身手?读完"致用户"正值午后,我也没了倦意,和桌上那台突突冒气的亚都加湿器面面相觑了一个多小时,写下了足足两大篇信纸。建议改进加湿器的注水方式,免得妇孺老弱望机兴叹;建议喷嘴加一香料贮存器,以便加湿的同时,给居室带来馨香……我的建议甚至琐细到对说明书中某处难解的文字提出修改。妻子一旁笑曰:"亚都的老板得给你送匾来!"答曰:"燕雀安知鸿鹄之志!爱迪生公输般宁有种乎?说不定哪天也拿项尤里卡回来玩玩!"当然都是戏语。其实,亚都老板根本无须送匾,更无须"奖励",连那"纪念品"也无须送,您只要按照文学界对不合格稿件退稿的一般规矩,给寄来一纸铅印文字,告知:收到建议,恕不采用,感谢支持。我便心满意足。

可惜的是,连这铅印的一张也没有。

您还不如别来那么一封"致用户"。您知道"梳洗罢,独倚望江楼。过尽千帆皆不是,斜晖脉脉水悠悠"的滋味吗?

或许亚都对别人的建议都有回音,而"大道如青天,我独不得出?"呜呼,那我可就更惨了,非"肠断白蘋洲"不可了。

再说一遍,亚都加湿器是很好的东西,那封"致用户"也是很好的文字,只是我未免过于多情,愤愤然亦缘此而生。

亚都亚都,知否知否?

1991年10月

我作哀章泪凄怆

我的老师孙玉石先生写文章说,吴组缃先生去世前,他赶到了医院去看他,当时组缃先生的喉管已因抢救而切开,期期不得语,他只能紧握着孙老师的手,紧紧的,紧紧的……读到这里,我已经忍不住泪水盈眶。

我没能像孙老师一样,和组缃先生紧紧地握一会儿,送他老人家上路。

"惜哉斯文天已丧,我作哀章泪凄怆。"

我是在先生去世的前两天赶到北医三院去看他的,因为没有戴口罩,被护士小姐拦在了门外。我没有要求通融,我知道她是为了先生好。我站在病房的门外,透过那扇玻璃门,默默地给先生送去我的祝愿。

先生已经形销骨立了,躺在病床上,大张着嘴,艰难地喘着。病房里正开着紫外线灭菌灯,为了使先生的眼睛免被照射,一块毛巾遮挡住了先生的半个脸。我盯着那块毛巾看了好久,觉得那里面充满了不祥的暗示。冬日的天空苍白而惨淡,离开了医院的我,似乎也在一块毛巾的捂盖下走着,永远难以从中走出来。我时不时就冒出那个古怪的念头——我想是不是应该走近前,帮先生把那毛巾掀开。

两天以后,接到了组缃先生去世的噩耗。

听先生讲课的时候,先生已逾古稀高龄。先生身材瘦削,朗目疏眉,穿着一身浅灰色的中山装,风骨岸然。每次先生步入化学北楼的大教室时,教室里早已人满为患,却静静地一片肃然。那一年我28岁——被"文革"耽误了10年,年近而立才跨入北京大学的大门,77、78届的同学中,和我年龄相仿遭遇相近者颇多,每以"皓首穷经"自嘲。我想,组缃先生——当然还有林庚先生、王力先生、王瑶先生、阴法鲁先生等等——他们被那个时代激扬起来的心一定和我辈相通了,不然,何以离别讲台十几年后，又都拼了老命，一个个步履蹒跚地重新走进了大教室，为我辈作一番绝唱？

于是，那课，肃然下面就潜藏着悲壮。

先生的课却讲得那么潇洒，讲的是"中国古代小说史"，话题连类古今，典故趣闻信手拈来，印象最深的是翻来覆去地讲到曹雪芹对宝黛的爱情描写之精妙，一会儿说起自己年轻时代的感受，一会儿又扯到对自家儿女的观察，教室里时时响起会心的笑声。先生却不笑。我知道，先生所讲，无意哗众取宠。先生的讲法，非小说大家不能。先生治史，不为史累，他调动了自己作为一个优秀小说家所具备的对生活的独特体验和观察，带领我们神游于中国古代小说的意境、人物、细节之间。

于是，悲壮的一幕又成了一种享受。

那时候，我写小说已经有一些时日了，1982年出版了第一本小说集，分别送呈中文系的各位老师请教。走到组缃先生楼下，未免有些胆怯。到底还是没有胆量贸然造访，只好去找住在附近的陆颖华老师，请她转交。陆老师说："没事儿，你去吧，吴先生可好了，谁都可以随时找他的！"我说："还是让先生看了我的习作再说吧，先生很忙，给他的至交老舍先生的作品集写序的事，一直还拖着呢，我怎么敢送本书就打扰一次！等先生看了我的作品，我再找先生请教，岂不最实际？"

几天以后，先生的研究生见了我，说先生让我去。

我去了。先生坐在一个很旧式的沙发上，拉着我的手。除了鼓励一番，说说他喜欢我的哪一篇，没有更多地说我的小说。先生说的，是古人的小说和海外的小说，他谈话的主题，是叙事的张与弛。我明白，先生在教我。那时候，我的小说写得紧张有余，松弛不够。

先生的手并不宽大，也不温暖，凉凉的，很有一点嶙峋的感觉。这手，我在北京西郊田园庄饭店的大堂里又握过一次。那次先生出席北京作家协会的代表大会，我们在饭店的大堂里相遇，先生拉着我，坐到一个长沙发上。

也是，我们的手，一直也没有松开。

先生和我谈的主要话题，是小说的语言。

我和先生诀别的时候，怎么就因为没戴口罩而被阻隔在外了呢。

我应该像孙老师那样，握着他的手，送他老人家上路。

我翻箱倒柜，寻找先生给过我的唯一的信件。

越是要珍藏的某样东西，临到你想把它找出来时，你会忽然发现，唯独这一件，恰恰忘记把它藏到了什么地方。

我用了整整一个晚上,也没有把那封信找出来。

组缃先生的信,大约是三年前寄来的,他寄来了一本重印的旧作《山洪》,里面附着一封信。信里大意是说,年轻的时候,要趁着大好年华,多到生活中去见世面,不可一味待在家中苦写。到老了,譬如到了我这把年纪,走不动了,想出去都不行了。

我当即给先生回了信,我请先生放心,我会照先生的话去做。

手捧先生手书,看着那秀劲的字体,我想我应该把它裱起来。

我把它放到了一个特别的地方。

特别怕遗忘的东西,往往最先遗忘。难道弗洛伊德说过的话真的这么灵验吗?

先生去世前的最后一个生日,我去了朗润园。

我是和北京市文联、北京作家协会的领导一起去的。同去为先生过生日的,还有林斤澜、张洁,有严家炎老师、孙玉石老师、谢冕老师。

那是一个和暖的冬日,我们带去了鲜花和生日蛋糕。

先生高兴,我们更高兴。

只有一句话使我有点难过。先生说,过去他的工资是很够花的，可现在，不知怎么了，发工资没几天，发现已经花光了。

大家和先生一道笑。先生极达观，把尴尬当笑话说。

我们一起到一家四川馆子去吃晚饭。

闲话中提起了评职称的事。有位领导说，组缃先生是北京作家职称评定委员会的委员，先生坦率直言，给他们留下了极深的印象。原来评职称时有人反对给一些中青年作家评"一级作家"，理由是，"他们搞自由化"。组缃先生当即严肃地说，这帽子不是可以随便戴的。再说，我们是在评作家，不是评党员，只要人家没犯法，应当得按作家的标准评。组缃先生还以当年评教授为例，说评一级教授的时候，也有人要把某某教授拉下来，因为他不是党员。总理听了这件事，说："这是评教授，又不是评党员！"在总理的干预下，某某教授评了一级，而组缃先生则反倒因为名额的原因被评了二级。饭桌上旧话又提，组缃先生微微一笑，说："其实我不过说了一句大实话。要是评党员，开党支部会就行了，要我来做什么？"

今天看起来，说这样的"大实话"似乎不是难事。而组缃先生说这话的时候，正是许多人把新时期文学说得乌烟瘴气，说要"重新组织作家队伍"，恨不能再挖出一条"自由化""黑线"的时候。

过最后一个生日那天，先生仍然心明如炬。

2012 年 5 月 3 日修改

附：

人物简介

吴组缃（1908-1994）原名吴祖襄，字仲华，安徽泾县茂林人。1923 年在上海《民国日报》副刊《觉悟》上发表短篇小说《不幸的小草》，1925 年 3 月在《妇女》杂志上刊出的短篇小说《鸢飞鱼跃》，都具有鲜明的反封建色彩。1929 年秋进入清华大学经济系，一年后转入中文系，他曾与林庚、李长之、季羡林并称"清华四剑客"；在清华大学时期，是吴组缃文学创作的高峰阶段，1932 年创作小说《官官的补品》，获得成功。1934 年创作《一千八百担》。作品结集为《西柳集》《饭余集》。他创作的小说《一千八百担》《天下太平》《樊家铺》等，以鲜明的写实主义风格享誉文坛，尤其是小说《一千八百担》，借宋氏家族的一次宗族集会，形象地再现了20世纪30年代中国农村社会经济制度的衰落。吴组缃的创作朴素细致，结构严谨，擅长描摹人物的语言和心态，有浓厚的地方特色，堪称写皖南农村风俗场景第一人。1935年中断学习，应聘担任了冯玉祥的家庭教师及秘书。1936年与欧阳山，张天翼等左翼作家创办《小说家》杂志。1938年作为全国文艺界抗敌协会发起人之一，与老舍共同起草《中华全国文艺界抗敌协会宣言》，任协会常任理事。1943年3月出版长篇小说《鸭嘴涝》(又名《山洪》)，描写抗日战争中农民民族意识觉醒的曲折历程，塑造出章三官这个质朴善良，坚韧勇敢的农民形象，是抗战文艺园地中的一朵奇葩。1946年至1947年间随冯玉祥访美，此后任金陵女子文理学院教授、清华大学教授和中文系主任。1952年任北京大学教授，潜心于古典文学尤其是明清小说的研究，并历任中国文联与中国作协理事，《红楼梦》研究会会长。

（人物简介资料来自网络）

艾 芜
——文学生命力的启示

吾生也晚,到北京作家协会从事专业创作时,已是上世纪80年代初了。其时艾芜先生早已迁回成都定居。不过,先生的《南行记》,我在二十几岁的时候就读过的。时值"文革"期间,几个到煤矿挖煤的青年,曾和管理图书的一位老人套近乎,其目的无非就是要取得随意进出的机会,以把矿区图书室里一捆一捆要送去化纸浆的"四旧"图书,偷出来解馋。我记得我弄到的,是托尔斯泰的《战争与和平》

和霍桑的《红字》，另一位工友弄到的，有一本就是《南行记》。我读完了《红字》，就交换来了《南行记》。坦白地说，当时不仅生活境况不好，政治上也深陷怀疑和打击，郁郁不得志。如果说《红字》使我在屈辱面前找到了一丝奋斗的勇气，《南行记》则使我明白，阅历就是财富。再就是《人生哲学的一课》里面的最后一句了："……这个社会不容我立足的时候，我也要钢铁一般顽强地生存！"这也有如坎坷路途中激励我前行的一缕星光吧。

那个时代，也已经开始做着小说家之梦了，于是便把一些读起来印象较深的，如鲁迅的《呐喊》《彷徨》，沈从文的《边城》，以及茨威格、欧·亨利等作品做一些札记，艾芜的《山峡中》等等，也在其中。在当时的文艺思想指导下，初读艾芜作品的感受，自然也偏向于革命鼓动方面。比如读《我的爱人》一篇，我记得所写的札记是：

"我的爱人"之谓，来自同住仰光拘留所友人的玩笑。"我"1931年春因参与政治活动，被关进仰光拘留所。同窗的二位友人，也都是"政治犯"，因为女牢那边的歌声，引起了"我"的注意，"我"知道同牢关押的，多是1930年缅甸沙拉瓦底县农民起义的义士，而那唱歌的女人，就是所谓的"土匪婆"，由此便生敬意。这便成为了无聊的监狱生活中狱友的谈资，称之为我的"爱人"。作者借此调侃，介绍了缅甸农民起义的背景和精神，寄托了对人民反抗力量的崇敬和赞美。

记得我还曾大胆地联想：1933年写于上海的这篇作品，或许是向"反围剿"的中国红军的致敬？

直到1977年恢复高考，到北京大学学习了文学专业，我才明白牵强附会是何等可笑的方法论。幸亏我是把艾芜先生的作品往好了猜了，而如此思维方式，岂不和我们同样遭遇过的由《海瑞罢官》扯到"庐山会议"，由《刘志丹》扯到高岗殊途同归？

然而，撇开那些牵强附会的联想，单从作品的文本来看，艾芜先生的创作思想，的确已经融汇入当时左翼文学的主潮，他决心把"身经的，看见的，听过的，——一切弱小民族被压迫而挣扎起来的悲剧，切切实实地给写出来"，这在《南行记》的自序里，就坦坦荡荡地声明了。当然，还有另一个声明，就是他告诉我们，在观看了一部名为《告诉世界》的好莱坞影片之后，明白了艺术于人心之功用，因此，他也要借助不亚于好莱坞的征服力，把那些被压迫的弱小民族的情感世界——悲苦和挣扎——"告诉世界"！

我想，坚定的情感指归和不懈的艺术追求，这就是他的作品之所以行之久远，至今令我们爱不释手的原因。

在我看来，所谓"情感之指归"，光靠当下时兴的"采风"和"下基层"的体验，或应有助，然仍觉浮浅。艾芜却是身无分文行走于滇缅山地，东南亚蕉林，或在山家店打工，或与盗贼小贩同处。他与底层百姓的遭际与苦楚感同身受，他的血管里，已经流淌着民众的血液，因此他的作品所流露的，不仅仅是同情。更多的，还为我们揭示了一个陌生的人群、陌生的阶层鲜为人知的美好与良善，以及深藏于每一性格深处的复杂性与多面性。

再说他作品的艺术呈现。

很久以前，艾芜就被称为"民俗风情画"的大师了。但我也注意到，艾芜先生笔下的民俗风情画，如潺潺流水，自然而从容地展示，绝没有刻意的雕琢和铺陈。几乎每一处，都与作品的情节、题旨息息相关。比如《我诅咒你那么一笑》，记述了一个殖民者对傣族姑娘的摧残，以怨恨的笔调抱憾自身的懦弱。开篇那一段异国风情的描写真是迷人哪，读了几节，便想，我何妨也再走走南行之路，看看是否还领略得到那样的风情呢。

艾芜先生的语言是丰富的。"行万里路"所积累的自然风光、民俗事象和人物个性，无须他炫耀章法玩弄辞藻，自然就成就了作品的魅力。难道他是一个"不讲究"的叙事者吗？其实，他的叙事技巧是以"无技巧"方式呈现的。细察就不难发现，因为题材的不同，他不断变化着叙事的方式。比如《我们的友人》，是一个叫"老江"的人物的素描。偷卖鸦片，好赌好女人，染一身脏病，最后借宿于"缅漂一族"的群租房中，帮大家买菜，却仍不改恶习，拿大家的菜金去赌去嫖……却又良知未泯义气犹存。而《山中送客记》则是一个精彩的传奇故事。传奇中又飘逸着人生的慨叹。叙述平实素朴，闲笔的运用既展示了民俗风情，又越发给人以真实的感受。这就是讲故事人的高明之处，从容不迫而引人入胜。

我一直认为，先生是一位被低估了的作家。但又想，谁的评估为准？什么标准为准？不管是教科书还是文学史，低估与高估，又有何妨？作品的魅力与价值，最终不是要由读者去评说吗？由历史的浪潮去淘洗吗？

距艾芜写作的年代，80年都过去了，距我阅读的年代，30年也过去了。"野猫子"和她的"木头儿子"阿狗，依然如在眼前，那凄清的民谣，依然在江涛声里袅袅如丝……而"在海岛上"那个小偷呢？依然呈现着他的桀骛不驯,如立眼前……同样是小偷,那个身材瘦弱的"偷马贼"又是如此迥然不同,他毅然决然地展现着他的"哲学"的胜利……

这一个个充满了生命的尊严与活力的人物,遍寻中国现当代文学史,不能说绝无仅有,但可以说,是我们的人物画廊中的瑰宝。而随繁华落尽,如过眼云烟一样消失于读者视野的作品,却何其多哉。

如此想来,艾芜留给我们的,不仅只是诸多的作品。还应有关于文学生命力的启示。

艾芜先生除了留下这些,于中国文学,还有一件特别的馈赠,这是不能不说的。

2005年9月10日,文学馆很荣幸地接受了艾芜先生后人的慷慨捐赠。捐赠包括:艾芜先生所藏四千余册自清代以来的书籍,其中不乏珍、善本以及海内外著名作家如巴金、冰心等文化名人题赠的著作;著名作家学者致艾芜、艾芜致亲友书札500余件;包括第一次南行小说的手稿《伙伴》等,第二次南行创作的《南行记续篇》的全部手稿,第三次南行创作出版的《南行记新篇》的手稿,50年代创作的重要小说《夜归》《新的家》《雨》之手稿共700余部(篇),以及1949年以后所著长篇小说《百炼成钢》《春天的雾》《风波》和未出版的长篇小说《移山造海》手稿，还有各个时期的小说、散文、随笔等手稿。捐赠还包括艾芜先生自1951年至1992年（仅因特殊原因及"文革"期间有部分停记）的日记，以及自1949年后至1991年研究诗经等国学经典的读书笔记等。

这次捐赠，也得到了成都市新都区人民政府的支持，他们也把汤继湘先前捐赠家乡的先生生前书房的全部家具，慷慨转赠给中国现代文学馆。现代文学馆就成为了艾芜先生手稿、藏书、书札、家具等存量最全的收藏者。这一捐赠的实现，艾芜先生的哲嗣汤继湘先生及其夫人王莎女士居功至伟。从先生后人身上，令我们切实感受到艾芜宽厚淳朴家风的传承与弘扬。

如此敬仰艾芜先生却又未瞻道范的我，何德何能，可以在现代文学馆馆长任上，享受这一欣喜的时刻？

2013年10月28日

附：

人物简介

艾芜(1904-1992年)，中国现、当代作家，原名汤道耕，笔名刘明、吴岩、汤爱吾等。1921年考入成都省立第一师范学校。1925年因不满学校守旧的教育和反抗旧式婚姻而出走，漂流于云南边疆、缅甸和马来西亚等地，当过小学教师、杂役和报纸编辑，并两次病得差点死去。因为同情缅甸的农民暴动，1931年被英国殖民当局驱逐回国到上海。1932年加入中国左翼作家联盟，开始发表小说。在上海期间，出版有短篇小说集《南国之夜》《南行记》《山中牧歌》《夜景》和中篇小说《春天》《芭蕉谷》以及散文集《漂泊杂记》等。作品大都反映西南边疆和缅甸等地下层人民的苦难生活及其自发的反抗斗争，开拓了新文学创作的题材领域。他所描写的传奇性故事，具有特异性格的人物和边地迷人的绮丽风光，使作品充溢着抒情气息和浪漫情调。

（人物简介资料来自网络）

怀念文井

若按规矩,我应该在"文井"后面加上"老",但我不敢。因为文井为此"骂"过我。早些时我称呼过他"文井老",他用几分幽默的眼光瞟了我一眼,说:"我就那么不堪吗?"从此不敢再叫。

文井最后一次住院,是人民文学出版社的领导来电告知的,说情况不好,医院来了病危通知。当天中午我就陪同炳华同志赶去。文井的病房在协和医院老楼一层入口处。文井躺在病床上,鼻子里插着氧气管,静静地闭目睡着。见到炳华来了,抓住他的手,紧紧地握了很久。炳华说了很多安慰他的话,他无法回答,微微点头而已。轮到我,问候时他的眉头皱了皱,似乎有些怨气,很快又平和起来。我们之间虽然没有对话,我却读懂了他的心思。他在埋怨我近几个月来疏于音问,直到他说不出话时才来。随后,一如往常的宽容,他又原谅了我因忙碌而造成的疏忽。

文井,我真的应该早一点来看你。

认识文井,是在上个世纪的80年代初。当然,此前从作品中早已熟知他。80年代初文井还住在东总布胡同的几间老房里。上个月,我陪同艾芜先生公子汤继湘到东总布胡同寻访作家协会旧址,还顺便找到胡同西口的那个大杂院,一进院门左手拐过去的一排平房,就是文井当年的家。那房子居然还在,只不过住进了别人。当年我应该是30岁出头,而文井,应该就是我现在的年龄,奔60去了。和我结伴去看文井的,是李陀和郑万隆。初次见面,文井就像见了老朋友一样愉快。80年代的中国文学界,生机勃勃。那天晚上,话最多的是李陀,因为他最为关心新近出现的好作家和好作品,由此又引发对文学潮流的思考和展望。而文井,听得津津有味,还不时地询问,时而也发表自己的看法。我们之间,简直像是一群参加业余写作小组的文学青年。我已经记不得是这次还是另一次了,文井拿出一篇文章,说是为青年作家的一本探索小说集写的序言。我们几个一页一页地传看。令我吃惊的是,所谓的"序言",其实是一篇优美的带有童话色彩的散文。这散文讲的是一个绚烂的故事,看似绚烂,又似有深意藏焉。文井见我们读完了,微笑地看着我们。我们情不自禁地为文井文笔之年轻而赞叹。听我们的赞美,他既不得意,也不谦让。不过,看得出,他为自己得到青年人的首肯而高兴。那次走出文井的家,李陀不由得对我们感叹,文井的思想和文字,甚至比我们还年轻啊。

渐渐地,接触多了,我才明白文井的周围何以能拢聚那么多年轻的作家们。他的思想和文字是年轻的,他对艺术探索是敏感的,这是他儿童文学作家本色使然,这也是他对我们充满了吸引力的原因。作为文学界的领军人物之一,他对作家充满了感情,对好作品充满了期待。他坦诚直率,对"左"的遗毒格外敏感,甚至敏感到了充满敌视的境地。后来我才明白,"左"的路线给他的人生留下了锥心之痛:他带着一起奔赴延安的胞弟,就是因为"左"的路线的戕害,曾自杀以明志,使作为兄长的他一生都套上了负疚的枷锁。解放后长期担任文艺界领导职务的文井,更是亲历了"左"的路线横行肆虐的一幕幕。这大概就是他在新时期文学发轫之时，对思想解放潮流的兴起格外兴奋的原因所在吧。然而，文井又是顾大局的，他"意气"而不"用事"，"特立"而不"独行"。1995年，我从北京文联调到中国作协工作。那年暮春，为筹备中国作家协会四届主席团第十次会议，受时任党组书记翟泰丰同志的委托，我去动员文井前往上海，出席会议。那次主席团会议的确非常重要。因为自作协四代会以后，已经12年没开换届大会了。中央派泰丰出任党组书记，首要的任务就是要把文学界的团结搞好，筹备第五次作家代表大会的召开。泰丰上任之始，先飞上海看望巴金主席，决定在上海开第十次主席团会议。12年了，主席团委员中已有不少亡故，也有的老迈年高，甚至卧病在床。听说巴老在上海要召集主席团开会，尚能走动的主席团委员无不响应，唯文井说自己腿疾在身，实难从命。我受命登门拜访文井，见他蹒跚而出，不能不感慨岁月催人。早已想好的那些动员的话，已经说不出口。问候他的身体，闲谈老友行踪，告辞出来时文井忽然问我："你来，除了看看我，没有别的事吗？"我只好把登门的真实目的转告。他说，其实他早就看出我的目的。的确，文学界已经到了非整合不可的地步，作家朋友们，无论过去有什么分歧和矛盾，也应该坐在一起,求同存异,和发展的时代同行了。再说,他又何尝不想去看看巴老？随后他又回忆起和巴老的友谊,回忆巴老为首的一批作家,怎样发起每人为儿童写一篇作品的活动,而他主政的《人民文学》,怎样编排这些作家的儿童文学作品专号。谈到最后,文井告诉我,因为腿疾,实在不能前去,可是他由衷地拥护中央的决定,拥护大家团结起来,专心致志繁荣创作。他说希望我能带一封信去,表个态,再带一个口信,问候巴老。

我记得,那次会议,好几位因故而不能出席会议的老作家,都和文井一样,写信向会议表明自己的态度,对四届十次主席团会议的成功召开乃至后来的第五次作家代表大会的召开,贡献了力量。

我喜欢去看望文井,每次作家协会有走访和慰问的任务,我都申请去看望他。文井熟知文学界的旧闻掌故,为人谦和,有问必答,他思想睿智,每每有奇思异想迸发,让听者不能不深长思之。

已经记不得是哪一年的事了,在文井家谈起延安文艺座谈会。文井告诉我,座谈会召开时,他是延安鲁艺的教员。为了准备座谈会的报告,毛泽东曾经把在延安一些文艺界人士请去,调查了解情况。这话题令我大感兴趣,因为当时我正对许多影视作品里毛泽东形象的真实性表示怀疑。我问文井,您认为现在影视里面的毛泽东,和您接触过的毛泽东,像吗?文井笑了起来,说差远了差远了。他告诉我,那天在毛泽东的窑洞里,他们谈了整整一天,江青则时不时来倒茶。"我从毛主席的窑洞里走出来,天已经黑了。我顶着星光往自己的窑洞走,你猜我心里想的是什么?——你不要忘了,那时的我,是从白区来到延安的小有名气的作家,自负得很呀!可是当时我回想着和毛泽东相处的一幕幕,我心里说:这个人呀,现在他让我为他去死,我都干!……"文井的坦诚直言,让我惊讶又兴奋,连追问他为什么,难道毛泽东真有这么迷人的魅力?文井说,是啊,我也很奇怪他拿什么征服了我。"……其实他那天没讲一句马列,讲的都是天文地理世态人情,他是百科全书,无所不知,可是他不把马列挂在嘴边上。但你事后细想,讲的都是马列呀,他把马列全融会到中国现实中啦!当时我就认定,跟着这个人干革命,革命肯定有希望!中国肯定有希望!……"说到这,文井借题发挥,总结道:"真马列呀,不着一字,尽得风流!"

  我明白文井的意思,因为此前我们谈到了当下时兴的"党八股""四六句",把生气勃勃的马克思主义变成了僵死的教条,成为了空洞思想的遮羞布。

耄耋之年的文井，清醒得很。在另一次谈话中，他说："自从西学东渐，中国人从来就是这样。有的人把马列主义当标签，条条背得滚瓜烂熟，一到中国革命的实际，就一败涂地；有的人不着一字，尽得风流，让马列主义真正在中国管了用！王明和毛泽东的区别就在这儿！……"这段话，应该是那个故事的注脚。

文井走了，回想起来，他给我们留下的类似的启示和教诲还有很多。直到去世之前，他还是那么睿智。

他毕竟是中国当代文学界风云的见证者，他说过的最令我触目惊心的一句话是："很多我们当年犯过的错误，你们还在犯！"

我知道，他说的这"错误"，已不是"批判"，也不是"运动"，但的的确确，我们繁荣文艺的思路，应该更加注意尊重艺术的规律。

"文章已满行人耳，一度思卿一怆然。"

文井留给我们的，还不仅只是文章。

他有很多思索留给我们。

2006年4月15日

附：

人物简介

严文井，原名严文锦，生于 1915 年 10 月 15 日，湖北武昌人。1938 年到延安，入抗日军政大学。1939 年开始在鲁迅艺术学院文学系任教。1945 年以后历任《东北日报》副总编兼副刊部主任、中央宣传部文艺处副处长、中国作家协会党组副书记兼书记处书记、《人民文学》主编，作家出版社、人民文学出版社社长等职。

严文井在新中国儿童文学创作领域，被誉为泰斗式的领军人物。他创作的《蚯蚓和蜜蜂的故事》《小溪流的歌》《南南和胡子伯伯》《下次开船港》等优秀儿童文学作品，曾多次获奖，被改编为电影、电视剧、美术片和连环图画，滋养了我国的几代儿童。《严文井散文集》曾获"新时期全国优秀散文（集）奖"。

（人物简介资料来自网络）

送别冯牧

冯牧同志病将不起,是我已经预料到的事。他住院期间,我曾多次去探望他。因对病菌的抵抗力每下愈况,最后他被"相对隔离"。我去看望他时,若赶上情况不好,我就在门外站一会儿,请他的家人带去问候。若赶上他刚刚输了血,身体抵抗力有所恢复,我就戴上口罩,换了拖鞋,进去陪他小坐。

看得出,他高兴我来,高兴听我讲讲与文学有关的事。譬如谁出了什么好书,哪儿有一篇好文章。就在他临终前的几天,福建海峡出版社带来了新出版的《冰心全集》,不知道他已经病倒,想请他出席座谈会。我把这邀请转达给他,他托亲属转告说,他不可能出席了,可是听说冰心大姐的《全集》出版了,真是高兴。如果可能的话,能不能拿一套到病房来,让他看一看。

尽管当时我没在场,却能想得出,说这事时,冯牧的眼神里会闪出一缕怎样的光来。

对这眼神,我很熟悉。

因为在此之前我曾经不止一次听他提起巴金,提起冰心,我熟悉他谈及这个话题时的神态。

他对我说过,每当他读到巴金、冰心等优秀作家们那些纯净感人的文字,他都为自己能和他们生活在同一时代而骄傲,更为自己能和他们从事着同一事业而自豪。

他言之由衷,即使不大习惯于这种郑重其事的我,都不能不被深深地感动。他是一个真正爱文学爱作家的文学界领导人,当然他也是优秀的散文家和文学评论家。

不是每一个和文学沾边的人都能由衷地爱文学爱作家的。就连我自己,面对不同的流派不同的风格批评的异见口碑不佳的同行,有时也难免心灵的阴影人性的弱点,难以遏制挑剔和不屑。一个由衷地爱文学爱作家的人,譬如冯牧,当他面对那一切的时候,更多的却是欣赏、喜悦和宽容。

在我的印象中，他总是在说哪一个作家好，哪一部作品好。冯牧也不是没有危机和尴尬。有一次我到他家去，见他心情郁闷神态沮丧。后来才知道，他遭到某地一位青年批评家的讥讽，直指他"陈旧""过时"之类。

坦率地说，我替他难过，更为那位批评家朋友难过。

冯牧是否"陈旧"和"过时"姑且不论，一种惊世骇俗的观点的建立，是否一定要把一个好老头儿"打倒"？

没想到冯牧却说："不过他的见解有些是不错的。当然，有些我还没有看懂，得容我再看看。"

惭愧得我觉得讥讽的文章仿佛就是我写的。

更何况冯牧对文学界的新锐，历来都是反应敏锐鼎力扶持的。就拿我来说，得到冯牧同志鼓励时，还在北大就读。我记得那时刚刚发表了几个短篇小说，是一个大学生。有一年应邀参加北京文联的春节联欢会，是北京文联的文艺评论家马联玉找到我，说冯牧同志"希望见见"我，由此把我领到冯牧面前，很惶恐地和他见面的。他对我的鼓励，并不是一味的夸奖，听得出他读过了那一段时间里我发表的作品。联欢会喧闹的谈笑声中当然不可能谈的太多。但他的一句话令我终生难忘。他说，现在浸润于北京民俗文化里的作家们已经不多了，你做了不少努力，期待你的新作。后来我发现，冯牧关注的作家，绝不仅止于某一题材，比如他就曾让我找上当时北京的一些青年作家如史铁生、李陀、郑万隆等等，到他家茶叙。现在许多声名显赫的作家，当年都被他关注过。比如老鬼（马波），记得《血色黄昏》出版后，面对这部直面人生的作品，文学界的领导层一时还有点反应"迟钝"，而冯牧私下便赞赏不已，随后很快出席了作品研讨会，在《文艺报》上发表谈话，旗帜鲜明地表明态度。当然其价值已不是一般性地扶持新人，在对文学的理解和对作品的感觉方面，冯牧不"唯上"不"唯书"，也不"随大流"。类似的故事，常常在作家之间传颂。

去年我们曾经一起到广东东莞参观，那大概是冯牧同志一生中最后一次出行了吧？那次同游，我无意中告诉他，1949年11月底，我出生的那一天，解放军恰巧发动解放我的家乡广西北海的战斗。他微微笑了笑，告诉我，他就在那支部队里。他还说，那场战斗太小了，我们轻而易举就解放了北海。

"一进城，一个广西籍的战友就带着我去街上吃沙虫粥——那粥是好喝啊，可惜再也没有喝过了！"他说。

沙虫，简单地说，就是沙里的蚯蚓。北海的沙虫粥，的确鲜美无比。

到医院里看冯牧同志的时候，我曾经突生奇想，如果我能找到沙虫,给他送一碗沙虫粥去就好了。

可惜千里迢迢,我没法儿找到沙虫。

9月4日,家乡的一位诗人开诗歌研讨会,邀请我参加。离京前我到医院去看冯牧同志,我想告诉他,三天以后,我会从北海飞回来,第二天,我会给他送沙虫粥来的。

可惜,他的白细胞太低了,这次我没能见到他。

9月7日,回京的飞机起飞前,一位朋友给我送来了一盒沙虫。我给在北京的妻子挂了一个长途电话。

没容我把沙虫的事说出来,妻子就很沉重地告诉我,冯牧同志昨天去世了。

1995年9月13日

附:

人物简介

冯牧(1919-1995),原名先植。文学评论家。北京人。大学毕业。有《冯牧文集》九卷存世,由解放军出版社出版,包括文艺评论三卷,讲话、散文、战地纪事各一卷，云南手记两卷，日记与书信及年表简编一卷，计370余万字。曾任中国作家协会副主席。冯牧1935年参加"一二·九"运动，1938年到延安。曾在鲁艺学习和工作。后任《解放日报》文艺部编辑、第二野战军第四兵团新华社前线记者。1946年加入中国共产党。新中国成立后，历任昆明军区政治部文化部副部长，《新观察》主编，《文艺报》副主编、主编，文化部文学艺术院副院长，中国文联副秘书长，中国作协第三、四届副主席和书记处常务书记，《中国作家》主编。是第六、七届全国政协委员。

（人物简介资料来自网络）

沈从文先生的一把椅子

沈从文先生是大作家,可他的工作关系不在作家协会。众所周知的原因,解放后,他先后在历史博物馆和故宫博物院做事,1978年以后,在中国社会科学院历史所做事。不过,沈先生的妻子张兆和先生,倒是中国作家协会的干部,退休前,是作协所属《人民文学》杂志社的编辑。

我和兆和先生素未谋面,甚至直到她故去,我因出差在外,都没能送她一程,因此引为终生遗憾。从文兆和先生的后人,秉承了忠厚的家风,在兆和先生的后事办完之后，来过一封很诚恳又很有感情的谢函，里面还有兆和先生的一张照片，用以感谢我们对逝者的哀悼和对后人的关心。

这越发使我惭愧。

兆和先生曾派人给我送来一把沈从文先生用过的椅子。至今，这椅子还在我的办公室里，日日与我为伴。

尽管没有见过一面，我却感受到了她对我的关心与仁爱。

这把椅子的赠与，牵线人是金玉良，作家协会机关老干部处的一位大姐。金玉良是东北作家罗烽白朗的养女。罗烽白朗去世后，她到老干部处担当照顾其他老同志的工作。金玉良和张兆和先生最为投缘，常常到兆和先生那里去，问安、闲叙，也帮忙做一些家务，有时还和老人家一起共进晚餐。上班的时候，金玉良偶然也来我的办公室小坐，讲起离退休老干部们的生活。她讲得最多、言谈中最为敬重的，是张兆和。她告诉我，兆和先生学养深厚性情高雅与世无争，一直过着恬淡素朴的生活。金玉良又常常很深情地谈起兆和先生轶事，比如有一次她告诉我，沈家一直供着30多个湘西土家族苗族自治州贫困地区的孩子上学，直到他们完成小学学业。在月薪仅百元的年月，他们曾毅然捐出5000元，捐给当地的希望工程。而沈先生和兆和先生，绝无生活上的奢求，"不信你去看看沈先生坐的那把椅子，几个弹簧都软了，直到辞世也没换过！"听到这里我心中一暖，突生奇想，我说："我们的现代文学馆应该去买一把新椅子，去把沈先生的椅子换过来！……"我不知事后是不是把这个建议转告给了当时文学馆的负责人，或许不过是一时的感慨，随即便忘了也未可知。反正我们没有人真的去买一把新椅子，把沈先生的椅子换回来。然而，我相信，我的感慨被金玉良转告给了张兆和，因为没过几天，金玉良到我的办公室，说："建功，兆和先生让你派个人去，取她送给您的一把椅子！"我一时愣在那里。金玉良又补充了一句，说："沈先生那把椅子，兆和先生说送给你！"

听到这消息的时候，我正要上楼去开会。急忙找来司机小郭，让他跟着金玉良去沈家拜望老人家。会议开到一半，溜出会议室，回到办公室，兆和先生所赠沈先生的椅子，已经静静地摆在办公室里了。我坐了上去，简易沙发的坐垫一下子深陷进去——金玉良说得一点不错，沙发的弹簧，全都软了。

兆和先生的心很细，专门为了这沙发椅写来一个窄窄的字条，上面写道：

"建功同志,沈从文一把旧椅子,让玉良带去。张兆和 二〇〇一年三月"

金玉良告诉我,兆和先生对她说:"你得把这个字条给建功同志拿回去,不然拿什么证明这是沈从文的东西呀!"

这个沙发一直摆在我的办公室里,那张字条也被我珍藏起来。

大约两年后,我被派去兼任中国现代文学馆的馆长。到文学馆宣布任命那天,我忽然想起应该把这把椅子带到文学馆去,作为我送给文学馆的礼物。犹豫了一下,我还是没有做。

我还想让它在我的办公室里再摆几年,直到我退休那一天。

2006 年

附：

人物简介

沈从文（1902-1988），中国著名作家，原名沈岳焕，字崇文，湖南凤凰人。笔名休芸芸、甲辰等。沈从文14岁时，投身行伍，浪迹湘川黔交界地区。1924年开始进行文学创作，撰写出版了《长河》《边城》等小说。1931年至1933年在青岛大学任教，抗战爆发后到西南联大任教，1946年回到北京大学任教，建国后在中国历史博物馆和中国社会科学院历史研究所工作，主要从事中国古代历史与文物的研究，著有《中国古代服饰研究》。1988年病逝于北京。

（人物简介资料来自网络）

祖光学"艺"

家里收藏着一幅新凤霞的画——富贵牡丹团团簇簇地拥在一起,娇艳地开放,款识是吴祖光先生题的,说明这画,是赠给我们夫妇的礼物。那是上个世纪90年代初的一天晚上,在工人体育馆南门的利康烤鸭店吃过烤鸭,祖光先生很郑重地拿出这幅画来,先是称我"建功",随后又调侃地说:"不不不,我得称您建功师,或者建功先生……"我大惊,道:"祖光先生您可是折我(寿)呢!"祖光和凤霞大姐哈哈大笑。祖光说:"可不得称您作先生吗!今天就是您不争气的学生给您赔不是来啦……"凤霞大姐说:"就是,这个不争气的学生,怎么就那么笨!"我的妻子说:"您就别批评先生了,建功到了祖光先生这年纪,别说学电脑了,不闹个老年痴呆就不错!"……就在满堂笑声中,我恭恭敬敬地接受了祖光凤霞的珍贵礼物。

90年代初我对电脑很是"发烧"了一阵。那时的作家,用电脑写作者仅三两位而已。大概因为我对"奇技淫巧"颇有偏好,加上接触了一家很热心地推广电脑写作的公司,把我也变成了一个"换笔"的倡导者。我记得还曾经和几家电脑公司合作,在一家大饭店组织过一次"作家换笔大会"。当是时也,群贤毕至,少长咸集,电脑公司像摆地摊一样展示他们的产品,卖硬件的,卖软件的,济济一堂。我还记得那次开幕会上发言的有赵大年,刚刚学会电脑打字,顿时有点已然"先锋",睥睨众生的自负,而谦和的老大姐杨沫,其实并不是真的要"换笔",不过是给年轻的同行们"打气"来了……"换笔大会"的社会影响,大概是不小,由此登门求我代为购买电脑的朋友可不少。赵大年、高洪波、谭谈、斯妤,等等等等,还有谁我都忘了。我只是记得时不时会有人半夜里给我来电话,问我"关机热启动按哪三个键"之类的问题。当然,来电者中,最为年长者,也就是赵大年了。万万没有想到,某一天来电话的,是祖光先生。

祖光先生让我第二天到他家取钱,他说他也要学电脑。

此前我和祖光并不熟,对他的作品和人品,特别是他仗义执言,维护社会公正与进步的事情,当然是知道的。为老人家效劳,我求之不得。对他年逾古稀还要追赶潮流,心中虽然闪过一点疑虑,很快却又释然了。同样年逾古稀的马识途,不是成为了作家使用电脑的先行者了吗?

祖光家住在体育场东路一套曲曲弯弯的单元房里,之所以曲曲弯弯,大概因为是两套单元房打通了,寻找到他的书房,要穿来拐去,走过书刊杂志拥挤的过道。我替祖光安装调试电脑的时候,坐在轮椅上的凤霞大姐就开始叮嘱我了:"建功啊,您可不能帮他安上就走,您还得教他呀,我们这位,声光电火的,可一窍不通!"我说:"您放心,我一步一步教他,我给您创造一个奇迹!"

为了这句承诺,我早出晚归,在祖光家里泡了三天。

几乎每天一回到家里,祖光的电话就追过来了——每每是问刚刚给他讲过的操作程序。你不能不承认,岁月不饶人,对一个古稀之年且从未玩过声光电火的老人,你承担了一件几乎无法完成的任务。

但你能不承担吗,那是祖光先生啊!

最先退却的,是祖光先生。按照他的性格,他是不会退却的。我知道,他之退却,是不愿再麻烦我。

出任"总教习"的第三天,收到了祖光告退的电话。他说:"建功啊,我太笨啦,我估计我是学不会了,你明天过来一趟,帮我把电脑拉去退了吧!"我呵呵笑起来先向他老人家告罪,我说:"那是我这个老师没当好,我是不是给您另请高明?"祖光忙打断我:"不不不,是弟子太笨,朽木不可雕也!哪天还得把您请来,给您赔不是!"

就这样,祖光这次失败的学艺,给我留下了一件永远的念想。

惜乎?幸乎?

2006年4月17日

附：

人物简介

吴祖光（1917-2003），当代中国影响最大、最著名、最具传奇色彩的文化老人之一，江苏常州人，著名学者、戏剧家、书法家、社会活动家。主要代表作有话剧《凤凰城》《正气歌》《风雪夜归人》《闯江湖》，评剧《花为媒》，京剧《三打陶三春》和导演的电影《梅兰芳的舞台艺术》《程砚秋的舞台艺术》，并有《吴祖光选集》六卷本行世。

新凤霞(1927-1998)，吴祖光夫人，评剧表演艺术家，工青衣、花旦。1927年出生于苏州，被人贩卖到天津。童年时期曾学习京剧，13岁拜王仙舫、邓砚臣、张福堂等学习评剧，成为著名表演艺术家。1949年后历任北京实验评剧团团长，解放军总政治部文工团评剧团副团长，中国评剧院演员。"文革"中因受迫害而瘫痪，潜心写作，晚年著作颇丰，成为著名作家。

（人物简介资料来自网络）

吾师浩然

浩然去世的前几个月,有文学界的朋友告诉我,浩然已经不认得人了。朋友说,在医院里见到浩然的时候,他呵呵地笑,一边使劲转着眼珠,明显是努力地在记忆里搜寻。可怜他搜寻不着答案,最后那笑变得很尴尬。说到这,我们不由得唏嘘感慨了一番。一个人,倘若我们领略过他鼎盛时代的风采,再看他暮年的无助,那感慨中不免生出人生的悲凉来。这种悲凉,年轻人是体会不到的,只有到了知交半零落的年月,大概因为有了切身的感悟,也有了由人及己的瞻顾，才越发滋生出来。

我怕浩然再陷入那样的尴尬，我也怕自己滋生悲凉，一直没有去看他。

后来几天，遇到北京作家协会的朋友，问起浩然，他们的回答更令我悲痛，说他已经算是植物人了。那时候，我便想应该写下一点什么。固然因为他给过我关于小说的启蒙，他对我的好，随着他渐地远去，越发走近我的心头；更因为他是一个被人误解、引发争议的作家，甚至也不乏遭遇泼来的污水。

不久前，看到一篇文章，题目和观点都颇为有趣，叫做"历史是一个巨大的筛子"，大意说，历史对于个体的人，永远是大而化之的。文章历数了几个重要的历史人物，举出他们的历史评价和他们作为具体人之间的差异，令我思考久久。是的，有一些人，似乎被钉在了"历史耻辱柱"上，和我们真正认识的那一个，却有天壤之别。就拿浩然来说，不管怎么说，只一句"八个样板戏一个作家"，似乎也把他打入"文化专制"同谋者之列。我并不否认他曾经在一个黑暗的时代如日中天，也不否认他的作品和思想在那个时代有着不可避免的局限性，但到了乾坤朗朗之日，他就一定要下地狱吗？上个世纪的80年代，拨乱反正之后，浩然的确差一点下了"地狱"，幸得北京的大多数作家多少有点侠肝义胆，讲起浩然来，冷静而客观。大家纷纷举证，证明浩然在"四人帮"肆虐的时代，没有助纣为虐，甚至还有消极和抵制，才使之在那个"文革"思维方式未泯的时代逃过一劫。

曾经在东兴隆街接触过他并获得他指教的我，也是举证者之一。

认识浩然的时候，是1973年，我24岁。当时我是北京西部一家煤矿的采掘工人。说实在的，我在那煤矿混得不算好，被怀疑有"参与反革命集团"的嫌疑，遭遇了调查和批判。不过幸好我还有点"一技之长"。那个时代，会写文章已经算是很大的本事了。到了上个世纪的70年代初，"文革"已经闹得人厌倦不堪，废弃多年的文艺，忽然被当政者重视起来了。随之便有了上海《朝霞》杂志的出版，有了好几个城市工人文学写作活动的复苏。我想大概自己也算矿区里知道一点文学的人，于是便以"戴罪之身"，被派往北京"毛主席著作出版办公室"(那时的出版社，全被如此冠名)，参与一本"工业题材"小说集的写作。

北京花市东兴隆街51号，据说是北洋时代海军部的旧址，那是一前一后两栋洋楼，当时大概应算是"毛主席著作出版办公室"的招待所。入住后我才发现，《艳阳天》的作者、大名鼎鼎的浩然,正在这里写《金光大道》。另一位大名鼎鼎的人物,是工人出身的诗人李学鳌,他好像在写讴歌英雄人物的长诗,《向秀丽》或是《刘胡兰》之类。浩然和学鳌住在51号院的前楼,后楼还住着几个人物,当时和我一样,为集体创作"小说集"或"报告文学集"而来。他们年岁稍长,学历稍高,当时也无籍籍名。不过到了上世纪70年代末80年代初,他们中的几位忽然成了新时期文学的骁将,随后陆陆续续成为了知名的作家。他们是陈祖芬、理由、郑万隆、张守仁、陈昌本、孟广臣,等等。我记得,在东兴隆街51号时,还见过刘心武,他没有在此住宿,时不时来找编辑谈稿子。此后在这里又认识了后来任社会科学院文学所所长的杨义,当时他刚刚大学毕业,分配到东方红炼油厂当工人。大概也是应召而来,写什么文章吧。

对于住在后楼的我们来说,前楼是高不可攀的。那时浩然刚刚写完《一担水》等几个中短篇小说,发表在复刊的《北京文艺》上,到东兴隆街是开始《金光大道》的写作了。当时的作家们,几乎都被打倒了,浩然在我们眼里,确是一身金光。而后,因为同在一个小小的食堂里用餐,渐渐熟稔起来,越来越觉得他平易而亲切。忽然有一天我发现,原来院子里的写作者,几乎每个人都曾拿着自己的习作去向他请教，不出三两天，他就会敲开某一位的房门，要和他"交换意见"。我这才醒悟，由于自己的内向和羞怯，诸友蜂拥而去，而我已"瞠乎其后"也。

我首先拿去请浩然看的，是一首短诗。交给他时，是周六的下午，周一我从家里回到东兴隆街时，读到了他留给我的字条，大意是说，他不太懂诗，因此把我的诗推荐给李学鳌看。学鳌认为很好，已经拿到《北京文艺》，应该可以发表了。据我所知，网络时代，在博客微博上发布自己的诗歌短文，是举手之劳，到纸媒报刊上去发表，仍为难事。前推到40年前，时年24岁的我，能在《北京文艺》发表我的诗歌，岂不是天降的惊喜？坦率地说，今天重读，那不算一首好诗，我也曾撰写过文章，由这诗反省自己初入文学之门的肤浅和功利。这首名为《欢送》的短诗，讴歌了"工农兵上大学"这个"新生事物"，而恰恰这处女作发表的时候，险些也当上"工农兵学员"的我，因为有"反革命言论"，被取消了推荐资格。或许，正是这作品发表的喜悦和大学遭阻的屈辱同时降临，才使我获得了1982年的感悟。当时我写道："……那时的我，是一个被时代所挤压，却拿起笔，歌颂挤压我的那个时代的'我'；是一个对存在充满着怀疑,却不断地寻找着理论,论证那个存在合理的'我';是一个被生活的浪潮击打得晕头转向,不能不抓住每一根'救命稻草'的'我'。"

浩然和学鳌的帮助,就是我抓住的第一根"稻草"。

是"救命的稻草",却也是"救命的绳索"呀。不管我现在和将来对这首诗以及自己的心路历程有什么评价,浩然和学鳌的扶持,都是没齿难忘的。

浩然还指导过我的短篇小说创作。比如,对我的第一篇习作,他批评说:"你这个短篇要从猿写到人啊?"他告诉我,短篇小说,要善于截取生活的横断面,就像截取大树的年轮,用以反映社会和时代。后来我知道了,这说法并非浩然所创,而是出自某位理论家之口。但对于初涉创作的我来说,真如醍醐灌顶呀。

"你写出来的是几千字,你准备的,应该很多很多。写短篇,不一定要求准备出人物小传,但写中篇长篇,是一定要先写出人物小传的……"

"别让你的人物围着故事转,要让你的故事,围着人物转……"

浩然的笔下,生活气息浓郁,人物栩栩如生,语言活泼生动,早已令我折服。他向我传授的道理,都由我的习作而发,因此,每一次都切中要害,使我豁然开朗。

据我观察，在那个时代，在外人眼里"如日中天"的浩然，活得也并不轻松。

浩然在东兴隆街时曾经应召赶往大寨，那时我们就听说，江青正在那里巡视，大放外国电影，也大放厥词。浩然去了几天，很快就回来了。有一次我在东兴隆街51号的院子里碰到他，无意中和他聊起大寨之行，浩然皱着眉头，一脸焦躁地说："……哎呀，别提那个女人啦，精神病！真让人烦呀，那是个疯子，可惹不得！还说让我出来当什么文化部部长，我哪能给他们当那玩意儿去！"我说："那您怎么回答他们？"他说："我敢说什么？我只能说，江青同志，我干不了。我也不是当官的材料，我是个作家，我只想写作，只要让我拿好我的笔，给我时间，我就感激党感激社会主义啦！……你猜怎么着？她的脸一下子挂起来啦，挂就挂吧，我也不能松这个口呀……"

"写作"，是他搪塞"入伙"的最好借口。当然，他也有搪塞不过去的时候。比如受那位"首长"之命，和另一位诗人一道，前往西沙"慰问"海军部队，还写了《西沙儿女》。他自知这是"命题作文"，题赠我这本书的时候，苦笑着说，没办法，我对海边的生活毫无积累，只好用"散文诗"式的叙述遮遮丑。我笑笑，还真的理解为是"生活积累"的问题。

那时的他,也包括那时刚开始创作的我,并没有明白,这样的文学,已经成为了"阴谋政治"的使女和弄臣。

比如,《西沙儿女》中,写到"庐山仙人洞"照片激励起战斗勇气云云,今再读之,不能不哑然扼腕。是谁,让一个如此优秀的作家留下了历史的败笔?对此,正如后来浩然自己说过的,他也曾深刻地反省过。至于反省了什么,可惜我没有和他交流过。在我看来,或许因为他从文以来,目睹了太多作家的灭顶之灾?他是软弱的,胆小的,为了护住手里的一支笔,他尽可能逃避一切——逃避功名官场,也逃避"违拗"的罪名。当然,他总有逃避不开的时候,因此也不能否认,在那种政治高压下,他也有"聪明"的一面——为了保护自己,他不能不迎合。为了这"聪明"的迎合,他最终要付出代价。

经历过那个时代的人,毕竟有过那么多气节昂昂风骨铮铮之士,老舍、傅雷、遇罗克、林昭……面对他们,每一个苟活者都应该感到惭愧。在那个"黄钟毁弃,瓦釜雷鸣"的时代,至少,正直的作家应该保持沉默。

这一点,浩然的遗憾是毋庸置疑的。但对于浩然的弱点,我还是希望人们给以更多客观的、宽容的评价。

浩然去世以后,有一次我翻检相册,又一次看到了他送给我的照片。这照片一共两张,一张是他的头像特写,一张是他戴着草帽,正在田地里锄草的中景照。屈指算来,这已经是32年前的事情了。说起这两张照片,还别有故事。正因为这故事,浩然的平易,他对文学新人的爱护与尊重,都让我感动。

东兴隆街几个月相处后,我完成了自己的写作任务,就和浩然分手了。没想到,回到家中,居然收到了浩然的来信,信中夹了一张头像的特写照,那照片背后写着:"建功同志存念浩然",浩然的信不长,大意是说,自己对照相不感兴趣,因此所存照片不多,拣出一张,寄上,聊以为念。收到浩然信札和签名的照片,当然很高兴,但心中难免有一点疑惑:分手时,我并没有向他索取照片,而浩然,也不像是有寄赠照片雅好的人,何以至此?更大的疑惑在于,没过几天,又接到了浩然的信,依然是一封短信一张照片,照片就是锄草那张,短信的意思是:前已寄去一张照片,既然没收到,现再寄一次,请收……我的天,看口气似乎是我在不断地向浩然索取照片,这是怎么回事?

很快我就查清了这事的来龙去脉。说起这件事的起因,还是由于我的虚荣。认识浩然,还得到他的指点,对于一个二十几岁的青年来说,的确是一件难免向旁人吹嘘的事情。正因为当时把这"得意"向邻家一位爱好文学的孩子吹嘘过,这孩子便借我的名义,向浩然写信索取起照片来。那个时代楼下的信报箱,都是敞开的,并没有上锁。因此,那孩子的招数并不难实现——他估算日子盯着我家的报箱,"守株待兔"即可。浩然第一次寄来的照片没被他截获,他又干了第二次,结果再次失算。以我的常识,破这么简单的案子,应该是不难的:接到浩然第二封信的当天,我就在我家门外的信报箱旁,把正在那里转悠的小孩子逮了个正着,连唬再吓,逼得那孩子当场招供,写了检讨,泪花闪闪地离去。

事后不久,见到了浩然,我告诉他事情的真相,为给他添了麻烦而道歉,他宽厚地笑着,说:"这孩子,这孩子!"随后补了一句:"你还是别说他了,把照片给他一张吧,还真费了心思呢!"说完,又宽厚地笑起来。

2006 年 5 月 27 日

附：

人物简介

浩然(1932-2008)，本名梁金广，中共党员，中国著名作家。祖籍天津宝坻(今属天津)，曾任《河北日报》《友好报》记者，《红旗》杂志编辑。1964年起多卷本长篇小说《艳阳天》出版，同年10月调中国作家协会北京分会从事专业创作。1970年多卷本长篇小说《金光大道》出版，在当时有较大影响。1986年冬天为了深入农村生活，曾到河北省燕山脚下一个小镇任副镇长。1987年发表的长篇小说《苍生》，以新的视角观察和反映变革中的农村现实和新时期农村的巨大变化。作品生活气息浓郁，乡土特色鲜明，语言朴素自然。曾任中国作家协会理事、作协北京分会专业作家、中国大众文学学会副会长。"写农民，给农民写"是他的创作宗旨。

（人物简介资料摘自网络）

刘厚明

——一种活法儿

作家不宜当官。作家当官总是太认真,太爱动感情。

结果会怎样?闹不好会被气死。要不就是被累死——除了极个别的,游刃有余。譬如王蒙。可是全中国也只有一个王蒙。

这些话我都对厚明说过。

不幸被我言中。

厚明的妻子谷老师告诉我,厚明发病去世的前一天晚上,还在撰写一篇发言稿。现在,这篇未完成的稿子还放在他的案头。其实,文章已经由他手下的一位同志写好，他却很不满意，决定亲自动手。谷老师说，那天晚上他写得很晚，还不时为自己的创见而得意，隔会儿就要把她招过来，念给她听。

厚明，你这是在当官儿，还是在写小说？

谷老师告诉我，再前一个晚上，厚明去了天安门。他面对那举着花圈，涌向纪念碑的人流沉默良久。一回到家，他立刻给少儿司的下属拨电话，让他们安排好收看胡耀邦追悼会的实况转播。

我一点儿也不奇怪你为什么会倒在去参加追悼会的车旁。

向厚明遗体告别那天，我和治丧办公室的同志，还有几位朋友一起，陪着他的儿女去移灵。厚明的容颜没有大变，我甚至觉得那躯体里还奔突着激动的血液。特别是他的嘴微张着，整容师颇费周折，还是无法将它合拢。我知道他的亲属会为此感到不安。我和朋友们耐心地等待着，还是希望亲属们的愿望能实现，可是它终究没能合上。

其实我心里早就在想：它一定要合拢吗？

"咱们别委屈厚明。"我想。

我相信，倘若厚明有知，对我的想法，一定引为同调。我甚至可以断言，他那不肯并拢的嘴，还有什么话要对我们说。

就让这么一个激动着的、至死也期期欲言的厚明上路吧。

一个人死了,一定要那么安详,那么平和,那么功德圆满,那么死而无憾?让他更接近生前的性格岂不更好?比如厚明,他时不时会激动起来——梗起脖子,枯瘦的双手往沙发扶手上一拍,头发也随之一抖,然后他滔滔不绝。

别强求他闭上嘴。或许,这正是他要说点什么的日子。

厚明要调文化部之前,找过我,问我有什么看法。

他是我的恩师。16年前我们相识在煤矿。那时他在北京人民艺术剧院当编剧。他和蓝荫海师一道去矿山体验生活,我们得以结下师生之谊。从那以后,他一直指导我,帮助我。他几乎了解我在文学道路上的每一个脚印。80年代,我们都到了北京作协,两家的住地又碰巧搬到了极近的地方。于是我更成了厚明家的常客。

厚明并不把我当成晚生之辈,他似乎很想听听我对他"仕途"的直言。他说他还在举棋不定。

"作家不宜当官"之类的话,就是这次说的。说这番话的,是我。主张厚明应聘的,也是我。

之所以要说这番话，是想让厚明有点思想准备。因为他总是太认真，太爱动感情。而在我看来，当官，另有一"功"——比如得会说"官话"，比如得会敷衍，比如得会打"太极拳"，甚至还得学点"尸禄素餐"。厚明是否能习惯？丑话说在前头，勿谓言之不预也。其实，我也认为文化部可谓独具只眼，要抓儿童文化事业，厚明可以说是最适宜的人选了。

对于我的"警告"，厚明嘿嘿一笑。我知道，他不会同意我的话。他年长我15岁，却比我有更多的理想主义色彩。他毕竟在50年代度过了青春年华。他说他当的算不得什么官。再说，文化部毕竟是文化部，从部长到普通干部，多是文化人，官场气息不会太浓。他说他多年从事儿童文学写作，现在似乎有了一个机会，能为儿童的文化事业办点儿实事，他倒有点跃跃欲试。

"其实，我也是主张你去的。至少，"我环视了一下他家那紧巴巴的两居室，不无凄然地说，"作家也不妨当当官。当了官，你也不至于让大男大女挤在一起，不至于没有一个工作间。你去当几年官吧，等退休了，继续当作家。"

他笑得更凶了。他有颈椎硬化症，笑的时候，脸是扭不过来的。他的目光斜斜地投过来，一闪一跳的。

"你说的倒是大实话。不过，要是真的只为弄一间工作间去当官，未免惨了点儿。"

"那是我说的。我哪能比您，我是燕雀安知鸿鹄之志。"我嘻嘻笑着，"不过，咱们是殊途同归。"

"这大概多少能概括了中国知识分子心态。"厚明若有所思。

厚明走马上任一周左右，我又到他家去串门儿。

"他妈的，当了个官，和当作家的滋味儿真是不一样。"厚明感慨万分。

"怎么不一样？"

"当作家的时候，整天呼吁，给孩子们办这事吧，办那事吧，呼吁多少回也呼吁不下来。当了个官可好——别看是个司局级，还真能给孩子们办点什么呢！"

他兴致勃勃地告诉我，本周批复了几个项目，筹办了什么活动。他还让我说说在日本、美国、香港的文化圈子中都有些什么"关系户"，他想筹集中国儿童文化发展基金。

"小陈，你给他泼泼冷水。他太玩命了。我担心他的身体。"谷老师对我说。

"我什么事也没有！"不等我开口，厚明已经把妻子的话驳回了。我只好笑笑。知厚明者，莫若其妻。谷老师的担忧不无道理。我当然庆幸厚明这"官"当得挺上劲。他并没有遇上什么不顺心的事,个性也没有被扭曲。相反,不出他所料,他找到了一个为孩子们办点事的机会。他开心,我也为他高兴。可我也看得出来,厚明的弦绷得太紧了:摩拳擦掌,踌躇满志,与其说像一个"官",不如说更像一个完成了构思,激情盈溢、恨不秉烛疾书的小说家。这冲劲儿是不能不让人担心的。

然而我毕竟没有料到他那么快就累垮了:心脏病发作,入院急救。闻知这消息时,心中连连后悔那次没有附和谷老师给他泼泼冷水。可即便劝了他,是不是能改变他?

我赶到阜外医院,看到了谷老师一脸惊魂未定,躺在病床上的厚明却满不在乎地说:"我觉得没什么呀,心脏难受了一阵儿,急救车来了,在车上迷糊了一会儿,醒来就没事了。

他不知道,那"一会儿",曾经把他带到死神的身旁。

"我跟您讲过的,咱们这样的人,不宜于当官。既然当了,就别拿当作家的激情去当那个官。咱们可说好的,得熬到退休,接着当作家呢!"这一次我不能不旗帜鲜明,尽管那口气是在开玩笑。

厚明说:"我就是这么个人。干什么事,干的就是个痛快。痛痛快快地干了，开心；痛痛快快地死了，我也不后悔。"

我没话可说了。厚明逝世以后，谷老师告诉我，这话在几天前又被他说了一遍。这是他抵挡妻子、儿女和朋友们一次又一次劝诫的法宝。

应该说，他就这样由着自己的性子，走完了人生的旅程。

厚明著述颇丰。话剧创作，风靡一时。儿童文学，独树一帜。他对文学的贡献，我是不敢妄评的，还是留给研究者们去探究吧。

他留下的另一样东西，同样给了我们以启示。

他把一种活法儿留给了我们。

谷老师在为厚明的骨灰寻找墓地。

5年前我送走了我的母亲，才知道人死了以后，放置骨灰的那个盒子也有"级别"之说。像我的母亲，一个中学教师，只配躺在80元一个的骨灰盒里。当儿子的心情当然是想买一个最好的。可是卖骨灰盒者要我出具"高干证明"，只好作罢。

几个月前一位亲戚去世，我又知道了那放骨灰盒的"革命公墓"，也有个"级别"之说。像那位亲戚，级别在够与不够之间，家属们着实急了好一阵，最后终于取得了"革命公墓"的入场券,算是"上墙为安"。

这些,对于厚明来说,都是不成问题的。在医院,整容师为他做了精心的整容。随后他躺在了八宝山小礼堂的鲜花丛中,身上覆盖着中国共产党党旗。他的骨灰,毫无疑问可以放在更好一点的骨灰盒里,也毫无疑问可以进入革命公墓。

可他的妻子和儿女还是想为他寻找另一处墓地。

谷老师说,到了八宝山革命公墓才知道,厚明的骨灰盒只能嵌在外面的墙里。他的级别不够,不能登堂入室。

看来,即使有"革命公墓"的入场券,厚明也是栉风沐雨的命。

谷老师和孩子们想把骨灰移出来。

问过万安公墓。地皮太贵,居之不易。

又看福田公墓。据谷老师说,以目前的经济条件,只够在如林墓碑的夹缝中为厚明购置一块小小的栖身之地。

他们还想继续找一找。

1991 年 4 月

附：

人物简介

刘厚明(1933-1989)，北京人。中共党员。儿童文学作家。1953年毕业于北京师范学校后，历任北师二小、北京工读学校教师，后为北京市文联专业作家，北京人艺编剧，《东方少年》副主编，文化部少儿司司长，中华全国青年联合会副主席，中国作家协会儿童文学委员会副主任。1954年开始发表作品。著有儿童诗集《蜗牛姑娘》，中篇小说《黑箭和它的朋友》，短篇小说及童话集《阿城的龟》《耍蛇少年》《鲤岛传奇》《刘厚明儿童文学作品选》，儿童剧剧本《夏天来了》《六个儿童剧》《儿童喜剧集》，话剧剧本《山村姐妹》等。话剧剧本《箭杆河边》获1963年现代剧目评奖剧本奖，儿童剧剧本《小雁齐飞》获全国第二届少儿文艺创作一等奖，电影文学剧本《绿色钱包》获1981年文化部优秀儿童故事片奖，小说《黑箭》获1981年全国短篇小说优秀作品奖。

（人物简介资料摘自网络）

和于是之们啜酒的日子

先认识了刘厚明、蓝荫海，后认识了朱旭，随后又认识了林兆华吴桂苓吕中……后来就认识于是之了。想想在自己徘徊于文艺之门的时候居然一下子认识了那么多北京人艺的艺术家，心中真是不由得暗自庆幸。如果那是文艺繁荣、百花盛开的时代，于是之们绝对没有那么多闲暇理我，就算他们礼贤下士、平易近人，我也绝无勇气去和他们啜酒闲聊，而那个百花凋零的时代却给了我难得的机遇。

我是在刘厚明和蓝荫海到京西煤矿

体验生活时结识他们的，那是1974年前后的事情。其时我正好在京西木城涧煤矿做工，还是矿山的业余作者，不知他们两位从何方得知了我的情况，找我谈了一次，大概觉得我"孺子可教"，提出请我也来参加写作。我当然喜出望外。

这次跟着厚明和老蓝写话剧，其实就是我创作生涯的启蒙。厚明那时已经是著名的剧作家和儿童文学作家，60年代以《箭杆河边》声名远播。老蓝是演员出身，有着丰富的舞台经验，和厚明一起构思剧本时，老在想着那剧本在舞台上"立起来"是啥样子。作为旁观者，我时而为厚明的才情惊异：采访时在我看来不值一顾的材料，被厚明编进戏里，顿时光彩照人妙趣横生；我时而又为老蓝的经验而叹服：我为之兴奋不已的情节，老蓝却忽然会说"没法儿演"，他告诉我：您设计的这段心理活动很精彩，但您得给您的人物找个"说话人儿"，话剧舞台上固然可以独白，却又不能全是"独白"……当然我受到的教诲和启迪远不止这些。比如是他们使我懂得了如何运用戏剧性的推进来昭示人物的心灵和性格，使我懂得了如何运用氛围的营造来烘托艺术形象……更多的，是看似闲言碎语，却深藏艺术妙趣的东西。比如蓝荫海老师给我讲过拉大幕的杜广沛如何设计了《蔡文姬》中"文姬远去"的闭幕，留下了那个经典的结尾，还给我讲过焦菊隐先生如何从《茶馆》一稿中披沙沥金，提出建议，奠定了这部不朽名作的题旨。我得坦率地说，我们一起写话剧的时代，正是文艺家们最为苦恼憋闷的时代，"革命样板戏"所创造的"三突出"原则以及许许多多"清规戒律"，使创作已经成为真实生活的过滤器和真情实感的绞肉机。在我跟着刘厚明和蓝荫海一起创作的过程中，最为深切地感受到了他们面对"左"的文艺路线时的无奈与愤怒。然而这一无奈与愤怒的"副产品"就是，他们更多地把自己沉浸在老北京人艺浓郁的艺术氛围里。比如老蓝还给我回忆起周总理怎么到人艺的宿舍看望艺术家，怎么到人艺看演出，回忆起人艺的门卫怎么也要到《茶馆》里当当群众演员，"票"上一场……尽管直到那时候，除了当时上演的《云泉战歌》，我没有看过更多人艺的演出，但人艺的传统，人艺的辉煌以及艺术家独特的个性，几乎让刘厚明蓝荫海给我熏得如醉如痴。因此，说当时的文艺政策使刘厚明蓝荫海苦不堪言，是不错的，说那苦闷与无奈后的感慨又使我获益良多，也不为过。

苦不堪言的结果是又迎来了一个朱旭。他高高的个子，微驼着背，说话有些结巴，走到大街上谁也不会认为他是一个了不起的大艺术家。当然我见到他之前已经听厚明和老蓝无数次赞美过他了。他们不光赞美朱旭的人品艺品，还赞美他的两个儿子，说他们如何聪明，如何自强不息，虽然至今也没见过他们，但时隔30多年了，关于他们的许多细节似乎还历历在目。按照老蓝的说法，朱旭是当时的院领导为了加强我们创作组的力量派来的。如今回想起来，在那样的政治和艺术氛围中，我们怎么可能搞出像样的剧本来呢。朱旭老师当时是什么处境我不知道，但看得出，在没戏演的时候，他乐得来到我们的创作集体，同时，他也乐得来到矿山看看。我见到他时，他已经入住木城涧煤矿的招待所里了。他性格风趣，为人谦和，我们之间的第一个话题，竟然由吃而起。我记得他似乎是有一点胃病，于是我很客气地说矿区的食堂如果吃不惯，可以找他们特别关照一下。朱旭忙不迭地说不用不用，说着就弯腰从挎包里拿出一个小小的"酒精炉"来。这"酒精炉"真是令我眼界大开：是用那个时代装135胶卷的铝皮盒子做成的，直径大约不过20至30公分，高不过50公分。果然和老蓝说的一样，这位大艺术家雅好"奇技淫巧"，他居然往那"酒精炉"里倒上酒精，为我们演示起来。蓝色的火焰幽幽地在那自制的"酒精炉"里跳动，朱旭兴致勃勃地介绍它的做法和妙用，他说必要的时候，用它煮一碗挂面绝对可以应付。他之兴致勃勃使我想起了老蓝给我讲过的一段话，他说有的人在台下真像一个冠盖寰宇的艺术家，到了台上却毫无光彩，而真正伟大的艺术家在台下绝对素朴而随和，只有到了台上才光芒万丈。朱旭重上舞台和银幕时我才看到了他的表演，沉浸在他所塑造的形象里，我总是久久难以自拔。回味他所展示的艺术才华，我总是不由自主地想起30年前木城涧矿区招待所里那次关于"酒精炉"的谈话，对于真正的艺术大师而言，伟大的艺术和素朴的人格，从来就是如此水乳交融。使我得出这一结论的不仅只是朱旭。比如我从未有幸结识的牛星丽与金雅琴，他们走在胡同里，谁相信他们是了不起的艺术家？而到了舞台上或银幕里，谁不为其绝妙的演技所折服？又比如已故的艺术家刁光覃，我居然和他在一间斗室里度过一个晚上。那时候我们的剧本已经开始进入写作阶段了，我初到人艺，被安排在剧场东侧的一间小屋里暂住。那间小屋里只放着两张床，好像别的家具也放不下了。时值冬天，暖气管子漏气，似乎也没有窗户，因此屋里响着"滋滋"的声音，弥漫着水雾。我睡到半夜的时候，忽听门响，随即灯亮了，进来的是刁光覃。他不认识我，我却是认得他的。见我醒了，他一个劲儿向我道歉,说是因为太晚了,回不了家,来此暂住一晚。第二天我才知道,是因为剧院没有腾出空房,让我到刁光覃休息的房间里暂住一晚,其实是我占了人家的房子。我说没事没事,只是这房里太吵,暖气也漏,可能您受不了。随后我就自我介绍一番,又告诉老先生其实我和他的儿子刁小林是同学。话题便由此开始,也不知聊到了什么时候,也不知是谁先睡着了,第二天我醒来,刁光覃已经不见了。我相信他离开时一定是轻手轻脚的,生怕打搅了我这个来自边远矿区的业余作者。此后我们曾经在人艺的食堂里遇见过,他已经记不得我的名字了,乐呵呵地说:"小林的同学啊!"慈祥得像邻家的大伯。

和于是之的交往就稍微深入一些了,那时候和我一起挖煤的工友严燕生已经调入人艺做了演员。燕生谦虚好学,初入人艺知道自己的不足,就很注意找前辈求教,每次午餐,老是端着饭菜找住在剧院里的于是之闲聊。当时我也住在剧院里写剧本,就被他拉了去。有时厚明和老蓝来了,也一起端着饭菜到是之那儿用餐。是之好饮,量不大,每次吃饭都要喝一杯枸杞酒。记得是之家临窗的桌下,有好几个大大的酒坛子,有玻璃的,也有陶瓷的,从玻璃坛子里可以看见,里面泡的枸杞,大约占了 1/3 的地方。是之总是自己先倒上一杯,随即告诉我们，酒，不名贵，就是二锅头，喜欢的，自己倒，不妨也喝一杯。于是我们便不客气，自己找了杯子，各取所需。往后，无须他说，自己便倒了，再往后，到是之那儿"共进午餐"是越来越勤了。我离开人艺大约几年以后，有一次到人艺去找严燕生，赶上午餐时间，居然他还在是之那里啜酒，一起喝的，还有锦云、王梓夫，我记得进门时曾模仿王利发骂唐铁嘴的一段台词开玩笑，大意是说，没有你们这样的啊，到我们家蹭酒喝，还他妈传代啦！

和于是之一起啜酒闲聊，最多的内容是发泄对那个时代文艺政策的不满。当然我们还没有胆大到指名道姓骂"四人帮"的地步，但几乎每一次吃饭，都会有一些关于文艺乃至政治的"消息"传来，由此引起话题。比如关于"三突出"，关于《创业》和《海霞》的批示，关于"批林批孔批周公"，等等。到了1976年清明节，话题则更多地转向了天安门广场。是之言语平和，口气委婉，对所有的不满都用质疑、商讨的口气说出，比如说到《创业》，他说："这是怎么了？我看那片子不错啊，怎么又有了问题啦？……"由此大家就说到了工业题材的创作，说到了正面人物的塑造，说到了人物性格的多元性和复杂性。"四人帮"的那一套文艺怪论，好像成了现成的"反面教材",作为一个初入文艺之门的青年,我自然又是最大的获益者。

1976年10月,我们终于把郁郁地啜酒变成了把酒狂欢。我和人艺的艺术家们一起走上街头,喊着口号,欢呼粉碎"四人帮"的胜利,我也曾和他们一道,出席天安门广场的欢庆大会。那时的人艺,人人欢欣鼓舞,家家喜上眉梢,仿佛天天沉浸在节庆的喜悦之中。我印象最为深刻的,是在三楼小礼堂举行的诗歌朗诵会,因为那里曾经是周总理、邓大姐和人艺的艺术家们共唱《洪湖水浪打浪》的地方,那次朗诵会,使我又一次沉浸在艺术家深情的缅怀和豪迈的前瞻里,我也坚信,和我们的祖国一样,人艺这伟大的艺术殿堂,一个崭新时代开始了。

和于是之们一起度过的那一段时光,固然是我们的国家政治生活和艺术环境都极为黯淡的日子,但那黯淡中顽强地闪烁的心灵之光、艺术之光,是点燃我生命的火种,为此它将成为我心中永远美好的回忆。

2012年5月

附：

人物简介

于是之(1927—2013)，话剧表演艺术家。生于河北唐山，中国话剧代表人物，代表作《茶馆》《青春之歌》《龙须沟》等。1945年曾考入北京大学(后失学)。曾任祖国剧团、北平艺术馆、华北人民文工团演员。后任北京人民艺术剧院演员、艺委会副主任、副院长。中国文联第四届委员，北京市戏剧家协会主席，中国戏剧家协会第三届理事、第四届副主席，全国政协委员。在《龙须沟》《骆驼祥子》《茶馆》《洋麻将》等剧中成功地塑造了一系列经典的舞台艺术形象；其自传作品有《于是之论表演艺术》《演员于是之》等。2013年1月20日在北京辞世，享年86岁。

（人物简介资料摘自网络）

在汪曾祺家抢画

过去我家离汪曾祺家很近，大概还不到一站地。离得近且共同的话题不少，有时专程去看他，向他请教，有时在自由市场就碰上了。有一天清晨，在自由市场见到他在巡视，问他所为何来，他说："找牛尾呢，中午想喝牛尾汤了！"类似这种场合，请教的，就是关于"牛尾汤"的问题了。当然，类似的问题，还有喝酒、品茶等等。汪老是品味生活的大师，讲起来，不仅头头是道，而且津津有味。他知道我亦有此好，时不时也"提携"我一下，不断提供机会。比如某日批评家何镇邦率领某位美籍华人女作家杀上门去,汪老亲自下厨煎炒烹炸,没忘了来电邀我前去大啖。遗憾的是,那次我家也有客人,只好辞谢。又有一次,我们共同参加外事活动,就是出席某大使馆的一个"派对"。只见汪老不卑不亢地坐在一旁,默默地品酒,见我走过,给我使了个眼色,说:"喝过那个酒没?瓶子矮矮的、胖胖的,那叫'皇家礼炮'!"……

向汪老请教的问题,当然也有文学的,比如我问过他:"您作品的语言节奏怎么拿捏得那么好?"他笑道:"别无他法,多读而已。我曾把晚明小品熟读于心,读到最后,内容可能都忘记了,节奏倒留在潜意识里了。写文章写到某处,多一字必删,少一字则必补,不然永远觉得系错了扣子,一天过不舒坦……"说这话时,神情和说"皇家礼炮"时一样,睿智而调皮。

和汪老混得这么熟,竟未能求得一幅他的字画,不能不说是一个极大的遗憾。每到文友家中,看见他们把汪老的书法或水墨写意悬于堂上,总是提醒自己再见汪老时一定莫忘求字求画,然而直到我搬了家,也没好意思张口。

大约是1996年春节过后的一天晚上,张锲同志来电话相约去看望汪老。那时我已经调到中国作协来工作,因为俗务忙碌,也很久没有看望他了。听说他也搬了家,且曾对北京作协的朋友"骂"我:"建功这家伙,忙什么呢,这么久不跟我联络了!"汪老的家搬到了虎坊桥附近,他儿子所在单位的家属房里。既是出谷迁乔,是不能不参观一下的。没想到张锲和我跟着汪老参观他的新居时,还有几位陪同前来的年轻同志发现了"宝贝"——他们从汪老的字纸篓里找出了几团宣纸,抹平,如获至宝地跑过来道:"汪老!您画废了的,我们可要了!"汪老还是一如往常的神态——先是若无其事地瞟去一眼,随即粲然地笑起来,说:"哎呀,都是烂纸,你们真能翻!"他不再说什么,走到画案前,从一个角落里掏出一卷纸来——大概都是他近期的画作。年轻人有足够的机敏,他们竟欢呼起来,一张一张展看时,这个说:"汪老,我要这张!"那个说:"这张是我的!"我这才恍然大悟,原来汪老是让我们挑画。张锲乐呵呵地说:"你们这哪是挑画?你们这是抢画来啦!"嘻嘻哈哈中,每人各执所爱,请汪老一一补上题款。我选中的,是"升庵桂花图"——虬曲而上的枝条顶部,盛开着黄灿灿的桂花。环绕画面者,是汪老的题诗:"桂湖老桂发新枝,湖上升庵旧有祠。一种风流谁得似,状元词曲罪臣诗。"诗后加注曰:"升庵祠在新都桂湖环湖皆植桂 1996年新

春　是日雨夹雪　持赠建功　汪曾祺。"四川新都的桂湖公园，我是去过的。这里是明代杨慎（升庵）的故居旧址。杨升庵于明正德间高中状元，授翰林修撰。嘉靖时因"议大礼"而罹祸，谪戍云南永昌，流放终身。据《明史》载，明世记诵之博，著作之富，推慎为第一。诗文外，杂著、散曲，皆有成就。"一种风流谁得似，状元词曲罪臣诗"之感喟，即由此而发。据说，现新都桂湖，"环湖皆植"之桂，即为当年升庵所植也。八月时节，桂花盛开，香气袭人。品画赏诗，当时便与汪老相约，何时随他新都重游？汪老莞尔一笑，说："你太忙。"

2005年岁末，我再游新都桂湖时，汪老已经去世了。新都区政府在桂湖公园碑林举行了一个作家和读者见面会，出席的川外作家有王蒙、舒婷、叶兆言和我，成都作家有魏明伦等。主办者请我主持会议。从北京启程时得知这一消息，我特意带上汪老所赠画卷与会，主持之始，即先行展示之。

此时回想起当年抢画情景，不由你不感叹唏嘘。

2006年4月23日

附：

人物简介

汪曾祺（1920-1997）。江苏高邮人，是我国当代文学史上著名的作家、散文家、戏剧家，京派作家的代表人物。早年毕业于西南联大，历任中学教师、北京市文联干部、《北京文艺》编辑、北京京剧院编辑。在短篇小说创作上颇有成就。著有小说集《邂逅集》，小说《受戒》《大淖记事》，散文集《蒲桥集》等，结集为《汪曾祺全集》。被誉为"抒情的人道主义者，中国最后一个纯粹的文人，中国最后一个士大夫。"

（人物简介资料来自网络）

忆清泉

按老例,虎年春节前夕,中国作协领导班子的成员要去走访一批老作家。走访的名单,是由创作联络部定的。每个人走访的对象,年年都会有不小的变化,目的是增加我们和更多老同志接触的机会。走访名单下来,我就留意自己那一组里有没有李清泉。遗憾的是,今年安排去看望清泉的,是别人。

心想这也没啥,过节期间我私下去看望他便是。

清泉是我的恩师,2009年春节走访,到协和医院看望他的,是我。临别时曾相约，虎年再见。

岂料节前接到了一纸噩耗。清泉已于虎年将至时撒手西去。清泉享年92岁，应算是高寿了。然清泉思路敏捷、心胸豁达，一年前在协和的病房里，看他虽然鼻孔里插着输氧管，手腕上扎着吊针，谈起话来却头头是道，一问，始知他已年逾九十。记得报出年龄后他还"幽"了一"默"，说"够本儿啦"。我说，哪里！您还要整理您的评论集，我们在等着出呢！清泉的女儿丹妮在一旁说，其实已经整理出来啦。没想到清泉脸一沉，说："那是你整理出来啦，出不出还得听我的呢！"看得出，清泉这一沉脸，让丹妮有几分难堪。我忙说："这还用听您的么？早说好的！您在《北京文学》当主编时大家就不止一次说过，盼着把您批阅的稿签汇集一本，都说足以成为当代文学史上难得的史料呢！"清泉不以为然地摇头，一笑。沉吟片刻，说："我总觉得我那不算个东西，怕出版了，贻误青年，为后人笑……"清泉说得认真、坦诚，我无言以对。我到中国作协14年，接到许多老作家要求资助出书的申请，却从来没有见过像清泉这样，当党组和书记处已然决定把他精彩的评论文字结集出版时，竟坚辞不允。而他的那些评论，包括他批示的稿签，对中国新时期文学的发展，甚至可以说是举足轻重的啊。

大凡经历过上个世纪70、80年代的人都知道，新时期文学的发轫，遭遇过何等的艰辛。清泉就是在那个时代以"右派"之身重新回到文学界的。他初到《北京文学》担任"负责人"时我就耳闻，清泉之遭遇坎坷，与当年《人民文学》发表李国文《改选》有关，与他向当时文艺界领导周扬同志提意见有关，与为"丁陈集团"辩白有关，因为不愿触痛历史的伤疤，我倒没有向他求证过。但他出任《北京文学》"负责人"时，尚未能彻底摆脱"右派"的"尾巴"，这是肯定的。上个世纪80年代，中国的上空依然飘荡着"左"的阴影，每有"争鸣"作品发表，皆闻"干涉"之声，这也是每一个经历了那个时代的人都知道的。而李清泉，经他之手签发的作品几乎篇篇引起文场震撼。方之的《内奸》、张洁的《爱是不能忘记的》、汪曾祺的《受戒》、李国文的《空谷幽兰》、王蒙的《风筝飘带》等等，今天看来是名篇佳作，当年则是冒天下之大不韪的举动。比如据我所知，《受戒》的"出笼"，其实就来自一次"文艺动向"的"汇报"。那是某公向北京文艺界的领导汇报汪曾祺的"动向"，被清泉听了去。清泉当然知道汪曾祺的身手，当即找到那位"汇报"者，请借阅《受戒》原稿，说是要"领教领教"。岂料清泉读后，拍案叫绝，当即决定在《北京文学》上发表。据我所知,《受戒》发表后,还是有不少异议。我当时还真为尚未断了"右派"尾巴的清泉老师捏了一把汗呢。清泉视力衰微,我认识他时大概几近失明。瘦骨嶙峋的他总是戴着一副茶镜,在稿件如山的办公室里摸索。他言语不多,但在我的眼里,他就是眼明心亮且铁骨铮铮的化身。渐渐的,《北京文学》的编辑们开始传诵清泉批的稿签儿,陈世崇、傅用霖、章德宁,这几位继任的总编辑无不津津有味地向我透露过,寥寥数语,精到剀切,时时令我们一道抚掌称快。那时我就忍不住说:"啥时得动员清泉编一本《稿签大全》,留给文学界啊!"我记得最清楚的是1980年,小作《丹凤眼》送到编辑部后不久,时任小说组长的傅用霖兴冲冲地跑来告诉我,清泉稿签上写的是:"发头条,向作者陈建功表示祝贺!"我当即愣在那里,随即感到了清泉和我心灵的相通。自1973年开始从事写作以来,我一直徘徊于陈旧的创作理念与模式间难以自拔,多年来苦于创作上没有突破。《丹凤眼》尽管谫陋,却是自我风格的一次寻找。由此我当即便明白了清泉"祝贺"的含义。他那种溢于言表的欣喜,成为了我开始新的创作里程的动力。

　　清泉为人是宽厚的,言谈却直率得很。对他喜欢的作品就不必说了,比如喜欢《受戒》,才不管多大的人物表示非议，发表就是。对不喜欢的，也坦率且执拗，到了不讲情面的地步。记得当时北京市文联有一位老同志，自认为是当作家的料，坚持要把自己安排在作家支部。听说领导拗不过他，只好伪称他就是作家支部的作家，月月把他的工资由"老干部支部"拨到作家支部来发。此事是否属实，不得而知。但另外一件事是肯定的：该同志写了一篇"小说"，送到了清泉手上，要求在《北京文学》上发表，清泉在稿签上批曰："某某同志，写小说不同于写报告，何况您这篇也不是写得很好的报告。李清泉"。初听该稿责任编辑告诉我此事，我几乎不信。大约20年后，有机会和清泉一道喝酒，我忍不住问他，他笑道："这是真的！隔行如隔山，不是说写小说就比写文件的高明，可我办的是《北京文学》，我只要好小说，可不要文件，就算是好文件也不能要啊！"最后清泉"嗨"了一声，说："其实办好一个刊物没有那么复杂，见到好作品敢说好，见到次的，敢说不，就成！"

据我所知，许多成就卓著的作家，对清泉都是由衷钦佩的。萧军、秦兆阳就不必说了，汪曾祺、林斤澜更与之成为知交。曾祺、斤澜、清泉皆嗜酒，记得三位老人时不时是要小酌一下的。斤澜去世前，还写过文章，一是感慨清泉稿签之精彩，呼吁编选出版以教诲青年编辑，一是回忆和清泉共饮的日子，记得最有趣的一件事是说清泉一次喝醉，假牙都不知去向，劳烦编辑部的年轻人从垃圾堆里扒出来。一想起这事就忍不住要笑，仿佛活生生的清泉还在我们中间。想当年，《北京文学》的继任者陈世崇、章德宁以及我们这样的文场晚辈，时不时会找个理由邀他们三人共饮。最后一次是我听闻汪老因身体原因被家人"禁酒"，经斤澜提议，邀他们三人到白塔寺的南来顺喝酒，为汪老"解馋"。此后不久，汪老便撒手西去。现在，斤澜、清泉也相继离去。

三位我敬重的师长，九泉之下好好喝吧。

2010年2月18日

附：

人物简介

李清泉（1918-2010），著名编辑家。江西萍乡人。1940年毕业于延安鲁迅艺术学院文学系。1937年参加革命工作。解放后任《人民文学》编辑部主任。曾被错划右派，下放基层工作，改正后任《北京文学》主编，《人民文学》执行副主编，鲁迅文学院院长。著有小说、散文、评论等。

（人物简介资料来自网络）

清　泪

施咸荣先生病危时，我赶到医院去看他。握着他那瘦嶙嶙的手，已经知道他病将不起。心中难过，一时竟不知道该说些什么是好。这时候，先生睁开了眼睛，认出了我，他说你这么忙，何必来看我？我还是无言以对。我是不是该说您安心养病？我说不出来，因为这是假话。我想说您是否有些什么话要跟我说？我也说不出来。因为我不愿诀别。最后我还是说了言不由衷的一句。我说您好好养着吧，再过几天，您问过的那本新书就出来了，到时候我给您送来。

话说了一半，已经万分后悔了。我见到先生点了点头，可是我知道，先生是等不到我的新书出来了。我相信，我之所思，即先生所感，因为我发现，先生那双眼睛随即无力地闭上了，我在那眼角里看到了一滴清泪。我已经分明在那清泪里读出了遗憾。是的，那一刹那，我才明白，在生离死别面前，最愚蠢的事情莫过于掩饰。

现在想起了这一幕，我仍然为自己不能做得稍好而深深地歉疚。

除了把它如实地描绘出来，我不知道对自己那一时的六神无主该说些什么。

不过，我会永远记着那眼角的一滴清泪。认识先生大约是在1986年。知道先生，则是更早一些时候的事情了。70年代末80年代初，思想解放的大潮犹如狂飙突进，当代外国文学的译介、研究尤使禁锢多年的文学界耳目一新。我敢说，在那时成长为写家的每一位，对翻译家的功德无不怀有深的感激。先生便是那一串大名中的一个。当然，后来我才知道自己孤陋寡闻——早在那个时代之前，我爱不释卷的那套《莎士比亚全集》，原来就浸润了先生的无数心血。我读过的那本"黄皮书"《麦田守望者》，原来也出自先生的译笔。

和先生第一次见面的情景是那样令人回味。以致我从病房出来后,突想起那一幕,竟一时从眼帘前抹去了那一滴清泪,发出会心的笑。我是晚辈,当然不甘心错过那次向这位美国文学的专家请教的机会,因此一见面就不断地发问。可先生竟不大回答我的问题,反而不断地向我发问。问中国新时期文学的现状,问小说家们的动向,直至坐到了他家的饭桌前,他突然指着正打开冰箱门的师母说:"建功我问你,假如开门的不是你杜师母,而是一个没有文化的、工人的妻子,她想让我把灯挪过去,帮她照照,按照北京话,她会怎么说?"我愣了一下,不知这问题所由何来,但我还是尽量按照他设计的规定情境,迟迟疑疑地设想着,说:"……喂,给个亮!"先生抚掌大笑,说好极了,我要找的,就是这一句,吃完饭,我一定赶紧记下来……我恍然大悟,才明白先生在为他的译文找一句精当的口语表述。我笑着说,显然是我的道行不够,这一下午竟敢给先生上起课来。先生面容变得肃然起来,说不不不,现在的事有些弄颠倒了。一般来说,做翻译工作的,常常感到词不达意言不传神,因此很希望向作家学习,因为作家善于从生活里撷取有血有肉的语言。遗憾的是,现在也有些作家搞反了,有话不好好说,硬要到我们翻译的文本里寻找范式,其实那些很可能是我们无可奈何憋出来的、佶屈聱牙的句子呀……先生的话使我顿开茅塞。不光是理解了先生为什么有那么精彩的译笔，那么精当的研究文字，更仿佛领教到中西文化交流中的一点"神谕"——古人所说的"得意忘形""得鱼忘筌"，恰是向海外文化学习与借鉴的天机，而食洋不化、东效西颦又何尝不是当今创作的大忌！渐渐的我也理解了，先生对中国现当代文学的走向，也是有大思考的。据说，这思考开始于1984年他到美国哈佛大学和加州大学讲学阶段，他敏锐地感受到了美国通俗文学的活力。正是这思考，使他在中国通俗文学兴起之初，毅然投身于对美国通俗文学的研究和介绍。在漓江出版社主编的那一套《外国通俗文学丛书》即由此而来……

施先生过世后，社科院美国所举行了施先生学术成就研讨会。

施先生的性格，一生不愿麻烦别人。他去世后，家人尊重他的脾性，匆匆把他安葬。

然而，学术界不会忘记他。研讨会召开的前一天晚上，躺在床上，眼前又出现先生脸上那一滴清泪。

忽然理解了说过无数遍却未必真正理解的一句话，叫"继承未竟事业"。

这又谈何容易，在这个诱惑太多的时代。我们所说的"事业",不管是学术还是文学,都难免面临着一段凄清和寂寞。不过,人们最终会发现,我们固然需要金钱,也需要文化。

施先生的"未竟事业",我们继续的事业,留给民族和人类的,不会只是一滴清泪。

1993 年 6 月 25 日

附:

人物简介

施咸荣(1927–1993),浙江人,著名翻译家、学者。1953 年毕业于北京大学西语系,同年 8 月到北京人民文学出版社外国文学编辑室工作,1981 年调入中国社会科学院美国研究所。历任中国社会科学院美国研究所美国文化研究室主任、副所长、研究员,中华美国学会秘书长,中国作家协会会员,全国美国文学研究会常务理事、副秘书长。他长期从事英美文学研究,尤以对黑人文学和通俗文学的研究见长。施咸荣一生著述甚丰,著有《莎士比亚和他的戏剧》《美国文学简史》(合著)《西风杂草:

当代英美文学论丛》《美国黑人奴隶歌曲》《美国通俗文化在中国的影响》等论著。译有《麦田守望者》《土生子》《最幸福的人》《马戏团到了镇上》等，共14部。主持编辑并出版《莎士比亚全集》。

（人物简介资料来自网络）

此别无声亦有声

　　光椿先生是2005年8月31日去世的，而我，直到11月份，才读到光椿夫人邱湘华大姐的来信——信寄到了现代文学馆，转到作家协会时，我们正忙着为作协大楼的装修搬家腾地方，文牍山委，邱大姐的来信就夹杂其间。11月将尽时，很偶然地在堆放的文件中发现了这封来自湖南省文联的信，拆开前看到信封落款处添加上的楼号房号，我还认定是光椿先生手札。因为在前几个月，和光椿先生间的书信竟频繁起来。先是先生亲笔回应了我在年初以现代文学馆馆长名义寄给会员的拜年卡，先生说自己最近身体欠佳，书籍手稿均在整理中，待稍有眉目，定寄赠文学馆收藏。捧读手札，好生感动。我与先生，大约只见过一两面，承蒙先生如此厚爱，我当然是要复信问安的。复信里还约定，下一次到长沙时，一定登门拜望先生。岂料先生很快又有信回复表示谢意，先生之为人，何其谦和仁厚哉。我万万没有想到，打开这封近3个月前寄来的信，看到的，是邱大姐的手书，传来的，是先生去世的噩耗。想到前半年书信频频，还有长沙拜会之约，倏忽之间，光椿先生竟悄然离去了。湘华大姐信末的一个小小的请求更让我愧疚。她说，光椿去世后，文学界的许多朋友似乎还不知道，因此最近时不时有朋友来函来电联系光椿，每报知一次噩耗都是锥心之痛。大姐希望能通过《文艺报》，转告文学界朋友们周知。呜呼，这一请求又因我之忙乱，耽误了3个月！

我和光椿先生认识，在1995年，那时我刚刚从北京作家协会调到中国作协书记处来。那年夏天，中国作协在湖南长沙召开文学创作中心工作会议，开会之余，时任中国作协党组书记的翟泰丰同志率书记处各同志看望在长沙的老作家，见面会上，我见到了光椿先生。先生生于1928年，时年已近古稀，然仪表堂堂，身材瘦削，行止儒雅，如玉树临风。更早以前我读过那首给先生带来磨难的长诗《兰香与小虎》，文学"新时期"开始后，我又陆续读过先生的长篇历史小说《戊戌喋血记》和《辛亥风云录》，且知先生除小说和新旧体诗歌外，报告文学、散文杂文、电影剧本、理论、评论、文学翻译，均有涉猎且卓然有成，尤知先生旧学功底深厚，又擅长丹青，90年代初，曾有湖南省文联、湖南省作协、湖南省美协和湖南省书画研究院联合主办先生的个人书画展，反响颇大。一想到面对的光椿先生，不仅是文坛前辈，而且是多面通才，心中难免惶惶焉。出乎意料的是，先生是如此的谦虚平易，席间我向先生请教了几个近代史方面的问题，先生回答得简捷明晰，口气却如切如磋，娓娓道来，毫无居高临下之态。回京后曾向友人谈到向光椿先生请教的感受，感慨道：什么叫"先生之风，山高水长"？那不是做出来的，是养出来的呀！

　　10年前初晤先生，到10年后才和先生有几封书信往来，直到先生去世，竟拖延3个月才获知噩耗，连鲜花也未能献上一束，心中的羞愧与自责是可以想见的。匆匆给邱大姐去信谢罪，望大姐节哀顺变，珍摄为要。没有想到，大姐随后寄来了光椿先生自撰的《年谱》以及一批生活照和美术作品资料，嘱我代为转交现代文学馆收藏，大姐信中告诉我："待我慢慢整理书房，将他的原件、日记等，寄一些给文学馆资料室好了。我会陆续办理的，这也是应该做的。"尤令我意外的是，寄来的邮件中，附有光椿先生的一幅画作，是赠给我的。邱大姐信中说："光椿早就说，他作幅画给你做纪念，因后来住院未成，但我将完成他的意愿（亦是在他的画作中选一幅花鸟画赠你与夫人）这是一份心意，请勿拒绝。"展读邱大姐代表光椿赠我的"富贵清高图"，凝神许久，爱之不舍。此图下方，团团牡丹于绿叶丛中怒放，雍容灿烂。花团锦簇之上，更有几株玉兰翘然而起，在枝头一丛丛绽开，高洁纯净，纤尘不染。光椿亲题款识曰："富贵清高图白阳山人最早以此题作画，其后吴昌硕见而爱之，亦有仿作传世。前人画此盖有深意焉。孔子曰，富与贵是人之所欲，不以其道得之不处也。苟能以正道取之而又能以之造福于社会人群，处富贵之中而能永葆清廉高尚之心态与气度，匡时济世，宁不美哉？故再仿其意为是图。庚辰春光椿"读到此处，心中不由得一暖。读先生画，赏其款识，总为快事。曾读先生《含笑钟馗镇邪图》，先生题曰："人画钟馗狰狞貌，我画钟馗脸含笑，但使人间妖孽尽,愿回终南山中去睡觉。……"独具戏说精神。又读先生作《苏东坡前后赤壁赋》,先生题曰:"苏东坡前后赤壁赋,寥寥不满千字然而有情有景、有诗有画、有梦有幻、有山有水,有史论、有哲理,文思奔涌,变化无穷,真天下至奇至美文字……"有如文学评论。先生的题款,或诗或文,或调侃打趣或庄严凝重,率性由真,本色天成。我常常想,作为画家的任光椿和作为作家的任光椿,真是难解难分呀。而这一幅《富贵清高图》所议,固承先哲,又何尝不是由衷之慨?这使我不由得想起,先生而立之年,因文罹祸,一介书生,半世坎坷,就先生而言,终其一生,砚田笔耕,富耶贵耶?然先生不以物喜,不以己悲,平实为人,宽厚处世,所发富贵清高之议,虽寥寥数语,却见胸怀与境界。先生之于文场,似无声而别,而这些细小之处所体现的人格魅力,却似乎总在启迪着我们啊。

光椿先生,您的"建功老弟",迟迟赶来,且容我送一程。

2006年2月4日

附:

人物简介

任光椿（1928-2005），原籍湖北当阳河溶镇，当代著名小说家、书画家、诗人。曾担任过《湖南文学》《文艺生活》及大型文学丛刊《芙蓉》编辑部主任、湖南省文联执行主席、湖南省作协副主席、作协名誉主席等职务。曾与谭谈、韩少功、水运宪等共同撑起"文学湘军"大旗，创作的《戊戌喋血记》《辛亥风云录》《五四洪波曲》等多部长篇历史小说及书画作品多次在国际、国内获奖。2005年8月31日因心衰竭逝世，享年77岁。

（人物简介资料摘自网络）

铁生轶事

1月2日清晨,我和妻子赶到八宝山二楼西厅告别室时,铁生已经安放在灵柩里了。周围只有二三十人吧,没有告别仪式,也没有人号令鞠躬。铁生的妻子陈希米说:大家不要哭,铁生不愿看大家哭……请大家撒一些花瓣给他。我们就撒一些花瓣在他身上。陈希米说,我们跟铁生告别吧,我们就各自深深地鞠了躬。陈希米说,留下几个有力气的朋友,别的朋友就走吧。我们没有走,看着灵柩被抬上担架车,缓缓地推向焚化炉……

后来，我们又随着铁生的遗像，把告别室里的一些鲜花和铁生的一些衣物送到户外的焚化炉去。焚烧衣物时，陈希米突然对我说："王安忆织的那件毛衣没烧，还在家里放着呢！"

我心头一酸。

我不知道是铁生跟她交代过的，还是她自己想到的。

这个日子，本来是定在1月3日的，不知为何又提前了一天。想了想，觉得希米的确是最理解铁生的人。铁生说过，人之于世，应该像徐志摩《再别康桥》那样，"悄悄的我走了，正如我悄悄的来"，提前一天，或许是为了让铁生走得更为"悄悄"罢？铁生永远是这样低调，平实。他死了，这死唤醒了我们所有朋友和读者心中蛰伏已久的尊崇与爱戴，用我女儿从海外发来的邮件里的话——"网上早已悲恸一片"，然而铁生还是坚持着自己的低调和平实，由希米替他坚持着。他谢绝了灵堂，谢绝了花圈和挽联，谢绝了悲悼。他希望朋友们为他高兴，高兴他的一生终于战胜了灾难与残缺，高兴他终于有一点感悟与思考留存人世，高兴他还留下了一份肝脏，救治了天津的一个患者，留下了脊椎和大脑，供医学研究……

得知铁生病危的消息时，我正在广西北海，几个小时以后,知道他已经离去。本来我一家、何志云一家已经约好,元旦回京,是要和铁生夫妇做几乎每年例行的聚会的,为此我已经订下31日回京的机票,岂料下了飞机,赶到铁生家,只有何志云夫妇陪一脸疲惫的希米坐在屋里,另一个客人我不认识,却看着脸熟,有一种莫名的亲切。希米说,这就是《我与地坛》里那个"长跑家"呀。哦,就是那位"西绪弗斯"式的"长跑家"吗?记得铁生写过他们在地坛感慨人生际遇的凄凉与悲壮——

还有一个人,是我的朋友,他是个最有天赋的长跑家,但他被埋没了。他因为在"文革"中出言不慎而坐了几年牢,出来后好不容易找了个拉板车的工作,样样待遇都不能与别人平等,苦闷极了便练习长跑。那时他总来这园子里跑,我用手表为他计时。他每跑一圈向我招下手,我就记下一个时间。每次他要环绕这园子跑20圈,大约两万米。他盼望以他的长跑成绩来获得政治上真正的解放,他以为记者的镜头和文字可以帮他做到这一点。第一年他在春节环城赛上跑了第十五名,他看见前十名的照片都挂在了长安街的新闻橱窗里,于是有了信心。第二年他跑了第四名,可是新闻橱窗里只挂了前三名的照片，他没灰心。第三年他跑了第七名、橱窗里挂前六名的照片，他有点怨自己。第四年他跑了第三名，橱窗里却只挂了第一名的照片。第五年他跑了第一名——他几乎绝望了，橱窗里只有一幅环城赛群众场面的照片。那些年我们俩常一起在这园子里呆到天黑，开怀痛骂，骂完沉默着回家，分手时再互相叮嘱：先别去死，再试着活一活看。现在他已经不跑了，年岁太大了，跑不了那么快了。最后一次参加环城赛，他以38岁之龄又得了第一名并破了纪录，有一位专业队的教练对他说："我要是10年前发现你就好了。"他苦笑一下什么也没说，只在傍晚又来这园中找到我，把这事平静地向我叙说一遍。不见他已有好几年了，现在他和妻子和儿子住在很远的地方。

或许因为"长跑家"在场，或许因为置身于铁生起居的地方，我总觉得铁生仍然坐在轮椅上，躲在空气中的一隅，默默地看着我们，就像他在地坛的树林里，察看着每一位过往者一样。我知道，倘若我向希米表达我的难过，铁生肯定会在轮椅上笑着看我。想着想着，我甚至为带来了一个花篮而尴尬起来——铁生和我，多次谈到死亡，他是如此的淡定和从容。他说过的，死是一件无须乎着急去做的事,是一件无论怎样耽搁也不会错过了的事,一个必然会降临的节日。而我,又何必要带来这个如此常规的花篮和挽带呢?

希米很平静地告诉我铁生辞世的经过,最后,她甚至有几分激动地告诉我,铁生去世没多久,她就接到了天津来的电话,说铁生捐赠的肝脏,移植成功了。我默然了很久,说:"真没想到,他还有一副肝脏可捐,我以为他已经浑身难找一处完好的地方了……"是的,他21岁截瘫,10年前得了尿毒症,双肾坏死,临终前已经是靠一周4-5次透析为生,每次我见到他,都感到他的脸色日渐发黑,疑心病魔已然侵入肝脏,谁想到,这副肝脏,还救助了一位患者。希米说,她也感到惊讶,铁生的肝脏,居然还有用。希米还告诉我,铁生还捐了他的脊椎和大脑,这是他和长期为他治疗的一位医生朋友的约定,他说他死了以后,她尽管可以拿了他的器官去做研究,因为对他的病,医学界还有很多疑问。

本来我不想如此详细地介绍铁生的捐赠,因为这不符合铁生的性格,甚至我也不知道是否会违反有关规定。之所以要说出来,是因为陈希米告诉我,铁生的捐赠所获得的礼遇令她感动——既为那些全程监控着捐赠过程的红十字会人员,也为那些抱着肃穆之心执行手术的医护人员。他们移植完了器官，仔细地恢复了铁生的身体和容颜，使这个捐赠者很有尊严地远行，这使她对中国遗体捐赠事业的进步刮目相看。我想，说出这些铁生希米应不会怪我，因为会有更多的人步铁生后尘，这也是他们所期待的。

其实，类似这样的、说出来有可能使铁生感到不安的事情还有几件，因为铁生的宽容，他没有责怪过我。现在铁生已逝，且这件事也已经广为人知，我想，再说一遍，或许也可以使人们理解铁生的宽厚吧。几年前，我兼任现代文学馆馆长不久，为了使展览有所创新，决定办一个名为"作家友情展"的展览，我到铁生家闲聊，问他有没有展示作家间友情的物件。他说："要不你把王安忆为我织的一件毛衣拿去？"我大喜过望，因为还从来不知道安忆居然有这等耐心，竟为铁生亲手编织一件毛衣寄来。以两个人的知名度，这毛衣应可视为"文人相亲"的典范。没想到铁生说出就后悔了，他说，哎呀，说不定人家王安忆不愿说出这件事呢？我当然理解铁生的担心，因为和我是朋友，才口无遮拦，同样低调的王安忆，大概也确实不会同意拿这次朋友间的馈赠说事儿。话已至此，我们就没有继续毛衣的话题。铁生对于我，历来是有求必应的，我想这次他肯定是要挖空心思找另一件事来弥补"毛衣"之憾。少顷,他说,算啦,那毛衣也不好找,要不你把刘易斯送我那双跑鞋拿去吧。

铁生是关心并热爱体育的,这有他的文字为证。他写过的一段话,我相信随着时间的推移,迟早会走进历史。他说,在奥运口号"更快、更高、更强"之后,应该再加上"更美"。如果光是强调"更快、更高、更强",就难免会追求出兴奋剂或暴力甚至其他更不好的东西来。这"更美",并不仅仅就是指姿态的优美,更是指精神的美丽。这就是说,在比赛中,赢并不是最重要的,重要的是人有了一个向自身极限的挑战的机会。他还在散文《我的梦想》里,表达过对美国体育明星卡尔·刘易斯的崇敬:也许是因为人缺了什么就更喜欢什么吧,我的两条腿一动不能动,却是体育迷……我最喜欢并且羡慕的人就是刘易斯。他身高一米八八,肩宽腿长,像一头黑色的猎豹,随便一跑就是十秒以内,随便一跳就在八米开外,而且在最重要的比赛中他的动作也是那么舒展、轻捷、富于韵律……

应该是这篇文章,使得铁生在2001年3月间居然有了一次和飞人卡尔·刘易斯的会面。铁生告诉我,因为运动员李彤把自己的文章念给了刘易斯听,这才有了那次与刘易斯的相见。那天上午,他把自己的一些作品送给了刘易斯，刘易斯则回赠以签名的跑鞋。刘易斯拍拍铁生送给他的书，说："我相信这些书一定很棒，可惜我不懂中文，不能看懂它们，这真是个遗憾。"铁生也指指手里的签名跑鞋，说，得到您签名的跑鞋，应该也是特棒的事，可惜我没有健全的双腿，所以也深感遗憾！说完两人笑着拥在一起，留下了一张珍贵的合影。

跑鞋的故事并不比毛衣的故事逊色，因而成为了"作家友情展"中体现中国作家和海外交流的佳话。然而，"毛衣"的故事仍然使我难以忘怀，以至到了2005年6月，当史铁生以《病隙碎笔》再次获得鲁迅文学奖并坐着轮椅到深圳领奖的时候，我再也忍不住对这故事的偏爱，讲给了撰写颁奖晚会台本的巴丹。那台颁奖晚会获得极大的成功，主要是从中央电视台请来的主持人张泽群和黄薇的超常发挥。现场说出的许多感人的故事中，"王安忆赠毛衣"也是一个。然而，当张泽群讲出"毛衣的故事"并向台下轮椅上的铁生发问时，我忽然想起，因为筹备晚会而忙得晕头转向，竟然忘了跟铁生也忘了跟王安忆打个招呼。王安忆没有与会，倒可以说得过去，铁生是早早就到深圳了呀！远远看着轮椅上的铁生面对这意外的提问，有几分吞吞吐吐，我想象得出自己给这老弟带来了多大的麻烦，好在他很快就摆脱了慌乱，说：

"这事……人家王安忆未必愿意说,既然被您刨出来了,那我就说吧……"他说得平实、得体,最后他还说,自己得到的关爱不只来自于王安忆,也来自许许多多同行以及更广大的读者们……坦率地说,尽管和铁生有着深厚的友谊,我还是颇为自己的疏漏感到惶恐。事后我在宾馆的走廊上遇见了他,抱歉地说,不好意思,闹得你有点被动,但你回应得很精彩。我还请他放心,说,王安忆那儿,我去解释吧!铁生宽厚地笑笑,说:"没事儿!……还用解释吗?说了就说啦!……"

我和铁生,应该说有三十几年的友情了。最早看到他的作品,并不是公开的出版物。和他一起在陕北插队的吴北玲,是和我一个班的北大同学。吴北玲拿来一个硬壳笔记本,就是70年代老师们常常用来写教案的那种,铁生的作品,被他用粗粗的钢笔,抄在那个笔记本里。我从那里读到了《午餐半小时》《兄弟》和《没有太阳的角落》。我们文学专业的同学们都有谁看过这个笔记本?我已经记不清了。反正记得读完这几个短篇,班上一片赞叹之声,为作者情感的醇厚和文笔的老辣而击节称快。我记得曾经把《没有太阳的角落》刊载在我们主办的《未名湖》上,我也记得在那个新旧文艺思想的纠结期,这篇作品和当时许许多多好作品一样,受到了一些质疑,似乎是什么"把生活写得过于灰暗""缺少亮色"之类。这些质疑或许曾经使文场栖栖遑遑,不过,对于我们,对于铁生,都算不得什么了。即将进入80年代的中国,文学已经无须看着别人的脸色行事,更何况那些批评者并没有读懂史铁生,没有看到他在"没有太阳的角落"所闪烁的潜烛幽光。

和铁生的作品一并引起我们班同学关注的,是吴北玲的男友孙立哲所遭遇的不公。孙立哲当时是早已闻名的"上山下乡知识青年典型",随后曾被委以一个小小的官职。岂料恢复高考时,竟因此被打成"四人帮爪牙",剥夺了到医科大学深造的权利。这不能不使我们班上的同学们同仇敌忾。直到得知同村的老百姓和知青们自动发起了"万民折",使孙立哲所受冤屈有了一个了结,大家的怒火才平息下来。

后来孙立哲告诉我,轮椅上的史铁生,竟是这"万民折"的发起者之一。

抱着对他作品和为人的敬佩,此后不久,我就和北大七七级文学专业的几个同学,跟着吴北玲,到铁生家去了。

那是在雍和宫附近,坐落于一个小胡同入口处的小平房,门外似乎是接出了一个仅可容身的"院落",用一副板皮拼凑的"柴门"遮挡着。我们在门外一叫,"柴门"居然"喀嚓"一声,吴北玲便说:"开了。"原来铁生的父亲不在家,"柴门"被拉过一根绳子,以便铁生坐在轮椅上"遥控"。我也不知道为什么未曾谋面,似乎已经和铁生熟稔如故了,边进门边笑道:"你这招儿还真行呢!"铁生也有几分得意,憨厚地笑着,说:"得想招儿啊,总不能让我爸老守着我!"那次一同去的似乎还有黄子平、黄蓓佳、梁左、王小平、查建英等等,因为人多,话题是零乱的,唧唧喳喳。似乎谈了"修齐治平""内圣外王",也谈了"实践""真理"乃至"拥旗""砍旗"之类。谈话中铁生的父亲回来了,他不喜言谈,进门点点头,道了一声"来啦?"就到一旁收拾着家务去了。短暂的沉默之后,我们又毫无顾忌地聊起来。铁生其实也是寡言的,更多是听我们在说,但看得出他极有主见,却不轻易断言,即使是间或插上一句,口气往往带着疑问。比如说到拉美的"文学爆炸",他当时问了一句:"怎么文学偏偏在那个地方爆炸了呢?那地界不是挺穷吗,挺乱吗?"就这样,铁生成了我最好的朋友之一,80年代,尽管摇着轮椅,铁生还是可以满城乱窜的。他时不时就来参加我们的文学聚会,或到李陀家畅叙,或来我家小酌,印象最深的是有一次到苏炜住的双榆树青年公寓作客,聊至夜深,意犹未尽,最后还是不得不告辞了。我和铁生来至三环路上,天上忽然落下雪花,没多一会儿,大雪竟铺天盖地砸将下来。我骑在自行车上,推着铁生的手摇车,望着被大雪遮蔽的前方,喊道:"真他妈的风雪夜归人啦!"只见他吃力地摇着摇把儿,而我不得不下车,一步一步推着他在深雪中前行。也不知走了多久,来至雍和宫铁生家中,裤脚已然精湿。在他家的煤球炉旁烘热了裤脚,我又骑上车,奔往永定门外的家中。

铁生去世后,有一次我和陈希米说起这惊心动魄的一夜,她竟接续我的故事,如数家珍。我惊叹道:"那时你们还没结婚呢!岂止没结婚,恐怕你们还没认识呢!"陈希米说:"铁生跟我说过的呀!"我默然了。足见那一夜,对于铁生来说,也是铭心刻骨的吧。

关于铁生作品的价值与意义,别人已经讲得很多。即便再讲,似乎也是另一篇文章的任务。从《我的遥远的清平湾》《插队的故事》到《我与地坛》,铁生在文场声名鹊起,几乎篇篇都堪称精品。再以后,《我的丁一之旅》《病隙碎笔》《活着的事》《写作的事》……他的写作更向着生命的诘问、灵魂的追寻上飞升。要全部读懂它们,绝非易事,要领悟个中的精髓,需要时间,更需要阅历和悟性。

我岂敢贸然言说。

铁生一生,获奖甚多,全国性重要的文学奖项不仅都拿过,而且还曾连连获得。然而一个看似奇怪却并不奇怪的事实是,我在作家协会分管全国性的文学评奖工作15年间,铁生从来没有询问过、打听过和评奖有关的事情。在第六届茅盾文学奖评奖时,《我的丁一之旅》得以入围,耳畔也曾传来各种声音,但没有铁生的。评奖揭晓了,《我的丁一之旅》没有获奖,我仍然毫无顾忌地进出于铁生的家门,我没有、他也不需要我做什么解释或安慰。我记得,在《我与地坛》里还读到过铁生写作初获成功时的激动和喜悦,然而到了后来,铁生已经不以物喜不以己悲,宠辱皆忘了。我们也曾经很难得地提起世界上一个很重要的文学奖项,他说:"把作品的价值交由几个老头子来评价吗?抱着这样的期待,怎么还可能听取自己心灵的真实呼唤?怎么还可能追求到真正的文学?"我笑着说,同行中能有多少人对评奖有这样的认知?有一百个,中国文学的面貌将焕然一新。记得当时铁生笑笑,说,都这模样儿了,我把握着自己就成啦!

文学之于铁生,似乎算不上"经国之大业,不朽之盛事",他说过,"左右苍茫时,总也得有条路走,这路又不能再用腿去趟，便用笔去找。而这样的找，后来发现利于这个史铁生，利于世间一颗最为躁动的心走向宁静。"然而，他用笔趟出的这条心灵之路，难道仅仅有着个人救赎的意义吗？

或许他就是这样秉持着自己的信念去思考，去写作，去完成自己的一生的，而他的涅槃之路，却烛照了我们，使我们自惭形秽。

至少我，愿意学他，哪怕只学到皮毛。

2011年1月　一稿
2011年11月23日　再改

附：

人物简介

史铁生（1951-2010），原籍河北涿县，1951年出生于北京，1967年毕业于清华大学附属中学，1969年去延安一带插队。因双腿瘫痪于1972年回到北京。后来又患肾病并发展到尿毒症，需要靠透析维持生命。自称"职业是生病，业余在写作"。史铁生创作的散文《我与地坛》鼓励了无数的人。其主要作品有:中短篇小说集《我的遥远的清平湾》《命若琴弦》《老屋小记》《往事》;长篇小说《务虚笔记》;散文、随笔集《我与地坛》《病隙碎笔》。其作品多次获奖,某些篇章被译成外文在海外出版。曾任中国作家协会全国委员会委员,北京作家协会副主席,中国残疾人协会评议委员会委员。2010年12月31日凌晨3点46分因突发脑溢血逝世。

(人物简介资料来自网络)

阖眼逢君惜交臂

2003年春,两岸还没有开通直航。我和大陆作家代表团的几位朋友,乘国航到香港,再到一个办事处办赴台准入手续,又回到机场,乘华航赴高雄。一路上,我读完了即将会面的周啸虹在大陆出版的散文集《迢递归乡路》。

1948年,16岁的少年周啸虹"奉母命离家",以"入伍新生"的身份,卷入了那场颠沛凄惶的溃退之旅。啸虹夫人陈春华,在啸虹殁后所撰《回首向来萧瑟处》一文里,却平静而款款地说,少年周啸虹"及至1949年7月辗转抵台已增一岁"。这就是春华嫂的风格。也就在这次啸虹夫妇等高雄文艺家协会的朋友陪我们游历台湾分手之际,在开往桃园机场的旅行大巴上,春华嫂致了欢送词。时值大陆"萨斯"已开始肆虐,台湾也有病例发生。春华嫂的临别之言也是这样"平静而款款"。一时大家竟因这"平静而款款",感到有如一个家庭面对劫难前的离散,兄弟姐妹各奔前程的惜别。我虽不至和友人们一起潸然泪下,却也不免鼻酸。

还是回到那本《迢递归乡路》吧。"辗转抵台已增一岁"八个字,确已叙尽一个少年人背井离乡、别母辞亲的全部思念与成长。而周啸虹所遭遇的这"已增一岁",不过是近40年漫长思念的开始。"1987年深秋,五十五岁的周啸虹在香港一家旅店,与远从扬州老家长途跋涉而来的母亲相见。透过迷蒙泪眼,我看到的是一对木然相对的母子;母亲大约很难相信儿子竟是这样风霜满面的灰发汉子,做儿子的则愕然于雍容丰盈的慈母已是如此老迈。"(陈春华《周啸虹作品集》编后记)此后,从次年端午节开始,周啸虹年年都会回大陆拜望母亲、探访故园,迨至2010年,他回到大陆的次数已有41次之多。"少小离家老大回,乡音未改鬓毛衰","惟有门前镜湖水,春风不改旧时波",古今亦然。两岸之间,遭遇此种传奇和悲欢的人家，不在少数。尽管如此，在飞机上感受即将谋面的啸虹先生寄寓于文字中的拳拳之心殷殷之爱，还是不免泪水流淌，引来旁人惊异的目光。

好的文学，传递真情感，也传递真性情。啸虹先生这本书打动了我，除了人间亲情的悲欢感喟，还有他率真素朴的叙事。就以作为书名的《迢递归乡路》一篇来说，字里行间，像是在细细咀嚼几十年未曾吃过的家乡的馍饼，百感交集，甘苦自知。岁月的沧桑、人生的遭逢，都汇集在这咀嚼与回味中。篇末道——"怀着'近乡情更怯'的心情，回到了魂萦梦绕的故里，没有'相见不相识'的儿童，祇有那排拒不了的种种回忆，白发萧然，再临斯土，除了怅惘以外，还能有什么呢？"

没有大沧桑、大悲悯，何来这平实而沉郁的感喟？

我还欣赏啸虹兄间或流露于作品叙事中的悲喜剧风格，即，用喜剧的方式处理悲剧的态度。或许唯有阅历与洒脱才能使一个作家得此神韵，使他的作品令人读起来别具滋味。比如书中《大福轮》一篇，写到自己和两千多名"学生兵"一起，挤在排水量仅1800吨的"大福轮"上，漂泊渡海的一幕：每十平方米的面积，要容纳一个连的士兵席地紧坐，"多容一只脚的地方都没有"。饥饿、困乏、雨打、日晒以及晕浪之苦，自不待言，最其甚者，是"拉屎撒尿"之难。时因肠胃不适而时时跑肚的"学生兵"周啸虹，竟至如此"解决"——

……两个力气大的同伴，拉住我的双手，把我扶到船舷边，让我把屁股搁到钢缆外，在众目睽睽下，我居然一泻千里，面不改色。大概船上人挤人，时间又过得慢，大伙儿闷得慌，我这拉肚子的"表演"，居然成了一项"节目"，隔不到一个钟头，便有人叫："差不多快了吧！"

啸虹兄不无得色，曰：

拉肚子的滋味如何？很多人都有此经验，而我，却在海轮上拉肚子，以大海作为马桶，这种奇妙的经验，大概此生再难碰上。

白描手法，神形毕现；自嘲妙语，令人忍俊不禁。个中尴尬狼狈，回味却又心酸。读完了这本书，便欣欣然期待着飞机落地，与这位长于嬉笑道荒唐，戏谑话凄凉的兄台见面。

果然，文如其人，站在接机口的，是一位人高马大且仁慈宽厚的兄长，温文尔雅、风趣开朗，正如春华嫂所回忆："在肩荷重负、披荆斩棘的人生行路上，尽管流血流汗，他却总是带着一脸灿然的笑容，让围绕在他身边的人感到安心与温馨"。和啸虹夫妇同来迎接并一直陪伴我们的，还有好几位高雄文协的朋友们，如音乐史研究者沈立先生、报告文学作家王蜀桂女士……我们先是和高雄的文艺家、学者一道，在高雄文化中心举行"两岸文学研讨会"，随后便由啸虹夫妇等陪同，漫步爱河观赏高雄风光，乘坐旅行大巴，到鹅銮鼻，到台南参观台湾文学馆，后来又游阿里山、日月潭，最后到台北，见陈映真、黄春明、曾健民、蓝博洲等台湾作家。

啸虹兄干练的组织能力在这一路表现得淋漓尽致，兄长式的亲切使我们如坐春风。回到大陆后，我找到啸虹兄的其他作品阅读，发现早在他写于1983年的散文《总干事与我》中，曾经以自嘲的口吻，讲了自己被"赶着鸭子上架"，抓差去做"婚礼总干事"，一直做到朋友的"竞选总干事"的故事，真是妙趣横生。他的宽厚谦和，或许就是他不断被人推去做"总干事"的原因，但到了古稀之年，他被推任为高雄市文艺协会的理事长，为两岸文化交流竭尽全力，应该说这才是他孜孜以求乐观其盛的事业吧。

代表团离开台湾的前一天晚上，晚餐过后，两岸的朋友们一起品茶闲叙，啸虹兄忽然站起来，说今晚还有一个小小的节目。随后便有服务生端来了一个生日蛋糕。原来他们早已设计，今天要为代表团成员、天津作家赵玫庆祝生日。这令作为团长的我感到意外而惭愧。赵玫的生日其实应在明天，啸虹兄说，明天你们正在路途上，今天大家济济一堂，岂不更好？

和啸虹兄分手后，真的十分想念他。我之"想念"，不是书札往来的礼貌，也不是暌违日久的寒暄。那是一种对家庭对亲友的眷念。一次和研究台湾文学的赵遐秋教授闲谈，得知周啸虹夫妇已经在扬州买了房，便也期待着"烟花三月下扬州"。此后不久，居然就来了——游瘦西湖时，见满堤桃花怒放，打电话给赵教授，希望获知啸虹兄的联系方式，可惜没有找到她。我只好趁接受采访之机，在夸赞扬州宜居的时候，说扬州声名在外，不少台湾作家回此小住，比如周啸虹。

应该原谅我，埋藏着一点小小的心机。

啸虹兄过世一年多以后，即2013年8月15日，我在中国社科院文学所主办的"周啸虹作品学术研讨会"上，见到了春华嫂和啸虹兄的孩子们。我说，大嫂，我找过你们，几年前，在扬州。春华嫂说，是啊，当时我和啸虹从《扬州晚报》的采访里发现你来了，再找你时，说你已经离开。

当即便想,当初何苦用那个心机,找找接待我的主人,打听一下不好么?

不愿劳驾别人,倒是我的本性。

再往后,就得到了啸虹兄去世的噩耗。

谁想到,这一次失之交臂,成了永世的痛。

2014 年 1 月 15 日

附:

人物简介

周啸虹(1932-2012),出生于江苏盐城,本籍扬州。1949 年赴台后曾任记者、采访主任、主笔、总编辑,小说家、散文家。代表作有《三十功名尘与土》《国剧创作剧本》等,曾出版小说集《逝水》,散文集《迢递归乡路》。

(人物简介资料来自网络)

忆仲锷

　　章仲锷去世以后，很多朋友都写了回忆文章，悼念这位杰出的编辑家和散文杂文家。我之所以迟迟没写，因为觉得写仲锷，不能不记录下他那书生气，不能不记录下他因专注于自己的事业而惹出的笑话。那些笑话几乎在文学界凡有仲锷在场的聚会上都成为大家的谈资，给大家带来快乐。比如有人说，某日仲锷乘火车前往某地，晨起到盥洗间洗脸时，把手表摘下置之洗手池旁，洗毕，突发现手表一枚，奇怪何人失表于此？左右顾之，无人。遂把手表送到列车广播室。

俄而听闻播音员播放失物招领消息,一看手腕,才发现是自家手表遗失,遂前往播音室,又把表领回……又比如,某日仲锷妻子外出,拿出冰箱里的冻鸡叮嘱他临中午时煮上,仲锷则一上午沉迷于稿件中。将午,忽想起妻子的嘱托,忙点火煮鸡,匆匆将鸡放入,复回到书桌旁。午餐时妻子回来,一起喝鸡汤,发现其味甚怪,这才知道仲锷竟然连冻鸡腔中的杂碎都未曾拿出,一锅煮下……类似的段子很多——将洗衣粉当成精盐,放入汤中调味啦,把煮水的铝壶放到铁锅上,点火烧开水啦。云云。这些段子毫无恶意,稍带一点对仲锷生活能力的嘲笑,更多的,是对他过于专注于编辑业务的褒奖。仲锷一旁闻之,不急不恼,反而甘之如饴地和大家一起享用着因为自己的"愚蠢"而带给大家的欢乐。他的妻子高桦大姐,则是这谈资的"更正者"和新版笑话的提供者,从中看得出他们夫妻的恩爱,也看得出作为家中女主人的她,为了仲锷日常生活的"愚蠢"而哭笑不得。每次提笔要回忆仲锷的时候,他的那些"愚蠢"往事,不能不涌上心头。这时你不能不搁下笔——这些,能写在悼念文章里吗?然而,不写,又何以传神?就这样一拖再拖,直到了今天。

在仲锷远行一年后的今天,我无论如何要为他写下一点文字了。

我认识仲锷的时候，他是北京出版社文艺室所办刊物《十月》的编辑。后来他调到了《当代》，小有"官运"，当了副主编，此后又到中国作协所属的《文学四季》、作家出版社和《中国作家》，还是当副总编辑。他离休的时候，最高的职务，是这家杂志的常务副总编。无论是当编辑还是当副总编辑，仲锷的一生仿佛只与书稿、文稿结缘。而且据我所知，新时期以来许多重要作家的重要作品，都是仲锷编辑或签发的。比如获茅盾文学奖的长篇小说《沉重的翅膀》《钟鼓楼》《第二个太阳》，获全国中篇小说奖的小说《蒲柳人家》《追赶队伍的女兵们》《沙海绿荫》《太子村的秘密》《远村》等等，除此之外，柯云路重要的长篇小说《新星》、铁凝的《玫瑰门》乃至王朔的《玩的就是心跳》等等，也都是他编辑出版的。仲锷宽厚、豁达，从不吹嘘自己在编辑阶段对作家进行过什么帮助。但他爱作家、爱作品，真正投入了心血。平时我所见到的章仲锷，仿佛永远那么放达，永远是不动声色的，偶尔发现他"金刚怒目"，才忽然明白他的倾情投入。我曾见过他为一部争议颇大的报告文学作品由兴奋而激奋的样子。最后高桦大姐不得不打电话向我求救，说老章一宿一宿地不睡觉，滔滔不绝地反驳着各种压制那作品的"奇谈怪论"。撇开那部作品的是非得失不论，他的情感投入，那种判若两人的样子,既让人心痛,又令人敬佩。他既是"看稿机器",又是为了一篇稿子可以拍案而起的勇者,若没有对文学理想的追求和执着的敬业精神,他又何至于此啊?

章仲锷之敬业,还不止于他能敏锐地发现那些文学的新因素,发现那些潜在的具有开拓性的作家。他又是细腻的,字斟句酌,绝不草率。他曾编辑过我的中篇小说《前科》和《耍叉》,我曾经自负地以为自己的文字是"讲究"的,一般不会有什么错别字。谁知经仲锷编辑一遍退回来,汗水不能不渗将出来。比如我将"忤逆"写成了"杵逆",将"舐犊"写成了"舔犊",虽是笔误,却被仲锷一一剔出。仲锷还跟我开玩笑说:"老弟,照这么发出去,您丢面子事小,误人子弟可就事大啦!"

我想,这种认真的态度和高超的审读能力,或许就是作家们趋之若鹜,都以自己的稿件被仲锷编过为荣的原因吧。

仲锷辞世,享年仅74岁。在医学发达的今天,这应该是一个令人惋惜的年龄。我相信,这和仲锷永不懈怠的辛劳大有关系。被仲锷扶持过、引荐过的中青年作家有多少?恐怕已难以统计了。比如刘心武、柯云路、王朔、张聂耳……我和仲锷一起参加过许多文学活动,特别是有关环境保护和野生动植物保护的作家行动,每次见他,他都是手不释稿。特别是高桦大姐成为了这些公益活动的组织者之后，仲锷和一些退休名编自然也就成为了"壮丁"，比如编辑有关环保和野生动物保护的《文丛》等等，都是高桦发令，仲锷等为前驱的。据说就在病逝前几天，仲锷都在看稿子。呜呼，爱事业，爱文学至此，当今还有几人？

2009年8月10日

附：

人物简介

章仲锷（1935-2008），著名编辑家、作家。毕业于北京师院中文系，曾任北京出版社文艺编辑，《十月》编辑，《当代》副主编，作家出版社副总编辑，《中国作家》常务副主编，编审。享受政府特殊津贴。1952年开始发表作品。1981年加入中国作家协会。著有随笔杂文集《忧天佑地与幽思》，杂文评论集《磨稿余谭》《同渡之什》等。所责编的长篇小说《沉重的翅膀》《钟鼓楼》《第二个太阳》获茅盾文学奖，《蒲柳人家》《追赶队伍的女兵们》等获全国优秀中篇小说奖。

（人物简介资料摘自网络）

我的学生柳文扬

文扬死了。这消息让我一怔。电话是文扬的妻子邹萍从成都打来的,她在等候飞来北京的航班。我感受得到她强抑的悲痛。我和邹萍只见过两面,都是在天坛医院,在文扬的病榻前。我看出了她对文扬的关爱乃至崇拜。我第一次到医院看文扬时,他即将做脑瘤手术。我问起他的病情,邹萍把文扬的头揽在胸前,一边用手整理着他的碎发,一边强打着微笑说:"查房的医生说了,这是一个绝顶聪明的脑袋,长了一个绝顶麻烦的瘤子!"那眼神里流露的怜爱,和病榻旁眼神忧郁的婆婆映衬着，让我既觉得心酸，又觉得温暖。文扬的手术很成功，虽说术后曾因为脑部水肿，一度意识混乱，但渐渐地也趋于正常了。文扬出院后，和邹萍一起来过电话，向我通报了一切好转的消息。随后邹萍就回成都上班去了。此前不久，我还收到了邹萍以她和文扬名义寄来的蜀地新茶，谁能想到，新茶还没喝完，已和文扬永诀。

柳文扬在学生时代曾跟我学习写作，大约为时一年。那是上个世纪80年代末，《北京晚报》在同仁堂的资助下，办了一个"同仁文学院"。那个时候，80年代兴起的文学热潮尚有余温，每逢周日，不少爱好文学的学生纷纷来文学院听讲，柳文扬就是其中的一个。同仁文学院的教学，重视的是实际写作能力的训练。因此，每个老师都有批改讲评学生作品的任务。除了我教小说写作课外，教散文写作的，是韩少华，教诗歌的，是唐晓渡，从教师名单便可知，传道授业解惑，更要紧的是要引导学生天马行空般遨游于文学想象的世界。现在，"同仁文学院"已经关张多年了，却忽然会在某个编辑部遇见一个编辑，说是我的学生，忽然又在某个饭馆遇见一位主持人，说是曾受教于我。柳文扬则是自己找上门来的。他先打来电话，自报家门，说是在同仁文学院时代曾受教于我。

他在电话里有几分怯生生的，问我是否还记得这个学生。

其实我早就从网上知道他成为了一个杰出的科幻小说家，我甚至还读过他的几个短篇，如《一日囚》之类。读过《一日囚》，我就恍恍惚惚记起这柳文扬应该是在同仁文学院跟我学过的，因为我想起了他当年写的那几篇习作——比如有一篇《九条命的猫》似乎就是他写的。写的是即便"猫有九命"，也逃脱不了人类的凶残。《一日囚》那奇特的想象和诡异的氛围，早在他的习作里就显露端倪啦。

几天后柳文扬来了。尽管做过他的老师，我对他可能带来的某种骄横之气是有心理准备的。至少，他的眼神里也会闪露出某种踌躇满志的自得吧？事后回想起来，或许是他作品中展现的才情和锐气使我感到了自卑？或许是因为我对青年作家还有一些误解？不然何以产生如此的偏见？文扬的到来使我对自己的先前担心感到羞愧——他和我 20 年前见过的那个文扬几乎没有变化。他宽额明眸，从容不迫，平和宽厚，很有些睿智的风度。他给我留下了几本新出版的著作，很诚恳地请我关注一下他的写作，他说他永远视我为老师。我告诉他，老师是不敢当的，对于科幻小说的写作，我更是不敢问津。当然，好好读读他的新作，发表一点读后感，或许是可以的。而后，我主动询问他是否有意加入中国作家协会，因为我知道他的创作实力和在科幻小说界的影响，我由衷地向他表示欢迎，同时告诉他申报的办法以及中国作协的审批程序。

再见面就是在医院里了——我接到了邹萍的电话，告诉我文扬患了脑瘤，住进天坛医院准备手术。我到医院看望他那天，凑巧接到北京市作家协会一个领导同志的电话，告诉我柳文扬已经被讨论通过，成为了北京作家协会的会员。我在文扬的病床前告诉他这一消息，我告诉他，中国作协还没有讨论，以他的成就，应该没有问题。我说，希望他坦然面对病痛，相信他出院不久，就可以参加中国作协的活动啦。

令人痛惜的是，我没说对。

是文扬的遗憾，也是中国作协的遗憾。

作为他的老师，作为中国作协的一个负责人，你们可以想见我的双倍痛心。

然而文扬啊，这并不重要。重要的是，你为科幻文学所做的努力，已经成为中国当代文学重要的一部分。

你安息吧。

2007 年 7 月 16 日

附：

人物简介

柳文扬（1970-2007），科幻作家。科幻小说《戴茜救我》《圣诞礼物》等曾多次荣获中国科幻小说奖。出版作品有短篇小说集《闪光的生命》，长篇小说《神奇蚂蚁》等。因患脑瘤而不幸去世，年仅37岁。

（人物简介资料摘自网络）

第4辑

须臾拜倒锦官城

一座城市有一座城市的滋味。

品出一座城市的滋味，难，也不难。难，在于有的人熟读经史，深谙风俗，却永远找不到爱这座城市的感觉；不难，在于有时一个人，一番景致，一段唱词，忽然就使你感动起来，激动起来，乃至可以顿悟这座城市的神韵，品出这座城市的滋味，立马有了那种难舍难分的依恋。比如北京之于我，她的"滋味"是暮色中前门箭楼上飞来掠去的燕子，是丽日下盘旋于蓝天发散着嗡嗡哨音的鸽群，是关学增不紧不慢、从容不迫的北京琴书，是居高临下直议朝政、挥斥方遒，言语机锋的"的哥"……说个不怕您笑话的秘密——自从自驾车以后，唯一的遗憾就是失去了打车时和"北京的哥"胡喷的快乐，因此时不时还要专程打打车，花钱去找那个"乐儿"。有一回，和一位"的哥"侃得开心，结账时说："哥们儿，今天给您28块算是我赚啦，坐了您的车，还听了关于国际金融危机的单口相声专场！"那"的哥"忙说："两赚！两赚！我赚了您28块，还当了一路的蒙代尔戴相龙呢！您慢走，欢迎再来！……"北京滋味并不仅只在景观、风情，而是渗透在北京性格里——夸张、夸饰，不管是豪门巨子还是升斗小民，都那么优越、自信，自得其乐中，洋溢着君临天下的自豪。

我爱北京并不奇怪，因为我已经在这里生活了半个世纪，而我为成都所倾倒，却似乎是须臾之间的事情。成都过去是来过几次的，曾经沿着一条大街一路走去，在这个茶楼望一眼，到那个茶楼待片刻。只记得处处人声鼎沸，横七竖八地摆放的矮矮的竹椅上，横七竖八地坐着茶客们。掺茶的手提尖嘴铜壶，跳芭蕾一般在茶客间转悠。那时只是感叹，成都人的"龙门阵"可真火爆啊，猛一看还以为整条街的老百姓都来开会议事呢。记得当时和成都的朋友开玩笑，说真在成都开一家天安门广场大的茶楼，也会人满为患！我记得自己还曾经让一街"搓麻"的壮景吓了一跳。那次是到一条街上闲逛，街道两旁摆满了小摊，卖小吃的，卖山货的，日杂用品、瓜果梨桃，一应俱全。令人称奇的是，摊位上不见一个摊主，满街却闻哗啦哗啦的洗牌声。再定睛一看，原来摊主都躲在摊位后面的方桌旁，沉浸于搓麻大战。你站到摊位前，无论男女老少，绝无一人抬头理会他的生意。除非你喊"谁是老板？"桌旁才懒懒站起一个人，神情里还有几分怨气。做完生意，他又懒懒地回到麻将桌前。这一幕深深印在我的脑海里，一直延续到5.12地震发生之后。有朋友从成都来，我自然问起他地震前线的情况，无意间回忆起几年前目睹满街搓麻的一幕，问他："成都人现在还有心思打麻将么？""怎么不打？"那朋友反倒很奇怪地看着我，说："办公楼成了危房，都住在抗震棚里，余震不断，不打麻将干啥？"当然他随后又告诉我，也不要以为成都人天天在搓麻，等别人来救助。即使是成都的搓麻者中间，也有很多都是志愿者哩，一边搓着麻，一边听着广播里的呼唤，只要说是哪里需要出车，麻将桌上立刻就成了"三缺一"。我默然了。我发现自己对成都人，对成都性格，知之还是太少太浅——我忽然悟到，在余震不断的地面上，在简陋的抗震棚里，那些从容不迫地围坐于麻将桌旁的身影，这简直就是成都滋味的最好注脚。"安逸"，就是成都的哲学。在某些人眼里，这哲学或许就是慵懒与无为的代名词，倘若从前，或许还会被指为误人子弟的邪说。而我们为什么不明白，因了这哲学，使成都人无心纠缠于无谓的争斗，也绝不沉湎于高堂讲章。他们信奉"安逸是硬道理"，由此践行"发展是硬道理"，一心一意经营自己的美好生活，即便地震来袭，洪水滔天，泰山崩于前，他们依然要过得爽、过得美，这难道不就是成都人的魅力？难道不也正是人类追求幸福之天性吗？

这一刻，成都忽然变得可爱起来。

安逸的成都，人性的成都，要过舒心日子的成都。或许，这就是我终于悟到的成都滋味？

地震发生后的第五个月，我又一次来到了成都。

成都算不算灾区我不知道，或许，被算作灾区的，只是成都下属的都江堰市。但成都遭受地震的影响是严重的，间接损失尤为巨大。特别是都江堰，就在地震发生前的一个月，我曾经到过这里。现在，坐着面包车从马路上走过，发现昔日簇新的楼宇已经布满了裂痕，更有地震遗址上那满目疮痍的建筑，想见地动山摇中绝望的呼喊和惨烈的奔跑，心中久久难以释怀。

然而我到了名为"勤俭人家"的灾民安置点,看到了那些在活动板房构建的社区暂且栖身的人们时,我忽然为自己惭愧起来。

如果没有那些活动板房,你能看得出他们是灾民吗?没有沮丧,没有失望,每个人都活得平静而安详。老人们在喝茶,孩子们在嬉戏,也有不少男男女女在打麻将。他们有的是一家人,有的则是几家人拼住在一间板房里。不远的地方,在举行灾区群众的自行车大赛,喝彩声、锣鼓声阵阵传来。我这么说,绝不想粉饰他们过得如何幸福美满,也无意遮掩他们或有怨言和不满,甚至可能还有愤懑。但他们使我感到羞愧,因为他们那种处变不惊、安之若素、从容不迫、乐天知命的处世态度,充分展示着成都人的坚韧与达观。

也许是因为我曾经考察过思索过北京人心理形成过程的缘故。我固执地认为,几乎每一座城市都能找到一片街区,是这城市性格的发源地。就拿北京来说,天桥,是不是北京性格的发源地虽不敢断言,但说它是推动北京性格形成的大舞台是不会错的。那么,哪里又是成都性格的发源地?难道真的已经湮没于历史的尘灰中了么?

那一天,从"勤俭人家"出来,来到熙熙攘攘的宽窄巷子，擎一把布伞，流连于古风浓郁的街区，一边赞叹成都建设者的匠心独具，一边还在思索着成都性格的源流。渐渐的，几乎在同一个时代，一幅发生在北京，一幅发生在成都的历史图景拼贴到了一起。在北京，因民国的到来而断了钱粮的八旗子弟们不得不放下架子，到天桥的游艺场唱起了单弦岔曲，尽管他们都说不过是来玩玩，言语中已经开始了落魄者的不甘和失意者的自嘲，这就是北京滋味的开始。而自康熙五十七年（1718年）平定准噶尔部后永留成都少城生息的八旗兵遗少们，也不能再靠习武骑射领取钱粮为生，他们走出了少城，子弟的安逸洒脱之风，渐渐由宽窄巷子吹向了里闾街肆……这会不会又是成都滋味的一个源头呢？

　　我不是研究成都风俗的专门家，岂敢置喙，不过心底是暗暗存着几分期待的。倘若有人能以此为线索，探究一下两地地域性格形成的过程以及它们的异同，还真是一个有趣的题目呢。

2008 年 12 月 21 日

触摸二郎山

和许多经历了50年代的中国人一样,对二郎山,我是从那支"歌唱二郎山"的歌曲里知道的。"二呀二郎山,高呀么高万丈,古树荒草遍山野,巨石满山岗……"时乐濛的曲子谱得高亢激昂,在理想主义风行的时代,这曲子也吹遍了中国大地的每一个角落。在豪迈激越的歌声中,谁的脑海里没闪动过筑路勇士们的身影?

可是,二郎山在哪里?

少年时代似乎是问过长辈的,长辈也语焉不详。他们说,在四川,在通往西藏的路上,二郎山是横在进藏路上的第一道险关。

于是便不再问。只是知道二郎山离我们很远很远。

时间一晃竟过了半个世纪。耳畔再响起"二郎山"的旋律,是在读了探险壮士余纯顺的一则日记之后,那里记载了他翻越二郎山的亲历。那一夜他和他的拥趸者、少年王洪一起,遭遇了二郎山上壅塞的车流、郁闷的雷声和冰冷的雨水,遭遇了饥饿和困乏,最后倒在道班工人腾出的床上。第二天他们终于爬上了山顶,越过了二郎山,看见了藏区的玛尼堆,来到了泸定的铁索桥旁。少年王洪和壮士告别的场面,有如高渐离送荆轲,"风萧萧兮易水寒,壮士一去兮不复还",壮士和少年,都涕泪横流……我是在这篇日记里知道"天全"的——哦,二郎山原来是在天全县,山脚下是天全一个小小的镇子——新沟,王洪,这个死心塌地跟着壮士跨越二郎山的少年就是天全人!

于是,心中那很远很远的二郎山又开始走动着人的身影了——筑路勇士和壮士余纯顺叠印在一起,还有一个身体瘦弱的追随者,那个天全的少年王洪,在他们的身后,爬行着二郎山公路上拥挤的车流,那车流中,时不时有人从驾驶室里伸出手来,递给壮士和他的少年朋友一块压缩饼干,也会有人趁着塞车的机会,跳下车来和壮士合影……

就这样,那个曾经遥远的二郎山,忽然变得很近很近,近得我似乎看见了余纯顺沧桑的面庞,看见了少年王洪脸颊上的泪花。

二郎山,就是这样远远近近地在心灵深处闪现着。

终于有了一次触摸二郎山的机会。

一年前,应天全县政府外宣办之邀,由中国作家协会《诗刊》和中国现代文学馆共同邀请著名诗人、作家到天全采风。我因俗务缠身,无法陪同全程,但二郎山的诱惑是无法抗拒的,最后决定赶到天全参加一天活动,趁机了却一睹二郎山的心愿。

然而,赶到天全时,作家们的二郎山之游,已经结束了。

餐桌上,同行们大谈汽车穿过那条最长最高的二郎山隧道时的奇观——"太奇妙了!二郎山下,阴霾密布,阴雨绵绵,隧道一出,万里无云,天高地阔!""打通隧道前的老路犹在,险峻奇崛,惊心动魄,看看今天的路,恍若隔世呀!"……我顿时心痒难耐,问主人能否立刻驱车前往?主人却看看屋外笼罩的暮霭和淅淅沥沥的雨水,微笑。我理解了他们的难处。

真正触摸到了二郎山,是在半年以后,春节过后不久，应四川朋友之约，到海螺沟一游。车子行到半路，**猛然发现路牌上写着：二郎山隧道，24公里。心中不免一阵悸动**：原来二郎山就在前面，就在我们必经的路上！

哈，二郎山，远在天边，近在眼前！

汽车顺着蜿蜒的山路迤逦而上，天上飘洒下来的星星点点的雪霰颇令驾驶员担心。他说不知道到了前面的检查站，是否需要给汽车安上防滑链。二郎山素以山势陡峭、气候无常而闻名，可以想见，当年的筑路勇士们打通这道通往西藏的第一天险时，是何等的艰难。即使川藏公路修通了，这里的山路仍时时被冰雪、暴雨、浓雾所笼罩，泥石流、山体滑坡时有发生。据说，最早的川藏公路是坑洼的土路，一年到头或冰雪或泥泞，即便是如此简陋的道路，都奉献了许多筑路士兵的鲜血乃至生命。盘山土路我是走过的，当然不是在川藏线。上世纪80年代，我曾经乘车翻越云南西部的高黎贡山，狭窄的土路在山腰间盘旋而上，山下峡谷里，和土路并流的，是奔腾的怒江。我记得那一天的路途上，曾经见到7辆翻滚下峡谷的汽车。路旁的林木被滚落的汽车剃出齐齐整整的一道宽沟，直到怒江的滚滚波涛中。那一天，也是雨雪交加，山间渐渐涌动起一团一团的浓雾，十步之外不辨路径。副驾驶起而探身车窗外，喊着向左向右，指挥驾驶员艰难前行。曾经有几次碰到了塌方，有的，要等待道班来清出道路，有的，只好用对讲机呼唤目的地的汽车前来塌方地点，换乘前行。当年的二郎山公路，大抵也是这样吧？今天，山路依然曲折，却坦荡宽阔了许多。一侧，陡峭的山体已经被石块垒砌；一侧，万丈悬崖有栏杆阻隔。汽车爬过海拔2000米，长达8600多米的二郎山隧道出现在眼前。汽车呼啸着闯进隧道，一眼看见隧道洞口的红色大理石上，篆刻着《歌唱二郎山》的乐谱。车子大约又行驶10分钟，终于穿过了隧道。天空虽然未见晴朗多少，雪霰却不见了。我们在离隧道口不远的观景台驻足，只见万丈沟壑，莽苍苍铺向天际，天际却隐没在迷蒙的雾气中。据说晴空万里时，可以看得见贡嘎雪峰。而现在，贡嘎山在哪里？失落和遗憾深深地从心底升起。然而，这又何尝不是必然——匆匆的旅途，如惊鸿一瞥，焉能没有失落与遗憾？

　　触摸，也就是触摸而已。对二郎山，对二郎山的历史变迁，对二郎山一代一代遗留的英雄传奇，触摸，仅仅是敬畏之心的萌生，仅仅是膜拜的开始。

2005年9月27日

富厚娄底

先认识了谭谈,才知道了娄底。

十几年前忽接谭谈手札,告知要在"故乡"娄底捐赠一座"爱心书屋",号召作家朋友们捐赠签名本作品和多余的图书。谭谈是涟源人我是知道的,怎么又来了个"故乡娄底"?追问之后才弄明白,涟源是娄底所辖的县级市。不过,谭谈出来张罗这个事,仍令我感到意外。在中国作协的副主席里,我与谭谈的交情是最久的,因为都当过矿工,又都由"矿工题材"的写作而起家。在我的印象中,谭谈为人低调,默默地写作默默地办事，不是振臂一呼聚啸山林之辈。这次他却把个"爱心书屋"事业闹得风生水起。只见他又是张罗着索书，又是张罗着题词，不仅亲历亲为一封一封地写信，而且还出了一份小报，不厌其烦地通报成果，将捐赠名单、题词内容一一公布。最使我感动的，是那名单上赫然有巴金、冰心、臧克家的大名，又有书界泰斗沈鹏不仅捐书，而且赠字……多年来秉持"多一事不如少一事"原则的我辈，已经不能不被感动，结果不仅捐赠了签名图书，而且更一反常态，涂鸦了一幅所谓"题词"奉上。

此后不久见到了谭谈，一见面他就忙不迭地向我致谢，他说自己回到娄底的冷水江挂职，又和几位湖南作家到乡村做了几个月的踏访，看到农村文化生活贫乏，一本书竟被翻到褴褛，依然在青年人手中传阅。他想起自己的青少年时代，对那里尚未改观的书籍匮乏痛心疾首，遂生"爱心书屋"之念……看着不善言辞的谭谈为这书屋的由衷与急切，我立刻就由一个"爱心书屋"的同路人，变成了一个坚决的拥趸者。

"爱心书屋"创立10周年之际，在娄底市委市政府的精心安排下，我和世旭、少功、浩明、庆邦、子丹、弘征、瑞郴等一批"爱心书屋"的拥趸者，终于来到了涟源市白马湖畔的"爱心书屋"。

白马湖畔的爱心书屋，只是湖南乡间建成的三座书屋中的一座。谭谈告诉我，创办"爱心书屋"的倡议一发出，文学界反应热烈，很快就收到了三四千位作家寄来的数万册图书，其中有作家签名本近万册。此后作家艺术家捐赠源源不断，便有白马湖、湘南、湘中的书屋相继建成。随后在政府的支持下，建筑面积近5000平方米的六层小楼——"作家爱心书屋中心馆"在涟源城区落成……

这天下午，我和我的朋友们站在白马湖畔凭栏远眺，惊叹涟源为乡村的青少年们创办了如此的读书胜地，我们又徜徉于"爱心碑林"，看到当年我们对"爱心书屋"的真情寄语，已被铭刻于石碑上。坦率地说，我为自己粗陋的书法而惭愧，又为自己的些许爱心得到尊重而感动。当我和朋友们来到涟源城区的"中心馆"，悄悄地从那些专注于书本的孩子们身后走过，来到"作家签名书珍藏库"时，我更被深深地感动了——我们当年寄赠过来的签名本，被精心地保存在这里。珍藏着这些签名版本的橱柜门上，甚至还刻上了每一位捐赠者的速写头像。感动之余涌上心头的是无比的惭愧——我们配吗？从我们的文学成绩，从我们为娄底人所做的，我们岂配获此殊荣？然而，娄底人啊，你们是如此的重情重义，我们又该怎样回报啊?

　　我蓦然想起了初到娄底那天参观过的双峰富厚堂。"毅勇侯第"的气派、雄峙烟波的风水固然令人赞叹,然而我认为,南北两端的藏书楼,才最是令人感动的所在。侯门相府我也是看过不少的,如此浩大的藏书楼却是前所未见。以小说《曾国藩》闻名的浩明兄告诉我,同治十一年暮春,曾国藩毕生所写的奏章、书信、诗文和日记以及他喜爱的书籍,由南京运回了富厚堂,就安置在藏书楼里。这藏书楼被文正公的后人视为镇宅之宝,几乎可以断言,这就是曾文正公的后人俊彦辈出、世代绵延的奥秘……对浩明的高论深表佩服的同时,顿时想起高悬于富厚堂上那块"清芬世守,盛德日新"的牌匾,据说是文正公之子、著名外交家曾纪泽的手书。我想,曾纪泽希望曾家后人世代相守的"清芬",固然指的是高洁的人格,而这"清芬",说是书香的余韵也应是妥帖的吧?

　　想到这里,便觉得此刻氤氲于爱心书屋的书香之气,也来自历史的深处。

2009 年 11 月 17 日

天地一瓢

在都江堰听到了很多的故事。

因为陪同我的,是都江堰的学者王国平。国平著述甚丰,自谦说是一隅小民,也就是研究研究自己的家乡,邮票般大小的地方罢了。我知道这典故来自福克纳,文学界中人大抵都知道,但由王国平口中说出,便知他不仅研究历史,而且熟悉文学。后来才知道,他的确就是一个优秀的诗人和散文家。比如这首《我要反复吟唱一个名字》:"我要反复吟唱一个名字 / 一个与水有关的名字 / 一个被凿子和锤反复敲打的名字 / 一个被鱼和土地世代感恩的名字/今夜我将端坐于河流的中央/虔诚地将这个名字反复吟唱/但是我知道我一万次的吟唱/也比不上一束笔直的炊烟抒情地升起/那么就请允许我们/站在歌吟的后面/亲切地叫你一声父亲/而关心农事的我们早已泪流满面"诗写得如此质朴又如此深情,使我一下便把他引为知己。全中国我走过的地方应不算少,几乎每一个地方都有那么几个熟知本地文化风物历史沿革的人物。他们是被一方水土所滋养培育出来的历史学者、地理学者、民俗学者、方志学者、文字学者、考古学者乃至天文学者、水利学者,等等。行走在一片渊源深厚的土地上,听他们如数家珍般地说古论今,真是一件快事。

王国平就是这样的一位。因为他还忙着笔会的其他事务,所以只能像风一样一会儿去一会儿来。笔会结束分手时他一个劲儿地向我道歉,说"没把陈老师陪好!"我笑道:"幸好你来来去去,给我点空隙把你的故事消化,否则你这样倾盆而下,我怎能细细地咀嚼品味?"

都江堰故事,经王国平讲出,的确不一般。

比如他从战略学的角度,分析了都江堰的建造对于秦国统一大业的功绩,他又比对郑国渠、灵渠和都江堰,纵论"水利哲学",他还告诉我,因都江堰而富庶的天府之国，如何一次一次地挽救了饥馑中国，直到抗日救亡的时代，难道不是因都江堰而丰饶的四川，成为了支撑着艰苦而持久的抗战的可靠后方吗？

王国平讲的最为有趣的故事是：抗日战争期间，日军曾派战机飞抵都江堰上空，"面对着无数条奔涌的河流，却找不到一条想象中拦截江水的大坝"，他们只好投下几枚炸弹回去复命。是的，他们不会想到，这个滋润了中国大后方的最伟大的水利工程，就是顺应自然、师法自然，依山势、地势、水势而造就的一个水利系统，而且还包括了19条渠系，长达3550公里的60条分干渠、272条总长达3627公里灌溉万亩以上的支渠以及斗渠、农渠……都江堰之水遍布21700平方公里的川蜀大地，他们往哪儿炸可以截断抗战大后方的血脉？

道法自然，不仅可以和自然相依相生，连魔鬼都无从下嘴。

坦率地说，我无法考证这故事的真假，但我相信它道出了都江堰工程的特色所在。此前我来过都江堰多次，只是沉浸在郁郁葱葱的山色和滔滔绵延的江水间，这水利工程的基本原理，是直到晚近才闹明白的。而这一次，我忽然悟到，自己面对的，是一片伟大的土地，而这土地之伟大，是因为了一个伟大的工程。这工程使这土地成为了中华统一大业的出发地，成为了中华民族繁衍存续、生生不息的保证。

都江堰，不仅仅是物质遗产，更是精神的、文化的遗产。

都江堰难道读不出哲学么？中国人治水，由鲧而禹，由堵而疏，一代一代的积累，这才造就了李冰们的大智慧。"上善若水"，尊其性而用其利，"乘势利导，因时制宜"，都江堰把水的哲学用得多好，而都江堰的成功又何尝不是对这哲学的发展和丰富！

都江堰又何尝没有为官之道？不只李冰，有多少主政四川的官员因为都江堰而载入史册。汉景帝时的蜀郡守文翁，兴办官学，扩大都江堰灌区面积，使蜀地"世平道治，民物阜康"；三国蜀相诸葛亮，把都江堰看作农之根本、国之所资，派马超为堰官，和羌安僚，终成大业……伏龙观门前的堰功道旁，十二位堰功人物分列两侧。什么样的政绩可以辉映千秋，什么样的"政绩"不过笑柄，应可令后人深长思之。

都江堰与文学，更有不解之缘吧？两千多年来，有多少文人才子，埋葬在都江堰畔。西汉的司马相如、唐末五代的韦庄……更多的诗人到此游历，李白、杜甫、贾岛、张籍、岑参、刘禹锡……几乎无不留下美妙的诗章。

其实，在近现代的历史中，都江堰，也留下了太多研究的课题。离开都江堰的那天早晨，因为王充闾的提议，我们又在王国平的陪同下，到宾馆附近的灵严寺参观。王国平告诉我们，四川在抗战期间，也成了中国文化的避难所。钱穆、冯友兰、南怀瑾、董寿平、张大千等，都曾在都江堰寓居，灵严寺因此就成了不少学界名宿的住所。王国平一一指点着他们曾经的住处，告诉我们，他已经完成了这一课题的采访工作，即将有一本专著完成……

——有没有可能成为一门学问，叫"都学"——都江堰之学？

这奇想，是由王国平纵横恣肆的说演而勾出的。当然我没有脱口而出，因为在社会喧嚣人心躁动的当下，自立门户自诩体系者多矣哉，我又何必如此急切呢。

当天晚上，回到北京，我翻检王国平赠我的著作，突然读到一段感情由衷的文字：

"……都江堰古老而年轻，在它古老的脉管中仍搏动着不竭的活力，一如那澎湃不息的江水。远至秦代的智慧与劳动累积起来的脉管里流淌着的却是生动、鲜活、洒脱、激荡、狂放的岷江水。每一年，每一月，每一天都是新的,新鲜得像初生的婴儿。这些鲜活的水一路上没有自诩的喧哗,没有自得的矜持,没有自满的炫耀,有的只是无声的滋润和多情的灌溉。"

我有些庆幸自己没有把"都学"的建议提出来。

这两天的共处,我似乎也隐隐发现了都江堰人的个性——或许就是都江堰文化浸润的结果?比如国平,他鼓吹都江堰的激情、乐此不疲的言说,据说被许多人喊为"狂人",其实那不过是一种激情的流露罢了。他所奉行的,仍然是如水的哲学——默默地灌溉与滋润。

灯下,忽然想起一个人——就是人称"唐隐居""一瓢诗人"的唐求。

都江堰人的性格,从那个时代就开始了么?

我是高中时从语文老师那里听到唐求故事的。老师是个博学多才之人,尤以国学为专。那次他讲到李长吉骑着骡子,四处游荡,辄有好诗,写下投之布袋。随后他讲到了唐末五代隐居于都江堰青城后山的唐求。他说那唐求坚不从政、忘情山水。唐求写完了诗,一首一首地团了,团成药丸子大小,盛在一个大水瓢里。后来他得了重病,就把那水瓢投到江上,说:"斯文苟不沉没,得者方知我苦心尔。"据说那瓢竟漂流很远,后来遇见了知音，说那是唐山人的诗瓢啊，这才从水中捞起。可惜诗稿大多浸漫毁损，瓢中所余，大概还有三十几首吧，被编到了《全唐诗》里。

那时我才知道，"著书都为稻粱谋"竟也不全然如此。

为感恩，为抒情，为言志，不求闻达，唯听从心灵呼唤而已，亦何尝不爽哉？

游都江堰的时候，想起过唐求，因为车子把我们拉到了青城后山的泰安古镇。好古朴清幽的古镇啊，镇上街道两侧，溪水汩汩流淌着，饭铺的柜台上，摆放着翠绿鲜亮的时蔬，是替代的招幌还是随意的放置？不得而知。那翠绿鲜亮里，仿佛就深藏着一种和当下流行的酒肉荤腥格格不入的哲学。同行的迟子建、蒋子丹已忍不住上前合影。她们环顾左右，说："真想在这住一晚上！"我忽然想到，这会不会是唐求隐居所在？得到的回答令我失望：唐求旧居在十几里外的街子场。此地他当年或许来过？不可考。于是，唐求就渐渐从脑海里远去了。读到王国平这一段话，又把唐求唤将回来。总觉得都江堰的诗人们莫不是都有着源远流长的"一瓢"情结？故此他们不自诩不自得不自满，更希望像都江堰一样，给大地以无声的滋润和多情的灌溉？

离别王国平的时候，我说希望他把关于抗战时期文人与都江堰的书稿寄我，由我介绍到出版社去。他答应的。

相信他不会改了主意，像唐求似的，把书稿团了，放到瓢里，让它顺着都江堰的江水漂去。

因为他一生的使命，是把他的家乡介绍给大家。

2008年5月10日

补记：

这篇小文写完的两天后，四川发生7.8级强烈地震。都江堰离震中汶川不到100公里，损失惨重。

5月12日讯：都江堰一学校教学楼坍塌，1000多名学生被埋在废墟下。救援人员正施救中。

5月14日中央电视台航拍报道：都江堰水利工程经受了震灾考验，除分水的鱼嘴局部小有下沉外，其余设施均告完好。

5月14日成都朋友王莎短信转来四川新闻报道：后山泰安古镇，被毁严重，外省游客很多被困此，但救援人员顾不过来，全是当地村民把受伤游客用滑竿和人背出来，游客流泪说这里的人真好……

5月12日那天不断打王国平手机，联系不上。发短信问王莎,王莎回短信称:我也联系不上。又告:台湾陈义芝先生电话告:多次打王国平电话,联系不上……

5月15日听北京友人转告,有新闻号召,尽可能减少往灾区的电话,以免线路壅塞,影响救灾的通讯。遂放弃和国平的联系。

相信他正奔波于救灾现场……

2008年5月16日

两访抚仙湖

和抚仙湖的缘分,来得意外——到昆明开了两天会,第三天准备回北京时,发现离航班起飞还有半天的时间可供消磨,来电话问候的云南散文家胡廷武说,既然只有半天,何不到抚仙湖看看?

抚仙湖?这昆明附近还有个抚仙湖么?到云南那么多次,怎么就没有人跟我提起抚仙湖呢?此前云南的名胜,不敢说玩遍,也可以说玩了大部分了。苍山洱海蝴蝶泉,畹町腾冲高黎贡,还有咆哮的虎跳峡,横空出世的玉龙雪山、深邃幽远的香格里拉大峡谷……就是

"鸡鸣一声，三省可闻"的昭通，曾经留着秦汉马蹄深窝的"三尺道"上，都曾留下我的足迹，我怎么就对离昆明不足百里的抚仙湖闻所未闻呢。

后来我才发现，更为可笑的是，就在此前不久，我还到过辖领抚仙湖的玉溪市，居然还是没有发现这里有这么美妙的一个地方，以至于又一次和她失之交臂！呜呼，孤陋寡闻至此！抚仙湖啊，二十几年来我往来云南无数，你似乎总在我的眼皮底下东躲西藏，莫非就是为了今天给我一个惊喜吗？

站在盘旋于山腰间的公路上，面对豁然开朗的澄江坝子，看天际渺渺，白云如缕，群山环绕中，一片碧水镶嵌于绿野平畴之上，扁舟如叶，悠然点缀其间。抚仙湖静若处子，优雅、安详，心中那种相见恨晚的感觉油然而生。屈指算来，无论是国内还是海外，我走过的地方也不算少了。其中有名的无名的湖泊，也阅之多矣。有的地方在踏访之前慕名已久，然身临其境，却失之所望；有的地方在造访之前则一无所知，然"金风玉露一相逢"，竟"胜却人间无数"。抚仙湖，就是给我带来突如其来的感动和欣喜的地方。

尽管已是一见倾心，我还是带着更大的期待走到抚仙湖的岸边。我知道，湖泊是有个性的。只有走近身旁，才可以触摸到她的性格,而性格,或许是更令我迷恋的所在。此前我曾经远远地眺望过加拿大的路易斯湖。路易斯湖宛若落基山脉的冰川里走出的冰美人——在大湖对面莹莹泛光的冰川,正是路易斯小姐的来路。它袒露在湖面的正前方,一直向高处铺展,直向无涯的天际。冰川的两侧,雪松渐渐地延伸开来,顺着山势,拱卫着一汪蓝盈盈的湖水。路易斯湖高贵而宁静,那种拒人千里的美丽让你敬畏。然而,当你走到湖边,敬畏消失了。一把长达 10 米的长号横在湖边,喇叭口置之地上,另一端则持在一位老者手中。老者身着红马甲,神闲气定,悠悠地吹奏着民间的乐曲,路易斯小姐俨然变成了他家可爱的姑娘。再前行,四个姑娘手持提琴,站在湖畔的花丛里,演奏着欢快的协奏曲。路易斯小姐仿佛又成了她们中间的一个。在北疆的阿勒泰,我也曾经透过树丛远远欣赏喀纳斯湖。她像一个深藏于密林丛中的仙女,淙淙水声仿佛是她从密林深处发出的断续的歌唱,时而那树影间又露出粼粼闪烁的身姿,犹如仙女闪动的裙裾。喀纳斯,精灵诡异,幽深莫测。然而,走近前,坐到她的身旁,欢唱跳跃的激流顿时展现了她如茨岗女郎般的性格风采……那么,抚仙湖,走近你,你迎接我的,到底会是什么模样?

我终于走近了抚仙湖,走到抚仙湖公园里的金沙滩上。看细浪层叠之上,青年男女在追逐,母亲和孩子在嬉戏。我忽然发觉,抚仙湖不仅优雅、安详,而且还平易、亲切、风趣、青春、活泼,甚至还有几分调皮。

当然,最令我喜欢的,是她的素朴。

我当然知道有一千个人,就有一千个他们心中的抚仙湖,但我相信,没有人不同意我的感受——抚仙湖,有如一个素朴的村姑,有如我们邻家的小妹。

邻家小妹有一口造型古拙的铜锅,邻家小妹善于做飘着浓香的土豆焖饭。

一走到湖边我就发现了那一排一排的小饭铺,发现了家家都有的那个造型古拙的铜锅,闻见了那饭铺里飘出的土豆焖饭的香气。

那铜锅的造型太吸引人了,大腹,收口,一对环状的提耳平置于锅口。很快我就知道,那铜锅,是烹鱼汤用的。那一对提耳兼做了置放调料碗的架子——鱼汤端上来时,一左一右,提耳上卡放着两只调料碗,食者从铜锅里夹出鱼来,到调料碗里蘸食之。早就在阳光海岸等候我多时胡廷武不愧是同道中人,从我对烹鱼铜锅的喋喋不休中看透了我的心思。他当即退掉了早已在宾馆里定下的宴席,率领我等涌入了湖畔的小铺。小铺窗明几净，没有轩堂华室给人的压迫感。乡间吃饭用的小几小凳，更让大家倍感亲切。一伙人围几而坐。窗外，树影摇曳间，可见湖光粼粼；屋里，铜锅滚沸中，已闻鱼汤飘香。都是同道文友，不拘繁文缛节，没有客套寒暄，推杯换盏，酒酣耳热，个中快慰，何处得觅？

如果不是要赶飞机，真想就在抚仙湖畔一醉方休。

赶到昆明机场候机时，接到了廷武兄的送别短信，除了依依惜别之外，还附短诗以赠。短诗记叙了抚仙湖小聚的盛况，似乎也寄寓了他一点不吐不快的郁闷。我知道，廷武既是优秀的散文家，也是云南一家出版社的老总，不久前刚刚因年龄原因而离任。再达观的人，面临这个人生的转折点，或许都会有一点郁闷吧？记得明代的杨状元升庵，贬官云南时也曾作抚仙湖星云湖之游，面对湖畔美景，也忍不住喟叹"自是人生不行乐，莼鲈何必羡江东"。廷武兄没有这么惨，但有所失落总是难免的罢。然而，有抚仙湖为伴，还有什么郁闷难解么？遂草就打油一首，用短信回赠与他，其中两句是："若得此湖长厮守，只羡滇人不羡仙。"

登机便开始梦想，何时能再来抚仙湖畔做仙人之游呢？

没想到，几个月后，2006年的5月初，应云南省委丹增书记之邀，我带领中国作家采风团再访云南，使我有幸如此快捷地再圆抚仙湖之梦。更为难得的是，这次全程陪同我的，是玉溪市文联主席王金坤。王金坤的故乡就在和抚仙湖相连的星云湖畔，他大学时主攻历史，多年研习本地的民俗风物，写过不少有关抚仙湖的专著，又曾任江川县委副书记，一路畅游，他不仅带我重游了金沙滩、明星渔洞和阳光海岸，而且还带我去登帽天山，看寒武纪早期"生命大爆发"的化石群，到江川县李家山青铜器博物馆，看以"牛虎铜案"为代表的青铜国宝……王金坤博闻强记，积累深厚，珍闻轶事，信手拈来，有他陪伴游抚仙湖，不能不说是一大幸事。

某日，车过湖边的饭馆，我向他说起不久前和胡廷武们围釜畅饮故事。

王金坤沉吟少顷，带着几分苦笑，说："过去，铜锅架在湖边，铜锅里煮的是抚仙湖里产的抗浪鱼。而现在，铜锅搬进了饭铺里，抗浪鱼已经很少很少啦。铜锅里煮的，甚至可能连抚仙湖里产的鱼都不是啦！"

此时的王金坤，和那个兴致勃勃谈古论今的王金坤判若两人。我这才明白，对抚仙湖，我所知道得还很少。

王金坤告诉我，抗浪鱼鱼形如梭，长约3寸，除抚仙湖外，各国湖泊中都没有发现过。它主要生活在水下

40多米的深水区，因搏浪好动而得现名。抚仙湖人捕此鱼，多用"渔洞"。渔洞，其实就是山边水旁一块平地挖出的一道道半米宽的水渠，勾连抚仙湖水和山间泉水。渠中置一水车，把山间泉水车出，往抚仙湖里加速排放。产卵期的抗浪鱼性喜成群结队觅暖逆游，以寻找产卵之地。山泉水暖，排入湖中，形成对鱼群的诱惑，抗浪鱼遂成群涌入水渠。渔者在水渠入口处置一敞口竹筐，筐底狭小且留小隙，鱼群鱼贯而入，却不得出也。

王金坤说，在他的少年时代，他和同学们到明星渔洞看"车水捕鱼"，只见收获的抗浪鱼满箩满筐，渔人挑都挑不过来。渔人见客来，便在岸边搭柴火，架铜锅，将鲜活的抗浪鱼置入锅中，舀湖中清水，点火加温。抗浪鱼因蛰居深水，尽以水中微生物为生，故肚杂极是干净，直接投入釜中便可煮食。初，鱼犹游于釜中，渐热，鱼皆竖其身，吻探于水面呼吸，煮出，抗浪鱼皆身立釜中而头吻向上。那个时代，湖边买鱼吃者每人只需给渔人三五角钱，可吃到肚圆。到了70年代，还是只交三五元钱，任君取食。而今日，抗浪鱼已近乎绝迹，每公斤需三四千元都很难买到啦。

无须深问，我已经猜到了抗浪鱼消失的原因。王金坤不无痛心地告诉我，面前这一汪碧池清水，目前或许还可称为云南最后的自豪,然而每年她也要"自豪"地承受来自径流区农村的生活污水406万吨,工业废水67.3万吨,泥沙35万吨,承受着来自星云湖的弃水4千万立方米,而这些弃水,已是被污染过的四类水……抚仙湖再深再广,也承受不了污水滚滚如潮而来呀!……

那一整天我几乎没再说什么话,我已经意识到过去那些倾心与欢欣的廉价。忽然想起,似乎只有一语成谶的那句诗还有些意义——"若得此湖长厮守,只羡滇人不羡仙"。滇人啊,你们已经失去了一个滇池,你们总应更加宝爱这最后的自豪吧?

两天之后,顶着倾泻而下的雨水,王金坤把我们带到了玉溪市政府的"引水玉溪工程指挥部",站到一座巨大的沙盘面前。一直压在我心头的郁闷,总算慢慢地化解开来。

抚仙湖、星云湖乃至整个玉溪,人们开始拯救他们的家园。

雨还在下着,汽车冲过泥泞,爬上一段山坡,把我们送到一个巨大的隧道口前。王金坤告诉我,这条连接到星云湖的隧道已经基本打通,再过几天,湖水将从隧道口涌流而出。我们所见到的,是玉溪市政府两湖综合整治工程的一部分。这个工程包括——其一,旋乾转坤,将抚仙湖星云湖的出流改道,遏止星云湖的弃水继续向抚仙湖倾泻,而是要让抚仙湖水倒流星云湖,逐步用抚仙湖之水换掉星云湖之水;其二,引星云湖水流玉溪,途中用人造湿地等手段,利用玉溪两个水库的协调功能,改造水质,把玉溪变成一座绿水环绕的城市……坦率地说,我不敢说自己把这个宏大的工程弄懂了多少,更不敢说自己把它转述得多么全面、准确,但我感受得到,抚仙湖星云湖的儿女们一点也不缺少我的焦虑与急切,他们比我更为珍爱他们的家园,珍爱他们如诗如画的日子。

天空重新放晴的日子,我来到了玉溪城区即将竣工的聂耳文化广场。站在即将矗立起一个巨大的聂耳雕像的基座上,仿佛已经可以把玉溪尽收眼底了。只见玉溪河从脚下蜿蜒流过,和玉溪河几乎并排的,是一个如意形的湖面,湖面似乎托起了圆盘形的音乐广场。广场中间,是一把小提琴状的舞台……这一切,都不由不让人想起聂耳,想起了他奏出的《义勇军进行曲》的旋律。

"中华民族到了最危险的时刻!"这个旋律是由一个从这里走出的音乐家演奏出来的,而生活于这里的人们,一定会感到这旋律所具有的特别的震撼力吧?

危乎殆哉，我们的山川，我们的河流，我们的田野，我们的湖泊——我们的民族生死存亡的基石。

我突然意识到，抚仙湖，你不仅告诉我美丽，告诉我忧伤，而且也告诉了我坚强与面对。

2007年5月4日

咸宁桂影

不久前,友人邀访咸宁。

我从未去过咸宁,但知道那是"桂花之乡"。桂树,在一些旧式的庭院中见过,每次所见,一两株而已。赶上中秋时节,一般是在晚上,意外地,会有丝丝缕缕的幽香飘来。似乎总会有人惊叫一声:"桂花!桂花开了!"然而,要找到那繁茂的枝叶中躲藏的桂花,总要费些周折。古人说,"何处桂花发,秋风昨夜香"。真是把这种飘飘渺渺若隐若现的感觉写出来了。而桂花之乡的桂树,一定是满山遍野,如云似海吧,香气弥漫时，将是何等壮景？越想，便越是跃跃欲试。不过，节令不合，现在去，应离满城幽香的日子还远着呢。

友人说，留一个最大的遗憾给你，也留一个最大的念想给你。别埋怨我没有告知。不过，咸宁可看的地方还多着呢。

盛情难却，只好答应先去两天，笑谈这叫"走马观景"。

咸宁，你不会怪罪我的简慢吧？

太向往咸宁的桂花了，对别的，不管是什么"景"，似乎都有些勉为其难的样子。

直至坐到了飞机上，我还在想，无桂花可赏，到咸宁干什么呢？

咸宁的桂花，的确是这座城市的骄傲所在。在飞机上，闲看一本写咸宁桂花的书，作者引用一位清代学者的研究成果，证明屈原夫子"去故乡以就远""遵江夏以流亡"的路线，是从咸宁、蒲圻（即今咸宁所辖赤壁市）走过的。作者以"桂旗""桂舟"等词语已在《楚辞》中出现，说明桂树桂花已经走进屈夫子寄寓人格的"香草嘉木"的行列。作者由此激情洋溢地说，焉知屈原看到并吟咏的，不是我们咸宁禅台山那些野生的铁桂？……

我欣赏这带有几分牵强的自豪。

在武汉下了飞机,一路向南,临近咸宁,就看得见郁郁葱葱的桂树了。主人告诉我,咸宁桂树的繁茂,拜大自然所赐得天独厚的气候与土壤,更仰仗一代一代农人的劳作,使其由野生而扦插,由山林而庭院,自明代开始,就有了自觉的栽植活动。历经600余载,咸宁的桂树已发展到300多万株,无论栽植规模、鲜花产量、桂花品质、开发加工,都创下了"全国之最"。花期到来时,金粟缀花繁,满城处处香。主人说:"我们咸宁,不光有满城桂花,还有满城的温泉,这样一座城市,叫'香城泉都'应该是当之无愧的吧!"

叫"香城泉都"当然当之无愧,但我总觉得仍不足以呈现我心目中桂花之城的意境。我所猜想,咸宁的别称,似乎应该在似与不似之间,既写实,又传神,既见风貌,又现魂魄。李清照那首《鹧鸪天》说桂花"暗淡轻黄体性柔,情疏迹远只香留。何须浅碧深红色,自是花中第一流。"可见古人眼底桂花之魅力,不仅只是香,还有"情疏迹远"的洒脱,素面朝天的纯朴。所谓"花中第一流",赞的是格调,是品位,也是人生与艺术的哲学。便想,桂花魂魄,承载了多少代文人雅士精神雨露的滋养呢?"香城"也好,"泉都"也好,虽振聋发聩,确也稍嫌浅白,至少,满足不了我的期待呢。

然而,我又质疑自己,你是不是过于拘泥于古人的诗意,以致按图索骥地苛求?古人对桂花的推重,更多是人格理想的寄托和志节品位的期许,而对老百姓来说,"香城",岂不是更坦率更素朴的感受?

"您要是赶上了花期,真应该到林子里看看桂花雨呢。"

"什么是桂花雨?"

"我们咸宁的桂花多。采花,不剪,也不掐,用竹竿打。采花的日子,最好有蒙蒙细雨,薄薄晨雾。晨曦未开时,花农们就悄然来到林子里了。有举着长短竹竿敲树的,也有一人兜着桂花蓬子的一个角儿,在树下接的。花农的老规矩是,打花时,谁也不敢出声——怕惊着花仙呀!其实,我觉得这寂静,就是为了专心致志地打花营造氛围,是怕浮躁喧闹中毁了桂树。那时候,林子里只听得见竹竿清脆的敲击声,桂花一片片簌簌地飘落,香风袅袅,阵阵袭来,花农们欢欣鼓舞地看着含莹带露的桂花,一层一层落在桂花蓬里,整片树林好像都在虔敬地接受花仙的恩赐,那种感恩祈福的气氛,真的好迷人啊!……"

旁人插话说:"……这就是我们常说的'桂雨缤

纷'呀！"

是的，桂花的魂魄固然因文人雅士的点染而凸显，这"桂雨缤纷"的喜悦，又何尝不令人心驰神往？

来时的遗憾，竟因为这一路的闲话，渐渐地化解了。

何况，到了咸宁，正如朋友所说，我感受了意想不到的精彩，留下了铭心刻骨的感动。

来到咸宁，最先感到的，是它的从容。没有步履匆匆的奔忙，没有车马喧嚣的混乱。或许正因为这从容，它的建设大气而素朴。没有夸富斗豪的角逐，也没有危言耸听的炫耀。站到咸宁街头，一下子就被它开阔辽远的天际线所迷醉。我想起自幼居住的那座城市，也曾有过美丽的天际线啊。即使身处街市，晨迎朝霞，暮送夕阳，西山晴雪，卢沟晓月，总有一种被天地所宠爱的安逸。而后就是渐渐麻木于高楼屏障的囚禁和熙熙攘攘中的奔走。直到今天，走进咸宁，才忽然意识到自己丢失了什么——天际线，久违的天际线，它使我想起失去的母爱，以致心头竟掠过一丝委屈的酸楚。咸宁啊，好好珍爱你的天际线，你的淦河，你的空气，你的桂花，珍惜，将是你万世咸宁之基呀。

咸宁人是懂得珍惜的。他们不仅珍惜自己生存的环境，也深藏历史的厚重，积蓄传统的力量。我很早就读过崇阳一位陈铁匠创作的民间叙事长诗《双合莲》和《钟九闹漕》。我惊诧一个铁匠在锤与砧的叮当声中，居然唱出了这长逾千行的诗章，而且还乐此不疲，唱完一部，又唱一部。更惊叹凭着口口相传和手抄的唱本，它居然从清末传到了今天。到了咸宁我才知道，两首民间叙事长诗，只是崇阳非物质文化遗产的一部分。崇阳，是被命名为"中国民间文化艺术之乡"的。主人深谙我的兴趣所在，特别为我安排了几段崇阳提琴戏的欣赏，有幸请来提琴戏的传承人、84岁高龄的甘伯炼先生和弟子们登台演唱。主人说，在崇阳，提琴戏至今是活跃于民间的剧种，多达80多个业余剧团，每年高达3000场的演出，显示着民间艺术的活力。

"家家有电视看，难道还有人看民间剧团的演出吗？"

"这和一家人躲在家里看电视是不一样的。婚丧嫁娶，盛大节庆，都要请提琴剧团唱戏的。有地处偏远的人家，还带着干粮，走很远的路，住到亲戚家，一看就看几天哩！"

个中似乎深藏着民间文化保护和发展的密码，文化学者、民俗学者、社会学者，真应该沉潜其中，发现真知和奥秘。

我为我的"走马观景"愈觉惭愧。

离开咸宁的前一天下午,我坐在"羊楼洞"茶庄的茶案前,观赏洞茶红亮的汤色,品呷来自岁月的醇厚与芳香。此时我的心中又掠过一次遗憾。近在咫尺的羊楼洞古镇,那里应该还可看见清冷衰败的老屋、石板路上的车辙。辽远的道路通往天际,也将带走思古之幽情。然而,现在就和咸宁的桂花一样,又一次和我擦肩而过。不过,它莫不是也和桂花一样,成为了咸宁留给我的期待?

忽然想起,冰心先生、萧乾先生健在时,曾听他们提到过咸宁。

那是一个"黄钟毁弃瓦釜雷鸣"的时代。咸宁的向阳湖,曾是文化部"五七干校"之所在。

这一次匆匆地飞去来,无意间竟以一个文学晚辈的身份,接续了文学和咸宁的缘分。

"荷声策策秋来后,桂影团团月上时",会再去。

当然,不是秋,也想去。

2013 年 7 月 19 日

好山好水好安家

"安家"是鄂西北郧西县的一个乡,乡里最闻名的,是"五龙河大峡谷"。传说五龙河峡谷有白龙、青龙、黄龙、黑龙、红龙居焉,五龙河出了峡谷,名为"安家河",即"五龙安家"之意。"安家乡"亦因此而得名。我恍然大悟,此前对"安家"的理解不过是望文生义,现在才明白,安家,既有人类与自然的和谐相伴,更有五条神龙通过人们的想象,在这里"诗意地栖居"。远望大峡谷景区那巍峨的大门,便想:好个"五龙河峡谷",好个"五龙安家"

之地,你果真有那么一种潜龙在渊的幽深,卧龙沉吟的气韵吗?

是的,走进大峡谷,我已经毫不怀疑这里就是潜龙之邸。

不知不觉中,我和同伴已经被遮天蔽日的浓荫紧紧地包裹起来。满目茂林修竹、老树藤蔓。耳畔泉水叮咚,山隙石缝间,时有水流潺潺涌出;脚下苔藓青青,林木草丛中,每见细水涓涓而下。斑驳流泻的日影,飘忽氤氲的水汽,追逐着曲曲弯弯的溪流,一跃一跃地前行,时而跃入深潭,时而又涌出为瀑,顺着山势飞奔而下……溪水就在这奔流跌宕中蓄加着活力,又消失在林木遮蔽的远方。主人告诉我,传说中的白龙,栖于神雾岭的"白龙洞";青龙,栖于安家河畔的"青龙山";黄龙,藏于元门洞池庵后的"黄龙洞";黑龙和红龙,则分别在东槽长冲梁子下的"黑龙洞""黑龙潭"和八道河中游的"红龙沟"栖身……当然都不过是神话。而经科学考察证明的是,在白龙洞和黄龙洞周边,则有郧西猿人牙齿化石和大量哺乳动物化石的发现。可以想见,距今80多万年前,"郧县人"如何奔跑攀援于这溪水林木之间。今天,徜徉于这原生态的环境里,回味"人猿相揖别"的悲壮,也可算是三生有幸吧?

神奇的大自然之旅，如果能有神话传说带来的惊悚和科学发现带来的惊喜相伴，将是一件多么美妙的事情！更重要的是，这大自然中，还有把你整个身心融入其中的亲切。

五龙河的峡谷，很快就把我和我的同伴们的身心俘虏了。大峡谷长50多公里，比起我到过的九寨沟，气势要小得多，甚至比起云南中甸的香格里拉大峡谷，其规模也难以企及。然而当我顺着窄窄的石板路拾级而下，沿着汩汩流淌的溪流前行的时候，忽然感受到了一种在九寨沟和香格里拉大峡谷都无法体验到的亲切——在九寨沟，我曾经远远地望着那一汪一汪光影变幻的海子，惊叹它们的瑰丽与造化，却似乎很难沉浸其中——因为在拍摄了几张照片之后，你不得不坐上车，去寻访新的景点。在香格里拉峡谷，我也曾与那滔滔的河水同行，但那河太宽了，河水太汹涌了，你无法去近它、亲它、嬉戏打闹。唯有这浓荫遮蔽的五龙河峡谷，走在这缘溪铺就的小路上，我觉得自己和五龙河成了一对被遮挡的恋人，可观之，可赏之，可赞之，更可牵手偕行，肆无忌惮。我彻底摈弃了对造化的隔膜与敬畏，彻底融入了大自然之中。这就是那种"到此一游"的旅游所无法体会的境界吧？陪同的朋友在喧闹的流水声中高声大嗓地冲我喊：瞧啊，五龙河算不算是千瀑百潭之河？大瀑大潭、小瀑小潭，结伴而生，就这么跌跌撞撞地流下去、汇集到天梦湖去啦！你再看这潭水，深深浅浅不一，蓝蓝绿绿各异，不敢比九寨沟气象，说这是"小九寨"总可以吧？……我理解他的自豪，笑笑，心中却不敢苟同。我以为，九寨沟是名门闺秀，五龙河是小家碧玉。名门闺秀只能远观，小家碧玉却更为亲切。去看九寨沟，惊叹她风情万种、固可艳羡，来看五龙河，与之亲密接触，沉浸忘我，或许更是一种难觅的境界呢。

好山好水好安家，养在深闺人未识。回来之后，逢人便说五龙河，我劝他们早一点动身，免得游人如织时，失去和小家碧玉独处的机会。

2010年7月

珍珠粉

北部湾畔的北海市，是我的故乡。北海过去是合浦的一个镇。合浦自古以南珠名闻天下。《后汉书》所记"合浦珠还"的典故，更是无人不知无处不晓的了。几天前我与捷克的汉学家李莎娃晤谈，刚提及我的故乡在北部湾畔，她居然惊呼起来："啊，我真羡慕你！我就喜欢海，可惜我们捷克没有海。更何况你的故乡那里好像有过一个很有趣的传说！"可见孟尝太守施仁政、泣神明，不仅名垂千古，而且还蜚声海外了。几年前，我读《后汉书》这一段的时候，还生出另外一些奇思异想。我猜那位孟尝太守的前任所犯的错误，大概又和不懂保护生态，对海底资源进行掠夺性开发有关。一味贪心无度，"诡人采求不知纪极"，南珠岂有不"徙于交趾郡界"之理！而"尝到官，革易前弊，求民利病"，所施"仁政"，一定是搞了一点休养生息吧，不然何以使"去珠复还"，成就这千古美名？

我7岁时被父母接到北京，离开故乡已经30几年了。说来惭愧，长大以后才晓得，自己的故乡原来是珍珠之乡。读李商隐的《锦瑟》："沧海月明珠有泪，蓝田日暖玉生烟"，知道古人向以为珍珠之生成，乃月华所钟，"影月成胎，经年最久，乃为至宝"，因此才有月满珠圆，月亏珠缺之说。又知道了另一个"鲛人泣珠"的传说。鲛人者，鱼人也，居海里，善织绡。到人间寄住卖绡，临离开时依依难舍，向主人要了个器物，哭之不已，泪落盘中，竟"大珠小珠落玉盘"，遂有珍珠。这些，都是以后读书读来的了。留在童年记忆中的，只有一幕：每隔一些日子，祖母就拿出一个巨大的珍珠贝，用铁片刮下一些末末儿，喂给我吃。万没想到，后来在北京结识的一位朋友，聊深了，才知道也是北海人，且我们的父辈竟是旧交。更有趣的是，这位朋友讲起幼年的一幕，居然也是如此。这朋友的父亲是个老中医，因此便有了向我炫耀医学知识的资格。他说,其实我们当年所食,就是今天所说的"珍珠层粉"。珍珠层粉和珍珠的成分是一样的,都是珍珠贝的上皮组织分泌的珍珠质,服之安神泻热,明目养睛,止痰化咳。北海不少人家有刮珍珠层粉给孩子吃的习惯,这大概就是北海仔北海妹很少有人生疮长疗的奥秘吧。

年初应北海市文联之邀,拉了几位北京文学界的同行,参加"北部湾作家企业家联谊会",实现了多年的还乡之梦。凑巧的是,前来交流的企业家中,就有一位北海珍珠公司的经理何秀英。何经理年近50,北海人,毕业于上海水产学院,回到家乡后专事珍珠养殖业,堪称养珠专家。既是专家,又有着快言快语的豪爽性格,自然就成了我们请教的对象。从何经理那里,除了证实那位朋友关于珍珠层粉的分析所言不虚外,我更知道了珍珠之乡的养珠业正蓬勃发展。何经理说,他们不光为消费者提供华美名贵的饰品珠,也生产治病防病的珍珠末和珍珠层粉。现在,还生产和珍珠相关的中成药和明目液。北海既然进入沿海开放城市的行列,发展本地独具特色的养珠业,当然成为了振兴北海的重要抓手。

我是一个很容易喜形于色的人,向北京的朋友们炫耀我的家乡,大概是近乎痴迷的。吹嘘我们独一无二的白虎头海滩,吹嘘我们天然野趣的涠洲岛,这痴迷竟至成为他们谈笑的材料。不过,看得出,这"广告"做的并非毫无效果。就说珍珠粉吧,临走时,几乎每个人都买了一大包。当然他们还是少不了跟我打趣,抱怨说成了我的推销战的受害者。最使我开心的,是回到北京后不久就听到消息了。最先打电话来的,是一位女作家,她说她回家以后,发现家中清锅冷灶,觉得丈夫一定也是出差好几天了,这时口渴难熬,遂举起暖瓶,对嘴便倒。岂料瓶中竟是滚烫的开水,烫得她满嘴起泡、溃烂。情急中想起了带回的珍珠粉,便开包取出,敷于患处。一夜过后,竟奇迹般愈合。这消息使我在电话里连连称快,我说:"这就是你一路蔑视我真挚乡情的现世报!"一周以后,另一位同行的作家也打电话来,连连称奇说,他的脚气溃烂,竟因施了带回的珍珠粉而收口,且连脚气也被根除。于是我又得了一个扬眉吐气的机会。

世间唯一可以原谅的吹嘘,是吹嘘自己的故乡。我以为。

1992 年

泛槎泸溪河

迷上了龙虎山，更迷上了从山中盘绕而过的泸溪河。

龙虎山是声名远播的，因为百态千姿雄浑奇险的丹霞地貌，因为创立了天师道的张道陵，甚至因为《水浒》第一回所写"洪太尉误走妖魔"的上清宫伏魔殿和镇妖井……这些，早在我来龙虎山之前就有所耳闻了。我不仅听到了人们讲古，而且还听到了人们论今——说是某闻名全国的省级贪官在被"双规"前曾来到龙虎山，在观摩"悬棺"表演时，向无闪失的表演者竟然失手，使徐徐升起的棺木突然落下，把"升棺"变成了"落棺"。岂料竟"一语成谶"，暗示了那贪官官落命丧的前景……就这样，未到龙虎山，历史人文、传奇说部乃至野史八卦，早已壅塞于脑海。

同样，泸溪河也是向往已久了。正因为有了这条最终汇入鄱阳湖的河流，才使天师老祖张道陵57岁时称疾辞谢帝王的征召之后，得以携弟子王长从鄱阳湖溯流而上，来到时称"云锦山"的地方。张道陵历时三年，炼就"九天神丹"，"丹成而龙虎见，山因以名"。也就是说，没有泸溪河，就没有了张道陵到云锦山避世的通路，也就没有了龙虎山的得名。泸溪河啊，龙虎山应向你顶礼膜拜呢。

然而，当我随着主人从象鼻山公园出来，突然面对从峙立的群峰中缓缓流来，又缓缓漾开于眼前的一湾碧水时，还是惊喜得险些喊了出来——这就是泸溪河吗？想象过它的水应该是清的，却没有料到它竟是这般的清，水底的鹅卵石、水中的游鱼，竟历历在目；想象过它的水应该是绿的，却没有料到它竟是这般的绿，翠色晶莹，天光山色，闪闪烁烁，绿得轻盈，绿得含情。绿莹莹的河面上，早已有几架竹筏等在那里，一想到它将带我们驶入壁立的群峰间，心早已悸动起来。

登上竹筏坐定，只见船工的竹篙伸进水中轻轻一点，那筏就顺势而漂了下去。竹筏的左右各站一位船工，手执竹篙，看似悠闲地时而前行，时而后退，时而左边一点，时而右边一撑，那竹筏便沿着他们选定的水路，缓缓地飘入了山水的画卷里去了。

泸溪河水面，波澜不惊，唯有近岸处，流水从浅滩的石面上跃起，汩汩而过。两岸山石壁立如削，或一柱摩天，或方台踞地，或如万矢穿空，或如巨兽眈眈。红褐色的山体，足显沧桑岁月的磨砺之美，墨绿色的植被，又呈生生不息的生命之力。山之阳刚，水之阴柔，相敬如宾，相得益彰。

热情的主人掩饰不住自豪，用"碧水丹山"来形容他们的家园。主人说，碧水，就是脚下的泸溪河，丹山，就是河边的群峰。龙虎山有99峰，24岩，108个景点。其峰其岩，皆为红色沙砾岩，就是地质学上所称的"丹霞地貌"。丹霞地貌我曾在广东的丹霞山领略过，且知它正是因丹霞山而命名，但我看从竹筏旁流过的龙虎山诸峰，尽管也是赤壁丹崖，却显得格外变化多姿。主人说，这是因为龙虎山的丹霞地貌，融合了从幼年期、壮年期到老年期丹霞地貌的完整序列，所以它的风姿神韵，要比丹霞山更为千娇百态啊。

接着这话题，主人说江西作家程关森写的《龙虎山三绝》，比较过江西的四大名山——庐山、井冈山、三清山和龙虎山，前三个有山无河，只有龙虎山和泸溪河是联袂登场；佛教的四大名山，除了普陀临海之外，峨眉山、九华山和五台山也都没有河；道教的名山青城、罗浮、武当等等，也都没有河。同属丹霞地貌的武夷山，固然有九曲溪和崖墓，但九曲溪没有泸溪河的宽和长，崖墓也没有龙虎山的多，更没有道教文化和道教领袖人物；广东的丹霞山也一样，虽然有山有水，却也没有道教和崖墓，那水也不及泸溪河的宽和长……我微笑着看他，心想热爱家乡的人，或许个个都是"吾乡天下第一"的。你说人家武夷山丹霞山没有道教，人家有朱熹，有六祖慧能啊。但转念一想，爱乡之情谁不如此，我又何必较真呢。

不过我以为，龙虎山最使我动心的，是泸溪河畔的一个名为"许村"的小小村庄。

竹筏行过一座名为"迅翁石"的山峰，水面稍阔，就看见许村了。这是一座古樟掩映的村落，据说是龙虎山区最为古老的村庄。许村的原住民全姓许，应该是许由的后代。我吃惊地问："是上古那个跑到颍水之滨洗耳的许由吗？"主人说：是啊，因此这村子的老门楼上写的对子是"掬泉洗耳辞尧语，解字成书费段笺"，横批是"绪衍箕山"。据村民讲，他们祖上是许由后裔的一支，魏晋时迁江西抚州定居，唐末又有一部分迁到龙虎山。这对子的上联，就是讲许由辞却尧帝传位，再辞九州长的任命，跑到颍水洗耳的典故；下联则以他们老祖宗中的一个，东汉著《说文》的许慎为荣。那横批已经说得很清楚啦，箕山就是许由归隐所在，绪衍箕山，可不就是许由的余绪？我默默地望着那绿意幽幽的村庄，想：这村子还真是一个归隐的好去处呢！

下了竹筏，沿岸边石阶而上，看见好客的主人已经在古樟树下摆好了茶具和干果，原来是请我们在这里观赏船民们的鸬鹚捕鱼表演。主人先送来一杯汤色红亮的大红袍，未品已闻到扑鼻的香气。随后又递来一碗豆腐脑，一勺送进嘴里，又把大红袍忘在脑后了。这时只见河面上漂出来几只小船，每条船的船头上都站着几只鸬鹚，那镇定自若的模样，俨然是表演的老手了。只见船儿在河面上围成了一个圈，忽闻呼喊声四起，据说是发现有鱼来也，那呼喊不知是驱鱼还是唤鹰。转眼间已见鸬鹚们扑棱棱飞入水中，有的在水面扑腾、张望，有的已经一头扎进水里。少顷，一只鸬鹚衔出一条尺把长的鱼来，欢欣地扑到船上，船工把鸬鹚嘴上的鱼取下，丢进鱼篓，又从腰间小篓子里拿出一条小鱼，大概算是给它的"打赏"？得到鼓励的鸬鹚们又扑棱棱回到水面，张望、寻觅，又一次潜入水中……一时间只听见水面上传来船工们欢娱的呼喊，只见鱼鹰们来来去去，翅膀扇起的水珠，被衔的鱼儿甩打起的水珠，在木船间腾起一片雾气……记起小时看过郑振铎的《鸬鹚》，还有一篇散文，叫《鱼鹰来归》，作者是谁，已然忘记了，但所写的鱼鹰捕鱼的场面，仍历历在目。谁能想到，老之将至，才算是实实在在看到了这欢欣畅快的一幕。心想，或许，这算得上是一幅富有哲理的画面吧？是鸬鹚们为了一条小鱼的"打赏"而拼死拼活让我想起了人类的悲剧，还是许由的后人沉浸于山野的放达令我嫉妒？又想，这算不算是一种机缘呢？尽管鱼鹰捕鱼是第一次得见，但躬耕垄亩樵夫唱晚之类，年轻时也看过，为什么只有这一次使我如此浮想联翩呢？

看过了鸬鹚捕鱼，就匆匆离开了许村，忽然想起刚才在古樟树下时，那杯大红袍还未及品尝呢。主人居然也看出了我的留恋，到了晚上，问我愿不愿意再到泸溪河漂流一次。

"晚上难道和白天还有什么不同吗？"

"当然不同，晚上有月亮啊！"

于是,皓月当空时,我们溯流而上,又向许村进发了。皎洁的月光下,只看得见两岸巍峨的山影,看得见粼粼的波光。船篙入水的哗哗声是细微的,却真切地传向夜色的深处。如果说白天的泸溪河如诗如画,月色下的泸溪河就如梦如幻了。

忽然想,我得写一篇文章,记下这次美妙的漂流。古人说过,于大海与天河之间,每每有浮槎通焉。乘着竹筏漂流于泸溪河上,还真有不知今夕何夕,不知人间天上的感觉呢。故小文自命为"泛槎",或不为过。

2011年2月22日

附记:

民间的鸬鹚捕鱼已被禁止,在许村所见,不过是为了展示民俗事象的旅游节目而已,限时限量,且旅游部门每年都要往泸溪河投放大量鱼苗,以维护泸溪河鱼类的繁衍。